A Noëlle de Sonis,
l'histoire des amours difficiles d'une belle Kabyle et d'une femme française dans le récent contexte politique d'Alger...
Bien cordialement
Maurice

LA FEMME
AUX YEUX INDIGO

DU MÊME AUTEUR

La Maîtresse du général, L'Archipel, 2024.

La Ferme des engoulevents, Esther et Maïté, t. III, L'Archipel, 2023.

La Ferme des engoulevents, Diane, t. II, L'Archipel, 2022.

La Ferme des engoulevents, Lilibeth, t. I, L'Archipel, 2021.

Les Braises du souvenir, Le Grand Départ, t. II, L'Archipel, 2020.

Les Braises du souvenir, En Algérie, t. I, L'Archipel, 2019.

L'Honneur des Lannélec, L'Archipel, 2018.

Le Destin des Lannélec, L'Archipel, 2017.

Le Manoir des Lannélec, L'Archipel, 2016.

D'une rive à l'autre, SAIG, 2013.

Les Braises du passé, SAIG, 2011.

Entrez dans la danse.com, SAIG, 2010.

D'une saison à l'autre, SAIG, 2009.

Orages et Éclaircies, SAIG, 2007.

La Toge prétexte, SAIG, 2005.

MAURICE DE KERVÉNOAËL

LA FEMME
AUX YEUX INDIGO

roman

l'Archipel

Notre catalogue est consultable à l'adresse suivante :
www.editionsarchipel.com

Éditions de l'Archipel
92, avenue de France
75013 Paris

Contact : serviceclients@lisez.com

ISBN 978-2-8098-5168-7

Prologue

Ce mariage avait fait scandale. Dans le milieu restreint, aux valeurs anachroniques qu'était celui des Waldbrunner, l'union de François – aîné de la branche suisse de cette très ancienne lignée – avec une jeune femme algérienne, de surcroît musulmane, avait profondément choqué. Les Waldbrunner étaient de longue date implantés en Alsace, mais aussi en Suisse dont ils étaient originaires et en Allemagne dans le pays de Bade – une famille rhénane. Les Waldbrunner suisses étaient de confession protestante comme ceux de l'Allemagne. La branche française catholique avait, elle, quitté la confédération à la Réforme, fuyant Calvin et sa rigueur pour se réfugier en Alsace au Lauterwald, au nord-est de Wissembourg.

Dans la HSP suisse – la haute société protestante –, l'union de l'un des leurs avec une papiste avait déjà été des siècles durant très mal acceptée. Aujourd'hui encore, elle restait à peine tolérée – ce qui n'avait cependant jamais empêché les Waldbrunner suisses de cousiner étroitement avec les Waldbrunner alsaciens et notamment avec Jacques, le chef de famille, tout catholique qu'il fût. Pour anachronique que cela puisse paraître aujourd'hui, ce beau monde tenait à ses traditions, et même s'y accrochait.

Antoine, le fils de Jacques, un jeune cadre français dynamique de vingt-sept ans, vivait à Paris après de bonnes études en France et au Royaume-Uni. Il était ami de longue date avec son cousin, le fameux François, qui avait commis cette mésalliance. Il acceptait mal les raisons de cet ostracisme familial qui frappait François et qui perdurait depuis cinq ans. Il avait rencontré à deux reprises ladite Soraya, l'épouse de son cousin, et l'avait trouvée belle, intelligente et charmante. Il admirait le couple qu'elle formait avec son mari – un couple élégant, moderne, sympathique.

Il se demandait comment sa famille, si internationale, composée de banquiers, d'hommes d'affaires, de grands propriétaires terriens, pouvait être aussi rétrograde ! Le rejet social dont François et Soraya faisaient l'objet était-il dû au mariage d'un protestant avec une musulmane ? À l'hostilité vis-à-vis d'une religion jugée détestable, car perçue comme violente en Suisse – un pays qui avait fait de la paix une vertu ? Antoine connaissait mal l'islam, mais il percevait que sa violence actuelle était due à une instrumentalisation de cette religion par des politiques et que la civilisation islamique était sans doute beaucoup plus riche et intéressante que l'image donnée par des extrémistes la plupart du temps incultes.

Mais l'hostilité générale de son milieu familial à ce mariage ne provenait-elle pas aussi d'une forme de mépris, de racisme même, à l'égard de cette Algérie qui avait très mauvaise presse en Europe ? Un État peu démocratique dirigé par l'armée, un parti unique et des élites qu'on disait corrompues… On reprochait aux Algériens d'avoir fait un gâchis du bel héritage laissé par la France et d'avoir dilapidé les énormes ressources naturelles du pays : des Arabes, disait-on, qui masquaient leur échec patent de soixante années d'indépendance en imputant tous les maux de l'Algérie actuelle à l'ancien colonisateur; des adolescents boutonneux continuant à rejeter leurs parents, en les accusant de leurs problèmes sans les assumer ni parvenir à passer à l'âge adulte.

Antoine cherchait donc à comprendre pourquoi son milieu en voulait tant à son cousin François, un garçon un peu plus âgé que lui et brillant: n'avait-il pas fait l'École polytechnique fédérale de Zurich, avant de compléter son cursus par deux années à l'université de Harvard, aux États-Unis? Il y avait rencontré la belle Soraya, qui elle se spécialisait alors dans la finance. Reprochait-on à cette dernière d'être musulmane ou algérienne? Vraisemblablement les deux.

L'attitude de Jacques, le père d'Antoine, le scandalisait de la part d'un catholique pratiquant: il se montrait plus virulent à l'égard de ce lointain neveu que le propre père de François. Il parlait de mésalliance honteuse, de trahison de sa foi chrétienne.

Antoine, qui ne s'entendait guère avec son père, désapprouvait ces propos hostiles. Néanmoins, tout cela l'interpellait. Pourquoi tant de haine? Il pouvait à la limite comprendre que ce milieu très traditionnel ait un réflexe tribal et souhaitât pratiquer l'endogamie. Mais à partir du moment où Soraya avait cherché à s'intégrer et présentait toutes les qualités requises pour le faire, quel était l'intérêt de persister dans ce rejet? Pour éviter que d'autres membres du clan soient tentés de faire la même chose? Qu'en était-il en fait de l'islam, de l'Algérie, des Arabes? Des questions qui piquaient maintenant sa curiosité.

N'espérant pas trouver de réponses du côté des Waldbrunner, il pensa en parler à l'occasion à son grand-père maternel, Philippe Marion-Lapierre. Il le voyait, et même pourrait-on dire le découvrait, depuis qu'il habitait Paris, non loin de son appartement. Il aimait beaucoup discuter avec lui, faire parler un homme qui avait été un grand chef d'entreprise et appartenait à un milieu très différent de celui de sa famille paternelle. Il appréciait son ouverture intellectuelle et surtout sa large expérience de la vie. Ses souvenirs précis du passé comme ses réflexions, quand il les livrait, étaient passionnants.

Né en 1936, il avait vécu enfant la guerre de 1940, avait été élevé au Maroc, et avait connu l'époque coloniale. Plus tard, à sa sortie d'HEC, il avait dû faire la guerre d'Algérie. Il en avait gardé un attachement à l'Afrique du Nord et un intérêt pour l'Islam. C'était un homme libéral, sans a priori. Il pourrait, se disait Antoine, répondre à ses questions concernant l'Algérie, les musulmans et le mariage de son cousin : l'union de François de Waldbrunner avec la belle Soraya n'avait pas semblé le choquer. Il s'en était même amusé, connaissant la famille de Jacques, son gendre, et ses préjugés. Antoine était sûr qu'il l'aiderait de son mieux… Il n'imaginait pas que, ce faisant, les sortilèges maghrébins pourraient un jour lui aussi l'envoûter !

Première partie

Philippe

UN PASSÉ ENCORE SI PRÉSENT

« On souffle sur les braises et le passé renaît. »
Félix Leclerc

1

Un grand-père et son petit-fils

Début octobre 2018

Philippe Marion-Lapierre regardait son petit-fils ranimer le feu dans la belle cheminée Directoire de sa bibliothèque. Il était heureux et anticipait avec plaisir le prolongement de cette soirée en sa compagnie. À quatre-vingts ans passés, il était en pleine forme et restait professionnellement actif, siégeant encore dans plusieurs conseils d'administration, se partageant entre Paris et sa propriété de famille dans l'Aube. Il avait aussi la chance d'avoir toujours Laure, son épouse, à ses côtés et son mariage tenait bon malgré les ans.

Mais ce soir, Laure était partie comme tous les jeudis rejoindre son groupe de bridge – une activité qui, lui, l'assommait ! Laure avait bien essayé de le pousser à s'y mettre, mais il était réfractaire et avait tendance à bavarder avec ses partenaires, plutôt que de se concentrer sur son jeu. Il avait une personnalité extravertie et considérait plus agréable de baratiner les jolies joueuses plutôt que de faire travailler ses méninges – ce qu'il faisait suffisamment, pensait-il, dans le cadre de son métier.

Laure était donc partie bridger et il en avait profité pour inviter à dîner son petit-fils préféré, Antoine de

Waldbrunner. Laure et lui le voyaient davantage depuis qu'il était revenu pour ses études en région parisienne, et surtout maintenant qu'il était entré dans un cabinet de conseil en stratégie dont le siège était situé non loin de leur appartement du 16e arrondissement.

Philippe aimait beaucoup ce garçon de vingt-six ans qui lui rappelait sa jeunesse et dont il se sentait proche. Il appréciait son intelligence, sa joie de vivre, son enthousiasme, son envie d'aventures et son attirance évidente pour le *gentil sesso*, comme disaient les Italiens. Ce caractère assez similaire au sien était étonnant, vue l'éducation rigoriste que le garçon avait reçue d'un père traditionnel. Philippe n'appréciait pas beaucoup son gendre, même s'il rendait sa fille Louise heureuse. L'attitude de Jacques de Waldbrunner l'avait notamment choqué quand il avait condamné avec force le mariage de son neveu François avec Soraya, algérienne et musulmane. Philippe avait bien perçu qu'Antoine désapprouvait l'attitude de son père et cherchait à comprendre auprès de lui les raisons de cette hostilité à l'égard de l'islam et de l'Algérie en particulier. Il était prêt à l'aider, même si ses souvenirs du Maghreb, que ce soient ceux du Maroc ou de l'Algérie, dataient de plus de cinquante ans et étaient encore entachés d'une sensibilité coloniale aujourd'hui vilipendée… Il en était bien conscient !

Il souhaitait au passage lui transmettre quelques conseils que son expérience lui avait appris, concernant la vie professionnelle et même la vie tout court : lui communiquer le goût du risque, la bienveillance à l'égard des autres et une grande défiance vis-à-vis des idéologies, qu'elles soient politiques ou dictées par la religion. Des règles qui avaient été les siennes tout au long de son existence.

*

Antoine était arrivé à l'heure – une autre qualité que Philippe appréciait, étant lui-même très ponctuel. Les deux hommes étaient vite passés à table, devant un bon dîner préparé par Laure. Durant le repas, le garçon avait répondu aux questions de son « vieux », comme il l'appelait *in petto* – un vieux qui s'intéressait aux débuts de son petit-fils dans la vie professionnelle.

Puis ils étaient retournés à la bibliothèque. Le feu dans l'âtre se mourait. Antoine, qui souhaitait prolonger la soirée avec son grand-père, était allé tisonner les bûches à moitié calcinées et les braises rougeoyantes, provoquant une nuée d'étincelles, éclairant la pénombre de la pièce. Prenant ensuite le bouffadou[1] rangé dans un angle de la cheminée, il avait soufflé sur les braises qui donnèrent vite de joyeuses flammes. Après avoir remis une bûche dans le foyer, il revint s'asseoir aux côtés de ce grand-père dont la jeunesse d'esprit l'amusait. Il était ravi à la perspective de cette soirée avec lui. Non pas qu'il redoutât la présence de Laure, sa grand-mère : au contraire, il la trouvait charmante, mais il avait constaté que son vieux se livrait plus facilement en l'absence de son épouse, craignant sans doute en sa présence de l'ennuyer avec des histoires qu'elle connaissait bien pour les avoir entendues cent fois.

À vrai dire, le vieux en question était un peu bavard, mais c'était un conteur né. Antoine, lui, découvrait ses histoires. Sa mère lui avait simplement dit que la vie de Philippe avait été aventureuse, même sur le plan sentimental. Il savait qu'il avait été élevé au Maroc pendant la guerre de 1940. Elle lui avait raconté qu'il avait fait

1. Bouffadou : long tube de bois, soufflet à bouche pour attiser le feu.

la guerre d'Algérie comme sous-lieutenant, avait eu de nombreuses liaisons, puis avait pris pour maîtresse à Alger la femme d'un officier supérieur qu'il avait épousée après la mort accidentelle de ce dernier – Laure, sa jolie grand-mère. Ce qui donnait un parfum romantique à sa vie. Il savait aussi qu'il avait beaucoup voyagé, exercé des responsabilités importantes dans des groupes internationaux, dirigeant de grandes entreprises…

Antoine était fasciné par cette longue existence, pleine d'aventures, de rebondissements – de prises de risques importants, aussi. En l'écoutant, le garçon avait l'impression de voir se dérouler l'Histoire – la petite comme la grande, de la Seconde Guerre mondiale à l'époque contemporaine.

Mais au-delà de l'intérêt qu'il trouvait à écouter le vieil homme, il éprouvait une vraie joie à partager cette soirée avec lui. Il l'avait vraiment découvert de façon récente : ayant vécu sa jeunesse à Strasbourg, il ne l'avait vu qu'épisodiquement, ses parents (surtout son père) n'étant pas liés avec lui. Les conversations qu'avait eues Antoine depuis lors avec son grand-père le changeaient des brefs échanges, toujours normatifs, qu'il avait connus avec l'auteur de ses jours ! Ce dernier, fort rigide, avait du mal à comprendre son fils. Les discussions tournaient vite court, leurs points de vue réciproques étant la plupart du temps inconciliables. Alors qu'avec Philippe, leurs échanges étaient infinis : le vieil homme était à l'écoute de ce jeune homme qui l'amusait. Il l'interrogeait, le mitraillait de questions. Sa curiosité, son intérêt étaient sans limites et Antoine sentait bien que ce n'était pas de l'indiscrétion, ni une curiosité mondaine, mais de l'affection.

Antoine espérait le faire parler de l'islam et des musulmans qu'il avait côtoyés dans son enfance au

Maroc et pendant la guerre d'Algérie – de ce dernier pays aussi qui l'intriguait depuis le mariage de son cousin et ami François, avec cette sympathique et belle Algérienne Soraya.

Philippe, après s'être calé dans l'un des fauteuils club Havane de la bibliothèque – un gros siège confortable, un verre d'armagnac à la main –, avait continué à interroger le garçon sur son activité professionnelle, son job de consultant dans son cabinet EBC[1] et sa mission actuelle. Étant encore engagé malgré son âge dans le monde des affaires, il s'intéressait aux réactions, aux difficultés éventuelles d'un jeune cadre en début de carrière.

Puis il l'avait questionné sur ses amis – filles et garçons –, ce qu'ils faisaient, et plus généralement sur les jeunes de sa génération qu'il cherchait à comprendre… sans toujours y parvenir ! Il les percevait assez fragiles, plus individualistes, plus libres aussi en matière de mœurs que leurs aînés. Il les savait également enclins à se droguer, ce qui l'indignait. Et paradoxalement, les copains d'Antoine semblaient être attachés à des valeurs traditionnelles comme la famille ou le travail. Curieux mélange. Par ailleurs, tout ce qu'il avait lu récemment concernant les dernières idéologies à la mode comme la théorie du genre ou le wokisme l'inquiétaient. Le vieux mâle alpha, macho, hétérosexuel, comme il se qualifiait en blaguant, redoutait de voir son Antoine se laisser séduire par ces élucubrations et voulait le mettre en garde.

— Dis-moi, mon petit vieux, tu es au courant bien sûr du wokisme et autres balivernes ! J'ai lu en

1. EBC : Edward Bradley Consulting, un cabinet conseil en organisation et stratégie d'entreprises.

t'attendant un article dans *Le Monde* évoquant ces théories fumeuses venant de pays anglo-saxons et qui sembleraient gagner certaines facs françaises… et même Sciences Po !

Antoine haussa les épaules :

— Bien sûr que je suis au courant ! C'est une approche très critique, déconstructive, de la civilisation occidentale et de son passé. Ne vous inquiétez pas, ce n'est vraiment pas mon truc : je suis dans mon genre assez tradi !

Philippe se sentit soulagé, tandis qu'Antoine reprenait :

— Cette volonté de culpabiliser les élites me choque, une forme d'autodestruction, de nihilisme… d'autant plus que ma propre famille paternelle a participé au cours des siècles à écrire une partie de l'histoire des pays rhénans ! Et donc j'assume avec fierté le rôle qu'elle a joué, même si son passéisme actuel peut bien souvent m'énerver. Cela dit, je dois vous avouer que je ne considère pas que toutes les idées nouvelles de ma génération sont à rejeter ! Notamment certaines d'entre elles concernant la justice sociale, le racisme, la discrimination vis-à-vis de la communauté LGBT, le rejet des immigrés et surtout la mobilisation en faveur du climat, qui me paraissent justes. Il y a trois ans, j'ai d'ailleurs participé à Newcastle, la grande ville proche de mon université de Durham, à une manifestation en faveur du climat. Non, tout n'est pas à rejeter, même si les principales approches du wokisme sont détestables… notamment son horrible théorie du genre !

Philippe haussa les épaules :

— Dans ce que tu évoques, il peut y avoir effectivement des idées intéressantes, mais tout ce que décrit cet article du *Monde* participe à une logorrhée gauchiste et destructrice à terme de l'humanité. Comme les autres idéologies, elle enflammera quelques années les beaux esprits, fera du mal et finira doucement par sombrer, ne laissant que certains points positifs que la société saura digérer… la faisant évoluer en douceur.

Il se tut un instant, songeur, avant de reprendre :

— Tu sais, Antoine, je suis devenu très sceptique, pour ne pas dire hostile à toutes les idéologies. J'ai assisté dans mon enfance, mon adolescence puis à l'âge adulte à la montée en puissance des grandes idéologies du xxe siècle, leur apogée puis la chute finale : le fascisme des Hitler, Mussolini, Franco, le communisme, le trotskisme, le maoïsme… J'ai vu l'adhésion des jeunes et des élites, de gauche surtout, puis leur déception… quitte à recommencer quelques années plus tard avec une autre utopie ! Je ne devrais pas te dire cela, mais je pense qu'il en est de même avec les grandes religions et les différentes confessions. J'ai connu dans mon enfance un clergé florissant, les processions dans les rues, les églises, les temples débordant de fidèles… et aujourd'hui le catholicisme, le protestantisme, l'orthodoxie connaissent en Occident d'importantes difficultés, une grande désaffection. Je me raccroche personnellement à la Bible, à l'Évangile, à la personne du Christ… Mais où est la religion de mon enfance ? Les structures ecclésiales, que sont-elles devenues ? Et la parole du pape ? Qui l'écoute encore ? Et pourtant, il mériterait d'être entendu.

Antoine objecta :

— Il faut vivre avec son temps. L'Église s'efforce de s'adapter à son époque, à un monde qui change si vite dans tous les domaines.

Philippe eut un sourire désabusé :

— Seul l'islam semble avoir le vent en poupe, mais un islam plus politique que religieux, que nombre de musulmans réfutent… du moins ceux que je connais. Et beaucoup d'entre eux ont une adhésion à l'islam plus sociologique que religieuse.

— Bon-papa, si vous me parliez un peu de cet islam que vous connaissez bien et des Arabes… Je m'y intéresse depuis le mariage de mon cousin François avec une musulmane. J'aimerais m'en faire une idée.

Le vieil homme se mit à rire :

— Arrête d'employer ce *bon-papa* désuet ! Nous sommes anciens d'HEC tous les deux !

— Bien, bon-papa Philippe…

Philippe ne releva pas. Il savait son petit-fils différent, un brin provocateur. Quand sa fille Louise avait épousé cet aristo alsacien, il avait compris dès la première rencontre avec son fiancé que l'éducation, les valeurs de son futur gendre étaient éloignées des siennes et que celles de sa progéniture le seraient aussi. Ces Waldbrunner étaient des gens bien élevés mais snobs et leur pratique religieuse traditionnelle. Un milieu très éloigné du sien. Sa fille, douce et facile, avait su se couler dans le moule de cette famille et adopter leurs codes et leurs usages. Les choses s'étaient avérées plus compliquées avec Antoine – un garçon brillant qui avait vite eu tendance à remettre en cause le conformisme des Waldbrunner. Il se heurtait à un père gentil mais inadapté à son époque. Il s'en était émancipé en allant passer trois ans à l'université anglaise de Durham qu'il avait pu intégrer, ayant eu une mention très bien à son bac. Puis, via une passerelle, il avait intégré HEC.

Philippe lui sourit :

— Que veux-tu que je te dise de l'islam et des musulmans ? Tu me parles d'Arabes, mais j'ai surtout connu des Berbères !

Antoine se mit à rire et, voulant lui faire plaisir, s'écria :

— Philippe ! Va pour les Berbères... Parlez-moi de l'islam, du Maroc, des Arabes et des Berbères !

— Je ne suis pas théologien, je ne te parlerai pas de l'islam en tant que religion. Je n'en ai qu'une vision culturelle, je dirais même émotive, poétique ! Très marquée par mon enfance, puis mon service militaire en Algérie. J'ai aimé, j'aime toujours cette civilisation islamique, son architecture, sa littérature, ses philosophes, ses érudits, ses mathématiciens, qui ont beaucoup apporté à l'humanité mais que la violence actuelle des islamistes, leur rapport à une pratique étroite de l'islam ont tendance à faire oublier...

Il sourit, on eût dit intérieurement... Un silence s'établit, rompu par l'éclatement d'une bûche de résineux dans l'âtre, suivi de nombreux crépitements accompagnés d'étincelles.

2

L'islam aux yeux d'un enfant

Début octobre 2018

— Il faut d'abord que tu saches que ma mère, donc ton arrière-grand-mère, était une femme exceptionnelle. Après avoir connu l'exode en 1940, sauvant sa famille au volant de sa voiture en fuyant les Allemands, elle réussit en 1941 à obtenir, en pleine Occupation, les papiers nécessaires pour franchir la ligne de démarcation – cette frontière qui coupait la France en deux. Elle parvint ainsi à rejoindre son mari au Maroc. Mon père, le capitaine de corvette François Marion-Lapierre, commandait alors une escadrille de cinq sous-marins basés à Casablanca. Nous y sommes donc arrivés en novembre 1941. Maman s'intéressa très vite à l'islam. Elle eut tout de suite des rapports cordiaux, ce qui était rare pour l'époque, avec nos domestiques indigènes, comme l'on disait alors : Mohamed, le cuisinier, et Aïcha, la femme de ménage. Elle les traitait un peu comme des membres de la famille, parlait avec eux, discutant même amicalement de religion. C'étaient des gens agréables et leurs échanges se déroulaient sans aucune agressivité. Avec le recul, je perçois quand même dans l'attitude de ma mère à l'égard de l'islam une certaine condescendance : malgré son respect pour cette religion, l'admiration pour sa culture, ses œuvres, son passé, maman au fond d'elle-même était convaincue de la supériorité du christianisme. Comme Mohamed et Aïcha étaient des âmes simples, ils ne s'en apercevaient pas. Très jeune, j'ai ainsi entendu parler de l'islam, une religion qui me paraissait bien sûr différente, mais normale au Maroc… comme aujourd'hui les petits catholiques trouvent normales les religions protestantes ou orthodoxes. À l'âge de six ans, j'ai découvert les contes, les légendes des *Mille et une Nuits* et j'ai adoré toutes ces belles histoires. Je me passionnais pour Sindbad le Marin, Ali Baba, Aladin, Shéhérazade… Tout un univers poétique où je plongeais avec enchantement ! Je rêvais de tapis volant, de lampe merveilleuse… Un peu plus tard, quand j'eus sept, huit ans, on m'emmena visiter Fès, Marrakech, Meknès, les villes impériales ! Je découvris alors l'incroyable beauté des palais du sultan, celle des grandes mosquées où Mohamed m'emmenait parfois… J'ignorais bien sûr la culture, l'art islamique, mais je m'imprégnais de la splendeur de cette civilisation que je vivais au quotidien. Ce n'est que beaucoup plus tard que je pus étudier l'Islam, ses penseurs, ses artistes, ses mathématiciens… Mais c'est une autre histoire. L'été, nous passions nos vacances dans l'Atlas où j'eus la chance de rencontrer, aux côtés de mon père en permission, lors de *diffas*, ces grands repas officiels sous la tente, des chefs berbères, des caïds – de vrais seigneurs médiévaux – qui de nouveau frappèrent mon imagination. Vint l'année 1944. Mon père fut alors nommé comme troisième commandant d'un croiseur qui devait participer au débarquement des Alliés en Italie. Lors de son départ, juste avant de nous quitter, il convoqua Mohamed le cuisinier et lui confia « la femme et les enfants ». Ce dernier pris le rôle très au sérieux et arrêta de boire : ce que le Coran n'avait pu obtenir, le sens des responsabilités le fit. Et je me retrouvai avec un pseudo-père musulman, gentil mais sévère ! Je me souviens qu'un jour où j'avais fait une grosse bêtise, il m'avait très sérieusement grondé, me disant et je l'entends encore : « Le commandant y fait la guerre, et toi ti fais des conneries ! » Aujourd'hui encore, quand je suis au bord de faire une connerie, j'entends presque Mohamed me grondant !

Il se mit à rire :

— Cela te marque pour la vie d'avoir été éduqué pendant un an par un cuisinier arabe... Car Mohamed, lui, n'était pas un Berbère, mais un Arabe !

Après un petit temps de silence où visiblement il repensait à ce lointain passé, il poursuivit :

— Bref, je l'aimais beaucoup et ce fut un véritable déchirement quand, à la fin mai 1945, nous regagnâmes la métropole, rapatriés par la marine. Nous dûmes laisser alors un Mohamed et une Aïcha les larmes aux yeux. Je retrouvais une France sortant de la guerre, triste, pauvre, sombre. Je regrettais mon Maroc écrasé de soleil, son exotisme, son Islam... et mon Mohamed !

Son speech fini, il se leva :

— Mon petit vieux, il est tard. Tu travailles demain et j'ai pour ma part des engagements importants... Je souhaite être en forme, d'autant que je dois me lever tôt. Si tu veux que je te raconte davantage ma vie, et notamment que j'évoque mes souvenirs d'Algérie avec mes harkis, cela prendra un certain temps ! Un bon prétexte pour que tu reviennes dîner un soir... et on s'arrangera pour que Laure soit là !

Antoine n'insista pas et prit rapidement congé. Il était fatigué lui aussi et content de retrouver sa copine Sophie qui l'attendait.

3

Réflexions

Début octobre 2018

Une bonne demi-heure de marche à faire ! Antoine se hâtait de rentrer chez lui – un petit studio près de la porte Dauphine où il habitait avec sa compagne, Sophie Maricourt. Il était onze heures et demie passées. Sophie, comme à son habitude, l'attendait pour se coucher, ce qui lui plaisait et l'énervait à la fois. Il était d'un caractère indépendant, avait été habitué à vivre seul à l'université de Durham puis sur le campus d'HEC. Ce côté maternel, partant d'un bon sentiment de la part de Sophie, lui donnait l'impression d'être contrôlé. Une atteinte à sa sacro-sainte liberté ! On ne se refait pas, se disait-il, conscient d'être injuste.

Il faisait froid et il marchait d'un bon pas pour se réchauffer, tout en repensant à cette soirée passée avec son grand-père et à leurs échanges. Élevé en Alsace, dans la propriété des Waldbrunner près de Wissembourg, puis à Strasbourg où sa famille avait un appartement, il était beaucoup plus proche du clan paternel. Antoine avait commencé à voir ses grands-parents maternels de plus en plus souvent lors de ses deux années d'études à HEC. Il vivait alors sur le campus de l'école à Jouy-en-Josas, mais de temps à autre, lors d'un bref passage à Paris, il lui arrivait d'aller prendre un repas chez les Marion-Lapierre – un ménage visiblement très uni malgré les ans. Des gens gais, libéraux, restés jeunes en dépit de leur âge, qui l'accueillaient avec chaleur.

Il ne se lia vraiment avec eux qu'une fois engagé dans la vie professionnelle. À la sortie d'HEC, il s'était mis en recherche d'un job. Son curriculum vitæ lui ouvrait les portes des plus grands groupes. Il voulait travailler dans la stratégie et le conseil. McKinsey, Lazare, le Boston Consulting Group, Roland Berger… pour n'en citer que quelques-uns, étaient prêts à l'embaucher. Il avait préféré rejoindre un plus petit cabinet, à vrai dire de taille modeste, Edward Bradley Consultants – EBC. Une affaire créée par un Américain marié à une Française et installé de longue date à Paris. Ce patron dynamique l'avait séduit et il s'était dit que, dans une telle affaire, il serait plus directement opérationnel et que la personnalité du fondateur avec lequel il avait sympathisé lui permettrait sans doute d'avoir davantage d'autonomie et de responsabilités que dans un gros cabinet très normé.

Il y travaillait maintenant depuis trois ans et y avait pris ses marques, appréciant l'ambiance d'efficacité et le bon climat social qui y régnaient, même si les horaires étaient contraignants.

Il avait été étonné d'entendre ce soir les propos désabusés de son grand-père sur les idéologies, venant d'un homme positif, optimiste même, tout en étant assez pudique sur ses sentiments profonds. Leurs échanges jusqu'alors avaient été intelligents, agréables, mais jamais personnels. Ils parlaient surtout business, un univers dont Philippe Marion-Lapierre avait une grande expérience. C'était la première fois qu'il se livrait ainsi, exprimant ses opinions et, ce qui était plus surprenant pour le garçon, ses désillusions.

Comme le font souvent les jeunes, Antoine avait jusque-là tendance à mettre cet adulte dans une case, à le *pigeon holed*[1] selon la formule anglaise – à l'enfermer dans la case du grand bourgeois qui a réussi : parcours professionnel brillant, jolie femme, bel appartement dans le 16e arrondissement, agréable propriété de famille dans l'Aube, chalet dans les Alpes, luxueuse BMW, golf... Bref, un portrait presque caricatural de la réussite matérielle bourgeoise que daubait son père, Jacques de Waldbrunner, un peu jaloux du haut de son aristocratie ! Ce qui avait renforcé l'image positive qu'avait Antoine de son grand-père maternel.

Il avait donc appris de sa mère que ce dernier avait fait, selon son expression, une belle guerre d'Algérie – formule qui interpellait le garçon : comment une guerre pouvait-elle être belle ? On lui avait raconté aussi qu'à la fin du conflit, Philippe, pour éviter à ses harkis une mort certaine, en avait ramené une quarantaine et les avait installés dans le Languedoc, chez sa sœur Nanette et son beau-frère Gilles. C'était bien des années avant ses études à Durham et il n'y avait pas alors trop prêté attention.

Tout en marchant, il repensait aux propos désabusés qu'avait eu le vieil homme – à vrai dire, un adjectif qui ne correspondait guère à Philippe Marion-Lapierre : à plus de quatre-vingts ans, il avait encore tous ses cheveux et tenait selon son expression une forme olympique ! Pas le genre à se lamenter sur son passé. Et pourtant, à l'entendre, Antoine avait ressenti sa sincérité, croyant comprendre que son grand-père avait effectivement perdu la foi dans l'essentiel de ce à quoi son milieu et lui-même avaient cru. Il en vint

1. *Pigeon holed* : mettre dans un trou de pigeon, cataloguer.

à se demander s'il avait lui-même des certitudes et si elles seraient elles aussi remises en cause. Il songea avec une certaine honte qu'il n'avait pas de grandes convictions – aucune en politique, hormis la croyance en l'économie de marché et la volonté de lutter pour préserver un climat viable à terme pour l'humanité... et quelques vœux pieux de justice sociale et de tolérance... Il trouvait les hommes politiques actuels peu attirants et non représentatifs, très inférieurs aux grandes figures du passé : les de Gaulle, Pompidou, Giscard... et à la limite Mitterrand, qu'il considérait pourtant comme un homme douteux : un politicien opportuniste mais dont il respectait la culture et le goût des livres.

Non, à la réflexion, sa seule croyance était sa foi. Même s'il n'était pas très pratiquant et se rendait épisodiquement à la messe le dimanche, il avait gardé de son enfance un socle religieux. Et tout en jouant les esprits forts, il ne s'endormait jamais le soir sans dire une petite prière. Il avait un certain besoin de spiritualité. Contrairement à beaucoup de catholiques pratiquants, les errements du clergé dans les paradis interdits de la sexualité ne le troublaient pas outre mesure. Il était convaincu qu'en enquêtant sérieusement on trouverait les mêmes à l'Éducation nationale. Il avait instinctivement fait sienne la formule réaliste de saint François de Sales : là où il y a de l'homme, il y a de l'hommerie ! L'Église était une institution terrestre, un reflet de la nature humaine : des papes licencieux et violents de la Renaissance aux curés pédophiles, c'étaient tous de grands pécheurs mais hélas très humains.

Sa foi reposait sur deux piliers : la personne du Christ qui était centrale et celle de la Vierge Marie à laquelle il vouait une affection particulière. Tout le reste relevait pour lui de la contingence, de l'histoire, de la culture... important mais pas essentiel ! Ne comptaient pour lui que le dieu vivant incarné et sa mère terrestre. Cela ne pouvait être remis en cause. Au fond, songeait-il, en dehors de ma foi, comme bon-papa, je n'ai aucune certitude, aucune idéologie à laquelle j'adhère...

Et d'une certaine façon, ce constat, presque ce manque, était rassurant, car il n'avait pas été confronté à de grands choix politiques et humains comme son grand-père l'avait sans doute été quand la conscription l'avait envoyé en Algérie – faire la guerre ou se planquer ? Tuer ou être tué ? Rentrer en France sain et sauf en abandonnant ses harkis à leur sort ou tenter de les sauver en les ramenant en métropole, même si aux yeux de leurs compatriotes, ils avaient été des collaborateurs, des traîtres ?... Des questions graves qui obligeaient, si l'on était honnête, à se positionner. Et peut-être à rejoindre des choix idéologiques ou tout au moins partisans !

Il s'interrogeait sur cette guerre d'Algérie qui avait à l'évidence beaucoup compté pour son grand-père et sa génération. Quel avait été son rôle là-bas ?

Il repensait en écoutant son vieux à un incident désagréable qu'il avait vécu à l'université de Durham, à cet accrochage violent avec un jeune Algérien de sa promotion. Un incident qui, sans qu'il ne se l'avoue, l'avait perturbé, l'amenant à se poser des questions sur les agissements de l'armée française durant le conflit et donc le rôle qu'avait joué son grand-père là-bas. Avait-il été un affreux colonialiste, un tortionnaire ? À l'instar de tous les officiers français, comme le prétendait cet Arabe haineux ? Antoine ne pouvait le croire... Mais tandis qu'il marchait, accélérant l'allure, il ne pouvait s'empêcher de repenser à cette algarade qui, malgré lui, l'interpellait.

*

Antoine revoyait les lieux, dans ce Durham qu'il avait aimé – cette cité universitaire charmante où l'on avait tourné plusieurs épisodes des films d'Harry Potter ! Il s'agissait d'un petit établissement sympathique *so british*. Il ne se souvenait plus du nom, mais il en visualisait la façade blanc cassé. Un lieu qui s'apparentait à un pub, mais était en fait un salon de thé où l'on ne servait pas d'alcool – important pour les trois copains musulmans avec lesquels il était venu : deux Pakistanais, Abdul Ali et Akram –, ce qui lui paraissait normal, l'Angleterre accueillant un certain nombre d'élèves venant de ses anciennes colonies. Le troisième larron était plus surprenant : un Algérien dénommé Rachid, un grand type plutôt beau et brillant qui avait choisi de poursuivre ses études en Angleterre, officiellement pour perfectionner son anglais. Mais, Antoine le découvrit ce soir-là, en fait pour prendre ses distances avec une France dont il rejetait la culture. Il apprit aussi plus tard que la famille de Rachid avait été très engagée dans la guerre d'Algérie côté nationaliste et que, depuis l'indépendance du pays, ses grands-parents des deux bords et son père avaient fait partie de la nomenklatura du régime.

Les hasards de la vie les avaient logés tous les quatre dans le même bâtiment. Ils suivaient le même cursus de stratégie d'entreprise et de finance. Antoine les appréciait, comme les autres élèves, garçons et filles, avec lesquels ils habitaient. Ils étaient chaleureux et, quand ils avaient proposé à Antoine d'aller prendre un verre en ville, il avait accepté sans arrière-pensée.

Ils avaient tous commandé du thé et des gâteaux, les musulmans paraissant très friands de pâtisserie et visiblement habitués de l'endroit.

Au début la conversation avait été amicale, portant sur l'université, les professeurs, la qualité de l'enseignement. Puis ils avaient évoqué le prochain référendum sur le Brexit de fin juin : les étudiants anglais de Durham étaient clairement contre le Brexit, mais la population de Newcastle, la grande ville voisine, voulait majoritairement sortir de l'Europe, accusée de tous les maux et notamment de la pauvreté économique de la région. C'est à partir de là que les choses, comme le disait Antoine, avaient dérapé. Les deux Pakistanais ne comprenaient pas bien pourquoi la Grande-Bretagne voulait quitter l'Union européenne. Rachid s'était déclaré lui très favorable au Brexit, se montrant hostile à l'Europe, lui reprochant son passé colonialiste. Antoine lui avait fait remarquer que l'Angleterre avait eu le plus grand empire colonial et qu'elle s'efforçait de le maintenir discrètement *via* le Commonwealth. Le Brexit la verrait certainement tentée de renforcer ses liens avec cette union. Cette réflexion avait eu le don de déclencher la colère de Rachid qui s'était soudain emporté contre la France, le plus épouvantable des pays colonisateurs, s'efforçant encore de maintenir son emprise sur l'Afrique noire et même sur le Maghreb, et qu'il était mal placé pour critiquer la Grande-Bretagne.

Et puis, devant les deux Pakistanais un peu étonnés et un Antoine déstabilisé, il avait évoqué la guerre d'Algérie, le génocide commis par la France dont les soldats avaient torturé et exécuté les résistants nationalistes. Les nombreux villages, des douars comme il disait, qui avaient été brûlés, les habitants déportés…

et, comble de la déloyauté française : un accueil en métropole des Algériens collaborateurs, les harkis, avait été organisé, leur permettant d'échapper à la justice de leur pays. Un long monologue haineux !

Antoine connaissait mal la question dont il avait écouté d'une oreille distraite, au fil des ans, la présentation faite par sa famille : l'Algérie, cette belle colonie, avait été créée par la France à partir de tribus indigènes disparates. La présence d'une forte population européenne de l'ordre d'un million et demi de gens dynamiques et entreprenants avait permis de bâtir, en plus d'un siècle, un pays riche et prometteur, formant trois départements français. Puis était survenue dans les années 1950 une insurrection nationaliste s'inscrivant dans le courant mondial de la décolonisation et de la volonté d'indépendance des peuples indigènes. Après sept années de combats, un accord avait été trouvé par le général de Gaulle, mettant fin à une guerre qui ne disait pas son nom[1]... Cette guerre à laquelle il savait que son grand-père maternel avait participé, comme officier à la tête de ces fameux harkis – un homme qui à l'évidence était tout sauf un tortionnaire ayant participé à un génocide !

Les deux Pakistanais avaient suivi avec surprise la conduite excitée, violente de Rachid. D'autant que dans sa colère, l'Algérien avait fini par agresser Antoine dans un français que ne comprenaient ni Abdul Ali ni Akram ! Antoine, lui, commençait à ne plus supporter ces diatribes à l'évidence exagérées. Il finit par le dire à Rachid et ils manquèrent d'en venir aux mains, les Pakistanais pacifiques les séparant. Puis

1. À l'époque, les autorités françaises parlaient toujours des « événements » d'Algérie et jamais de la guerre d'Algérie.

l'Algérien, absolument furieux, avait quitté de façon théâtrale l'établissement. Inutile de dire qu'Antoine et lui ne s'étaient plus parlé jusqu'à la fin de l'année universitaire.

Après l'algarade, les deux Pakistanais avaient apporté leur soutien au garçon, avec lequel ils étaient demeurés amis, s'envoyant même depuis des cartes de vœux à Noël.

Cette histoire, dont il gardait un souvenir désagréable, lui était restée sur le cœur – une sorte de frustration de n'avoir pas bien su quoi répondre à ce Rachid pour défendre l'honneur de la France, et d'une certaine manière celui de son grand-père. Il espérait qu'un échange approfondi avec ce dernier lui permettrait de mieux comprendre ce qu'avait été cette guerre d'Algérie dont la mémoire était à l'évidence encore douloureuse en France et bien sûr dans le Maghreb. Une occasion aussi de se lier avec ses grands-parents, et particulièrement avec sa grand-mère qui était, elle, d'origine pied-noir et pourrait apporter sur le conflit une lumière personnelle. Il était impatient de les rencontrer à nouveau tous les deux.

Comme l'avait suggéré son grand-père, il les questionnerait sur leur passé colonial tout en cherchant à comprendre pourquoi ledit grand-père avait le sentiment d'avoir perdu tout ce à quoi il avait cru. Peut-être les deux questions étaient-elles liées…

4

Je t'aime, moi non plus

Début octobre 2018

Sophie n'était effectivement pas couchée quand Antoine, fatigué, arriva. Elle l'attendait dans le living, ensommeillée, les yeux fermés, écoutant un concert de musique classique sur Mezzo. Elle se leva d'un bond en entendant la clé ouvrir la porte d'entrée et s'écria, dès qu'Antoine eut passé la tête :

— Salut, chéri ! C'était bien, ton dîner ?

Il n'était pas d'humeur à dialoguer et grogna, laconique :

— Ouais, bien…

Elle le regarda, déçue :

— Pas très causant, le monsieur !

Il s'approcha d'elle et lui posa un petit baiser sur les lèvres :

— Excuse-moi, je suis complètement épuisé. J'ai eu une journée chargée au bureau, assez stressante. Et ce soir, j'ai dîné seul avec mon grand-père, bonne-maman nous avait préparé un dîner copieux… que nous avons trop arrosé d'un excellent bordeaux. Et je suis rentré à pied. Je tombe de fatigue !

Elle lui sourit, indulgente :

— Viens, on va se coucher, alors…

Sans lui demander son avis, elle éteignit la télé et se dirigea vers la chambre. Il la suivit du regard tandis qu'elle s'éloignait d'un pas dansant. Elle était grande, avec de longues jambes, un corps harmonieux et un joli visage encadré par une chevelure auburn. Une belle femme désirable, ne put-il s'empêcher de penser, même si ce soir il ne se sentait guère prêt à l'honorer. En outre, le caractère quasi conjugal qu'elle donnait de plus en plus à leur relation l'irritait. Il s'en voulait mais ne pouvait s'empêcher de s'agacer de son attitude. Il était assez macho, voulant la cantonner dans son rôle de maîtresse.

Il avait rencontré Sophie deux ans auparavant, lors d'une soirée chez des copains. Il s'y était rendu seul. Il ne comptait pas y rester longtemps et n'avait proposé à aucune copine de l'accompagner : il devait se lever tôt le lendemain pour se rendre en train à Strasbourg, afin de passer un week-end en famille. Il redoutait d'ailleurs ces fêtes, ces bacchanales où la plupart des jeunes buvaient trop et où des comas éthyliques survenaient parfois. Il aimait rire, danser, flirter, coucher à l'occasion, mais détestait l'ivresse, qu'il trouvait dégradante. Il était donc arrivé en célibataire, décidé à faire un petit tour rapide, saluer deux, trois amis, regarder si par hasard il n'y aurait pas une belle esseulée, puis repartir. Comme il s'apprêtait à quitter les lieux, il vit entrer un couple : un gars de sa promo qu'il n'appréciait pas particulièrement – un certain Jean Schmidt, alsacien comme lui, vaguement apparenté à sa famille. Un garçon austère dont il sentait parfois le regard critique qu'il portait sur son mode de vie jugé licencieux : Antoine était un joyeux coureur de jupons et ne s'en cachait pas, catalogué comme tel dans sa promo. Ses trois meilleurs copains d'ailleurs étaient à son image... très éloignés de ce raseur de Schmidt. Mais la fille qui accompagnait ce dernier ce soir-là était une grande brune bien balancée, selon l'expression d'Antoine. Soudain intéressé, il était allé saluer le couple. Schmidt, surpris de cette amabilité inattendue, lui présenta son amie : Sophie Maricourt. La jeune fille était jolie et charmante – des pommettes hautes, des yeux verts, un séduisant sourire qui lui plissait les yeux et découvrait des dents parfaites... En entendant son compagnon lui présenter Antoine, la beauté réagit :

— Waldbrunner ? Qui êtes-vous par rapport à Jacques de Waldbrunner ?

Étonné, Antoine sourit :

— C'est mon père. Vous le connaissez ?

— Moi non, ou je l'ai peut-être vu une fois. C'est un ami de mon père. Ils se sont connus, je crois, comme internes à l'école des Roches, dans l'Eure. Ils sont restés amis et se voient de temps à autre quand votre père vient à Paris.

— C'est drôle, mon père ne m'en a jamais parlé ! s'exclama Antoine, songeant une fois de plus combien son père était discret, fermé, ne se livrait pas. Il avait du mal à l'imaginer retrouvant un vieux copain, allant dans un bistro avec lui pour évoquer leurs souvenirs de jeunesse. Il se mit à rire et lança à la fille, avec un clin d'œil :

— Nos pères sont amis ! Soyons-le aussi...

Schmidt, visiblement énervé, prit la belle Sophie par la main :

— Tu viens danser ?

En s'éloignant, elle fit un petit sourire à Antoine. Plus tard dans la soirée, ce dernier profita de l'éloignement momentané de Schmidt pour l'inviter à danser.

Elle était souple, aimait le rock. Ils s'accordèrent à merveille. Puis vint un slow où Antoine la tint serrée contre lui, ce qu'elle sembla apprécier. Il lui murmura à l'oreille :

— J'aimerais te revoir…

— Si tu veux. Je serais ravie !

Il eut encore le temps de lui demander discrètement son adresse et son numéro de téléphone, avant de la rendre à Schmidt qui les regardait, furieux. Antoine lui dit au revoir avec un petit sourire. Ce n'était pas le plus joli côté de sa nature : il aimait défier les autres mâles comme un cerf en rut provoque ses congénères. Il en était conscient mais y prenait du plaisir.

Le lendemain, ayant retrouvé sa famille à Strasbourg, il était allé dîner avec ses parents et sa sœur Béatrice chez Yvonne – une winstub[1] traditionnelle dont son père connaissait la patronne depuis toujours. Comme ils dégustaient une bonne choucroute accompagnée d'une abondante charcuterie, Antoine avait demandé à son père s'il voyait qui était Sophie Maricourt. Ce dernier avait ri :

— Sophie est la fille d'Alain Maricourt, un de mes plus vieux copains avec qui j'ai fait les quatre cents coups !

Louise, la mère d'Antoine, prenant les devants, avait pris l'air pincé :

— Jacques, épargne-nous tes turpitudes passées !

Antoine, étonné, regardait son père qui avait le visage malicieux et pour une fois détendu. Pourquoi fallait-il qu'il soit si souvent normatif, coincé dans ses certitudes et son éducation d'aristo ! Il le savait pince-sans-rire, capable d'être drôle, très aimé de ses amis.

---

1. Winstub : petit restaurant de spécialités alsaciennes.

Et ce soir, le voyant mis en joie par des souvenirs de jeunesse et la réaction de sa femme, Antoine se dit qu'au fond, il aimait son père dès que le masque social tombait et révélait un homme plutôt intelligent, gentil et gai. Ce dernier reprit, toujours souriant, taquin même :

— Antoine, tu te décides enfin à sortir avec des jeunes filles comme il faut ? Ces Maricourt sont des gens très bien, des protestants lyonnais tout ce qu'il y a de sérieux...

Le garçon se mit à rire :

— Si vous me dites cela, je vais me sauver en courant !

Le père, qu'une bonne bouteille de vin d'Alsace avait détendu, déboutonné, se dit Antoine, rit à son tour :

— Ne te fais pas pire que tu es... Et ne me brouille pas avec mon vieil ami Alain !

Rentré à Paris, Antoine avait téléphoné à la belle Sophie qui avait accepté de dîner au restaurant avec lui. Ils avaient passé un moment très agréable, se sentant proches l'un de l'autre. Elle avait fait l'Essec et travaillait au marketing de Colgate-Palmolive. Ils s'étaient découvert nombre d'amis communs. Ils aimaient tous deux la littérature et le sport – le *running* au bois de Boulogne, le ski, le tennis... Et au retour, garés près de chez elle, ils avaient flirté dans la voiture qu'Antoine avait louée pour l'occasion.

Quinze jours plus tard, elle s'était donnée à lui. Antoine eut la surprise de découvrir qu'à vingt et un ans, Sophie était encore vierge. Toute débutante qu'elle fût, elle s'avéra vite au cours des semaines suivantes une amoureuse passionnée. Ils s'accordèrent parfaitement et ressortaient de ces séances d'amour épuisés mais heureux. Ils vécurent six mois dans la légèreté d'un bonheur physique – du moins de la part d'Antoine…

Les choses s'étaient gâtées après qu'Antoine eut décidé de quitter l'appartement parisien de ses parents – un pied-à-terre de trois pièces où son père s'installait lors de brefs passages dans la capitale. Antoine n'appréciait guère cette cohabitation paternelle assez fréquente, et le contrôle qu'exerçait alors sur sa vie personnelle le *pater familias*.

Il avait vite loué un petit studio sympa dans un immeuble ancien du boulevard Flandrin, à dix minutes à pied de son bureau. Il comptait y vivre seul, mais Sophie avait insisté pour s'y installer avec lui. Il n'avait pas su ou osé dire non. Et peu à peu, elle avait donné à leur relation un tour quasi conjugal. Comme l'avait dit Jacques, c'était une fille bien. Elle avait cédé à ce garçon par amour, car elle était très éprise, mais comptait bien l'épouser. Protestante, elle allait au temple Cortambert tous les dimanches et ne voulait pas vivre indéfiniment dans le péché… aussi bon soit-il ! Elle ne l'avait jamais exprimé clairement, mais tout son comportement le faisait comprendre.

Antoine, âgé de vingt-six ans, n'avait aucune envie de convoler, d'avoir tout de suite des enfants et d'être coincé par eux. Bien qu'aimant Sophie à sa façon, il continuait à avoir souvent envie d'autres femmes. Il se voulait pour le moment fidèle, mais ne s'interdisait pas totalement de s'offrir un jour un petit extra par-ci, par-là… Il n'était pas du tout prêt pour le mariage !

Il y avait donc un grand malentendu entre eux : Antoine vivait leur relation comme une aventure pouvant éventuellement durer, Sophie la voyait comme l'antichambre du mariage. Et forte de cette conviction, croyant bien faire, elle se montrait de plus en plus conjugale, irritant Antoine chaque jour davantage. Il étouffait dans ce cadre qu'il n'avait pas souhaité… et qu'il vivait comme un piège, même si le piège le rendait heureux. Compliqué.

5

Naufrage des certitudes

Début novembre 2018

Un mois plus tard, Antoine devait dîner à nouveau chez ses grands-parents. L'ambiance n'était pas la même. Il avait pu pour une fois se libérer tôt du bureau : on était vendredi, seul jour de la semaine où les équipes d'EBC venaient au bureau en tenue de sport, décontractée, dans le cadre du *Friday wear*[1]. Et, sauf coup de chien, tout le monde quittait le bureau vers dix-sept heures ! Le garçon avait donc pu retrouver tôt ses deux vieux. Ces derniers l'attendaient dans le salon de leur bel appartement du 16e arrondissement, avenue Paul-Doumer. Une pièce assez classique avec ses meubles anciens et deux tableaux d'Albert Marquet – un peintre que Philippe et Laure Marion-Lapierre affectionnaient, et dont ils s'étaient offert ces toiles qui leur rappelaient leur jeunesse en Afrique du Nord.

Antoine aimait beaucoup sa grand-mère – une jolie vieille dame, malheureusement âgée et fatiguée. Une femme fine, presque fragile, aux cheveux blancs. Un visage aux traits réguliers, dont le teint méridional

1. Coutume d'origine américaine qui autorise à s'habiller de façon décontractée le vendredi (*Friday* en anglais).

faisait ressortir de grands yeux bleus. Elle avait trois ans de plus que son mari et cela se voyait, d'autant que Philippe était particulièrement bien conservé. Louise, la mère d'Antoine, lui avait raconté de façon plus détaillée l'histoire d'amour de ses parents.

Durant la guerre d'Algérie, Philippe, alors sous-lieutenant en permission à Alger, avait rencontré Laure, qui était mariée à un officier d'active et malheureuse en ménage. Entre le jeune sous-lieutenant célibataire et la belle pied-noir, cela avait été le coup de foudre... et ils étaient devenus amants. Une relation passionnée qui semblait sans issue : Laure, catholique pratiquante et mère de deux enfants, des jumeaux, se refusait à quitter son commandant de mari et à refaire sa vie avec Philippe. Le destin avait fini par régler de lui-même les choses quand Paul, le mari de Laure, avait été victime d'un grave accident de la route, le laissant d'abord paraplégique puis entraînant sa mort. Les deux amoureux, après avoir observé un délai de deux ans, s'étaient mariés et avaient eu ensuite trois enfants. Cette histoire romantique fascinait Antoine qui regardait avec admiration ce couple visiblement encore amoureux... même si, comme tous les vieux couples, ils se chamaillaient parfois.

Laure avait apporté des boissons, tandis que Philippe, debout, attendait de prendre la parole. Il avait promis lors de leur dernière rencontre de raconter à grands traits l'histoire de sa vie à ce petit-fils dont il s'était beaucoup rapproché ces derniers temps. Antoine, confortablement installé dans un canapé profond, un verre de whisky à la main, s'apprêtait à écouter son grand-père, sous l'œil bienveillant de sa chère épouse, comme il disait avec un brin de gentille ironie. Laquelle était assise dans une bergère

Louis XVI, tandis que le feu dans l'âtre distillait une douce chaleur – une ambiance très bourgeoise, très traditionnelle, pour le récit d'une vie qui ne l'avait pas été.

*

— J'appartiens, tu le sais, Antoine, à une famille bien différente de celle de ton père. Une famille bourgeoise de tradition républicaine qui, déjà sous l'Ancien Régime, avait compté des avocats, des magistrats et, lors de la Révolution, un député de l'Aube qui, je n'en suis pas fier, avait voté pour la mort du roi. Tout au long du XIXe siècle, mes ancêtres, les tiens Antoine, ont été préfets du département et maires de notre bourg d'Hervy. Mon grand-père, au début du siècle dernier, avait créé une petite affaire de bonneterie à Troyes tout en étant encore le premier magistrat de notre commune – une entreprise que mon père reprit plus tard. Sur le plan religieux, nous étions une tribu de tradition catholique qui possédait son propre banc à l'église et ne ratait jamais la grande messe du dimanche, à la fois par conviction religieuse, mais aussi, je crois, par volonté d'exemplarité vis-à-vis de la population locale. Si je considère la situation aujourd'hui, les choses ont sacrément évolué ! J'ai personnellement quitté mes racines, la province, pour faire carrière dans des grands groupes internationaux. L'affaire de bonneterie a périclité et a été rachetée par le groupe Devanlay. Quant à la famille, elle a pour partie éclaté. Ma sœur aînée Nanette est veuve après avoir été mariée à Gilles Bousquet, mon beau-frère, et cela a été un bon ménage. Ma sœur cadette Marguerite, en revanche, a divorcé, ce qui aurait été impensable chez les Marion-Lapierre autrefois. Mon frère Henri, lui, après la vente de la bonneterie, a quitté la France pour s'installer aux États-Unis. Il vit à New York avec une compagne avec qui il a eu deux enfants. Quant au bourg, il a lui aussi bien changé ! Nous sommes devenus une ville-dortoir où habitent essentiellement des ouvriers, en fait la main-d'œuvre des usines de Troyes – principalement des affaires de confection. La population, en majorité composée d'émigrés, a remplacé les paysans français de jadis. Le maire aujourd'hui est un jeune socialiste soi-disant à tendance écolo qui a été parachuté par le PS. Il n'est pas de la région et bétonne joyeusement la jolie petite ville médiévale qu'était Hervy. On parle de lui pour la députation. La belle église gothique où ma famille, comme toutes celles des notables, avait son banc attitré, s'est vidée de ses paroissiens. On n'y voit plus que des cheveux gris ou des crânes chauves. Les jeunes l'ont désertée. Au dernier conseil municipal, il a été question de transformer l'ancienne halle aux grains qui ne sert plus à rien en mosquée… Dieu merci, nous avons su garder notre chère propriété que nos bois protègent de l'urbanisation galopante… pour combien de temps encore ?

Philippe se tut un moment, à l'évidence déprimé à l'évocation de ce triste tableau. Antoine en profita pour le relancer, plus intéressé par le passé de son grand-père et l'histoire familiale que ses considérations sociologiques qu'il ne connaissait que trop bien.

— Mais vous concernant directement, vous m'aviez parlé le mois dernier du naufrage des croyances, des valeurs de votre enfance, de celles de votre famille… Vous pouvez m'expliquer ce que vous avez voulu dire ?

Laure sourit de l'impatience du garçon. Philippe se versa un verre de whisky avant de reprendre.

*

— J'y viens ! Le monde d'avant la guerre de 1940, vu d'aujourd'hui, était un paradis pour les familles de la grande bourgeoisie. Mes parents avaient de la fortune. C'étaient des notables, servis par une domesticité importante. Et moi-même, petit garçon gâté, j'ai été élevé par une gouvernante autrichienne, Josépha, que j'appelais Bibi et que j'adorais. La vie était facile, la nourriture abondante, les jouets nombreux... et certainement coûteux. Bref, un rêve ! La déclaration de guerre intervint en août 1939. Mes parents, je m'en souviens, étaient convaincus que nous avions une armée invincible, la plus forte au monde, et que le conflit ne durerait pas longtemps. Les faits, hélas, vinrent vite ruiner ces illusions, mes premières illusions. Tout enfant que j'étais, je découvris la peur et l'humiliation quand je vis les Boches, comme l'on disait alors, nous envahir. Je connus l'exode mais aussi l'écroulement de notre mode de vie, le froid, les rationnements, les privations... C'était un monde, mon monde, qui avait basculé et avec lui mes certitudes d'enfant privilégié. Dieu merci, mon père, alors dans la marine, avait réussi à gagner l'Angleterre et, de là, le Maroc où il fut affecté à une escadrille de sous-marins basée à Casablanca. Un Maroc que les conventions d'armistice avaient maintenu hors des griffes des Allemands, sous le contrôle du gouvernement français de Vichy, dirigé par le maréchal Pétain. Ma mère, mon frère, mes sœurs et moi étions restés en métropole. Nous menions à Troyes une triste vie dans cette France occupée. Maman et ses parents – tes arrière-grands-parents que tu n'as pas connus –, étaient, comme l'immense majorité des Français à cette époque, très pétainistes.

Laure le coupa vivement :

— Nous étions nous aussi, dans notre famille à Alger, très pétainistes !

Philippe reprit :

— Tu sais, dans nos milieux bourgeois, ce vieux maréchal, héros de 1914, avec sa belle tête de patriarche surmontée d'un képi couvert de feuilles de chêne, paraissait rassurant. Il avait sauvé la France à Verdun, on pensait qu'il saurait tenir tête à Hitler et nous protéger de la brutalité des Allemands. Bref, c'était l'homme providentiel tel que les Français l'attendent toujours !

Antoine le coupa, les sourcils froncés :

— Ne me dites pas que vos parents ont été des collaborateurs !

Le grand-père réagit prestement :

— En aucun cas ! Pétainiste ne voulait pas dire collaborateur. On croyait au maréchal Pétain, c'était le gouvernement légal de la France. On veut l'oublier, mais la Chambre des députés, y compris la grande majorité des parlementaires socialistes, lui avait voté sa confiance. Peu à peu, les yeux se sont dessillés, notamment après l'entrevue entre Pétain et Hitler à Montoire. Je te rassure, aucun Marion-Lapierre n'a collaboré, n'a aidé l'ennemi, et mon père, ton arrière-grand-père, a fait une guerre courageuse dans la marine !

Le garçon parut soulagé. Il sourit :

— Après, qu'êtes-vous devenu ? Vous avez vécu toute la guerre sous l'Occupation ?

— Nous sommes restés à Troyes jusqu'à fin 1941. J'étais scolarisé dans une école privée où l'on me faisait chanter tous les matins, le bras tendu vers le ciel : « Maréchal, nous voilà ! / Devant toi le sauveur de la France / Nous jurons, nous tes gars / De servir et de suivre tes pas ! » Je collectionnais, comme les autres enfants de ma classe, des objets à son effigie : images, cartes postales, plumiers, etc. On se les échangeait sous le regard bienveillant de la maîtresse. Quand plus tard, le vent de l'Histoire ayant tourné, la belle image de Pétain fut déchirée et qu'on m'expliqua que ce vieillard indigne, gâteux, n'avait été qu'un affreux collaborateur, ce fut pour moi une certitude qui s'effondrait. On me proposa de lui substituer un simple général dégingandé – un certain de Gaulle, beaucoup moins attirant que mon vieux maréchal. Cette fois, mes parents ne l'aimaient guère, mes maîtres d'école sans doute non plus, car on ne me poussa pas à célébrer ni à chanter sa gloire, ni encore à collectionner ses images ! Tout cela était difficile à comprendre pour un petit garçon...

Antoine se mit à rire, se moquant de son grand-père :

— Et aujourd'hui, très politiquement incorrect ! J'imagine la tête de mes copains si je leur racontais que mon grand-père chantait un hymne à Pétain, en faisant le salut fasciste le bras levé... incroyable !

Philippe le regarda, amusé :

— Tu dois assumer ! Mais je n'ai pas fini d'évoquer toutes les contradictions que j'ai connues... Fin 1941, Maman reçut des pouvoirs publics l'autorisation de quitter la France occupée pour rejoindre avec ses enfants son mari à Casablanca. La devise de Vichy étant « Travail, Famille, Patrie », les autorités avaient considéré que permettre à une famille d'aller rejoindre son chef qui servait la patrie au Maroc était tout à fait justifié. Après avoir franchi la ligne de démarcation, avoir été contrôlés et fouillés par les Boches, puis avoir gagné Marseille, nous avions réussi à embarquer sur un paquebot et avions gagné le Maroc. Outre la joie de retrouver mon père, je découvris avec bonheur une colonie que la guerre avait jusque-là épargnée : la paix régnait hors de toute présence allemande, il faisait beau, le pays était exotique, la nourriture abondante, nos domestiques arabes gentils avec moi… Malgré mon jeune âge, je ressentais une certaine fierté inconsciente de colonisateur vis-à-vis des indigènes, et notamment du personnel à notre service – une fatma et un cuisinier. Mes parents, quand ils étaient entre eux, critiquaient parfois leur religion, leur foi musulmane. Les pauvres étaient sous-développés et leur religion à leur image : un islam bien inférieur à notre catholicisme, seule confession révélée. Cependant, mes parents étaient aimables avec eux. Mon grand-père, ayant servi sous les ordres de Lyautey, m'avait dit que nous étions au Maroc, nous les Français, pour les aider à devenir civilisés… et j'étais fier de ce rôle ! Cette idée de colonie où nous étions censés jouer les grands frères brillants pour faire évoluer des indigènes inférieurs me plaisait tout à fait. J'étais fier d'appartenir à cette France dont l'empire s'étendait aux quatre coins du monde. Je me mis à collectionner les timbres de toutes nos différentes colonies – des beaux timbres de l'Indochine à l'Afrique équatoriale française en passant par Madagascar, les Antilles ou Tahiti, qui me faisaient rêver et voyager par procuration ! Cela entraîna pour moi des années plus tard une nouvelle certitude qui allait s'effondrer lors de l'accession progressive à l'indépendance de toutes les colonies.

Antoine ne put s'empêcher de s'exclamer :

— Après avoir été pétainiste, presque collabo, vous avez été un affreux colonialiste ! Bravo ! La totale, bon-papa !

Laure intervint :

— En Algérie, nous étions encore plus colonialistes que ton grand-père au Maroc. Nous nous sentions vraiment supérieurs aux indigènes! Mais notre cas n'était pas isolé, Antoine: les mentalités de nos familles étaient alors partagées par l'immense majorité des Français, et au-delà, de tous les peuples des pays occidentaux: les Anglais, les Belges, etc. L'Europe était clairement coloniale et l'assumait sans état d'âme.

Antoine la coupa:

— Mais pour en revenir à l'Occupation, il y avait quand même des gaullistes, des résistants…

Philippe se mit à rire:

— En 1940-1942, j'étais trop petit pour le constater par moi-même, mais je sais que les gaullistes étaient très peu nombreux. Et il n'y avait guère de résistants. La France était très majoritairement pétainiste. C'est à partir de 1943 et surtout de 1944 que la Résistance a pris de l'ampleur. Le mythe de la France se levant face à l'occupant a été développé par de Gaulle et les gaullistes à la Libération. Mais c'est une grosse blague: le pays a été libéré par les Alliés, même s'il y eut des résistants héroïques et des actions menées par la Résistance, qui les ont bien aidés… sans oublier les quelques français très courageux qui ont rejoint dès 1940-1941 la Royal Air Force et les Forces françaises libres!

Antoine restait silencieux, sans doute étonné, choqué peut-être par cette vision de la Libération, différente de l'officielle.

— Ressers-moi un peu de whisky, demanda Philippe à Laure.

Après avoir bu quelques gorgées, il reprit:

— Nous étions donc au Maroc et mon père servait alors à l'amirauté, à Casablanca. Le 8 novembre 1942, les Américains décidèrent de débarquer en Afrique du

Nord. Je m'en souviens comme si c'était hier. L'armée de terre, l'aviation et la marine françaises reçurent de Pierre Laval, le chef du gouvernement de Vichy, l'ordre incroyable de s'opposer par les armes à ce débarquement. Il y eut alors des combats très violents et meurtriers entre les Français et les Américains.

Antoine s'exclama :

— Mais c'est insensé ! Les Américains ont traditionnellement été les alliés de la France ! De l'indépendance des États-Unis à la guerre de 1914, nous avons toujours été alliés !

— Oui, c'est vrai. C'était une énorme erreur. Pierre Laval avait alors considéré que ce débarquement contrevenait à la neutralité des colonies françaises décrétée lors des accords d'armistice signés avec les Allemands, et qu'il fallait l'empêcher à tout prix. Petit garçon de six ans, j'ai de nouveau vécu la guerre, les attaques aériennes, les combats, les milliers de morts et de blessés dans les deux camps. Encore un sujet d'incompréhension et d'angoisse pour moi ! Outre cette bataille à laquelle j'assistais depuis le toit de notre maison de Casablanca et qui me terrifiait, je ne comprenais pas pourquoi ces Américains, que ma famille avait toujours aimés, venaient attaquer mon papa et ses copains marins et allaient en tuer et en blesser beaucoup. Mon père eut de la chance d'échapper au carnage, mais nombre de ses proches dont certains que je connaissais périrent dans cette triste bataille.

Autre incompréhension : les combats à peine terminés, les Français pardonnèrent très vite aux Yankees comme ils les appelaient et se mirent à sympathiser avec eux. Moi-même, je découvris que ces *boys* qu'on m'avait présentés comme des affreux étaient des types merveilleux qui me donnaient du chewing-gum et des bonbons ! Je ne livrai pas à mes parents mes interrogations mais je me posais beaucoup de questions…

C'est aussi à cette époque que je connus mes premiers doutes religieux. Maman, un peu snob, trouvait vulgaire toute cette histoire de Père Noël. Elle avait préféré m'expliquer que c'était le petit Jésus qui, dans la nuit du 24 au 25 décembre, venait en personne apporter des cadeaux aux enfants sages. Ce qu'évidemment je m'efforçais d'être pour en recevoir un maximum !

Laure se mit à rire :

— Ta mère était effectivement snob ! Ma sœur et moi, on nous a fait croire au Père Noël et nous n'avons eu aucun problème !

Philippe, agacé, ne répondit pas et poursuivit :

— Maman poussa la fable très loin, puisque lors du Noël de 1942, je trouvai dans mes souliers, outre les cadeaux, une lettre dudit petit Jésus me félicitant de mes efforts et me fixant de nouveaux objectifs ! Je revois encore la lettre décorée d'étoiles… Mais patatras ! Je découvris l'année suivante, après m'être mis discrètement en situation d'observation, que ce n'était pas le petit Jésus mais ma chère mère qui apportait les cadeaux. Le choc que j'en éprouvai alla au-delà de la déception de voir cette merveilleuse histoire démystifiée : je me demandai ce qu'il y avait de vrai dans tout l'enseignement religieux que l'on me dispensait. J'étais un peu jeune encore pour assumer ce doute théologique et, sans le vouloir, ma mère avait semé une graine qui germerait plus tard, me rendant un peu sceptique. Enfin, c'est une autre histoire ! En revanche, toujours sur le plan religieux, je découvris la gentillesse, la proximité tendre à mon égard du personnel musulman dont je respectais peu à peu la religion, poussé en cela par ma mère qui, à la différence de mon père, était de nature tolérante. Je te l'ai raconté : elle me fit découvrir la beauté et la poésie de l'Islam ! Plus tard, je subis l'influence de Mohamed, notre cuisinier, un homme droit et gentil que j'admirais et qui me fit aimer la cuisine marocaine et en particulier la pâtisserie !

Antoine, l'œil amusé, intervint :

— Vous me faites penser à un de mes copains de Durham, un Pakistanais sympa et drôle qui prétendait que les Européens en général avaient une vision binaire et simplistes des musulmans – soit des terroristes fanatiques le couteau à la main, soit de riches loukoums se gavant de gâteaux au miel !

— Il y a un peu de ça !

Ils rirent tous les deux. Un silence s'établit, puis Philippe reprit :

— J'en reviens à ma famille. Elle fut rapatriée en métropole à l'été 1945. Je laissai un Mohamed effondré de nous voir partir et quittai ce Maroc ensoleillé que j'avais adoré et dont la beauté des palais et des mosquées me faisait rêver, sans parler de cet Islam qui me fascinait.

Laure, comme son mari terminait sa phrase, s'était levée :

— Les hommes, le dîner doit être prêt, vous reprendrez cette intéressante conversation une autre fois.

Elle s'éloigna d'un pas rapide, autoritaire. Philippe échangea un regard gêné avec son petit-fils et ils prirent tous deux docilement le chemin de la cuisine, où les attendait Laure. Antoine s'amusait de voir son macho de grand-père, le guerrier, le PDG, obéissant au doigt et à l'œil à sa fragile et douce femme. Il regretta de ne pouvoir connaître la suite des désillusions de son grand-père : il souhaitait rentrer rapidement à l'issue du dîner, devant se lever tôt le lendemain pour prendre le train. Son cabinet l'envoyait à Lyon rencontrer un client potentiel. Une mission auprès d'une affaire de textile qui l'intéressait. Il voulait être en forme.

Après le dîner, comme il allait se séparer de ses grands-parents, Laure lui sourit :

— La prochaine fois que tu viendras à la maison, cela nous ferait plaisir que tu viennes avec ton amie Sophie. Nous serions ravis de la connaître…

Le garçon ne releva pas, bien qu'il fût énervé : ses parents, ses grands-parents le poussaient tous à convoler. De quoi se mêlaient-ils ? C'était sa vie, non ?

Il prit sa grand-mère dans ses bras et l'embrassa. Il sentit son léger parfum de vieille dame raffinée. Cela l'émut. Il l'aimait et s'inquiétait aussi de la sentir si fragile. Puis il étreignit Philippe maladroitement. Ce dernier aurait aimé trouver plus de chaleur dans ce geste, mais Antoine avait hérité des Waldbrunner une réserve naturelle. Il ne savait pas exprimer de la tendresse physique – une question sans doute d'éducation plus que de sentiment, se dit, philosophe, le grand-père.

6

Un vieux ménage

Début novembre 2018

Laure et Philippe, restés seuls après le départ d'Antoine, avaient regagné la bibliothèque. En vieillissant, ils avaient pris l'habitude de se coucher tard. Ils s'installèrent l'un à côté de l'autre dans le grand canapé et se prirent la main. Après soixante ans de vie commune, d'abord comme amants puis en couple marié, ils continuaient à s'aimer. Contrairement à beaucoup de gens de leur génération, dont la relation conjugale avait viré avec le temps en une forme d'amitié souvent acrimonieuse, ils étaient restés amoureux. Ils avaient traversé ensemble toutes ces années toujours optimistes, unis et heureux malgré les épreuves qu'ils avaient dû affronter – des rapports difficiles d'abord avec les jumeaux que Laure avait eus de son premier mariage : deux garçons qui n'avaient jamais vraiment accepté Philippe, soupçonnant leur mère d'avoir trompé leur père avec ce dernier avant sa mort. Ils s'étaient éloignés d'elle, menant des existences chaotiques, marquées par des problèmes professionnels et des divorces. Ils ne voyaient guère Laure, ce qui était pour elle une vraie souffrance. Des trois enfants qu'elle avait eus avec Philippe, deux étaient sans problème :

Louise, la mère d'Antoine, bien mariée et heureuse en ménage ; Pierre, le deuxième, avait créé une start-up qui, avec les années, avait connu le succès. Il vivait avec une styliste beaucoup plus jeune que lui, d'un milieu différent, plutôt sympathique et très douée. Le couple avait deux petites filles, gentilles et intelligentes.

Restait le troisième appelé Paul qui, à dix-huit ans, s'était révélé bipolaire. Laure et Philippe avaient traversé plusieurs années difficiles avec cet enfant parfois incontrôlable. Laure avait fini, avec l'aide d'un professeur de l'hôpital Sainte-Anne, par trouver le protocole médicamenteux permettant à leur fils de mener une petite vie quasi normale. Le garçon avait même réussi à se marier avec une aide-soignante qu'il avait rencontrée à l'hôpital. Ils avaient eu deux enfants – de beaux garçons –, et les choses paraissaient pour le moment presque stabilisées.

Philippe avait vécu douloureusement cette épreuve. Il aimait la réussite, le succès. Les épreuves que vivait son fils avaient pour lui un goût d'échec et altéraient l'ambiance familiale. Sur le conseil des psychiatres, Laure et lui avaient décidé d'installer Paul dans un studio proche de chez eux, pour éviter que le malade, demeurant à la maison, ne détruise le reste de la famille. Alors que la majorité des hommes confrontés à ce type de drames désertait le foyer et refaisait leur vie avec une autre compagne, Philippe était toujours resté aux côtés de Laure, l'aidant à assumer cette situation si éprouvante pour une mère. Il avait su trouver un réconfort dans sa brillante carrière professionnelle : le jeu du business, le goût du pouvoir, les honneurs, avaient été pour Philippe un puissant dérivatif… ce qui lui avait permis d'assumer ces moments difficiles et de soutenir sa famille pour faire face parfois à des situations dramatiques que pouvait déclencher la maladie chez leur fils – y compris une tentative de suicide.

Ils étaient sortis de cette épreuve, Laure et lui, renforcés dans leur amour, plus proches l'un de l'autre. Aujourd'hui, Paul avait enfin trouvé un certain équilibre et menait une existence tranquille, et eux vieillissaient ensemble sereinement… mais se demandaient souvent, alors qu'ils approchaient de la fin de leur existence et malgré leur bonheur, la raison de toutes ces épreuves et à quoi pouvait servir une vie tourmentée comme celle de leur fils Paul ! Ils essayaient de se raccrocher à la foi de leur enfance, cherchant une réponse à la souffrance, se demandant quand même comment Dieu avait pu faire mourir son fils sur la croix dans un supplice atroce. Il n'y avait pas de réponse satisfaisante.

*

Philippe, après quelques instants de repos au calme, à jouir en silence de la présence de Laure, s'était levé. Allumant la télévision, il avait trouvé sur une chaîne musicale la retransmission d'un concert salle Pleyel. Une pianiste japonaise, Mahoko Nakano, y jouait avec beaucoup d'âme des *Nocturnes* de Chopin.

Avant de se rasseoir aux côtés de sa femme, il alla se verser dans son verre ballon un fond d'armagnac.

— Chéri, tu n'es pas raisonnable !

Il lui fit un clin d'œil, tout en faisant tourner la liqueur ambrée, puis la humant :

— Il n'y a pas de mal à se faire du bien !

— Tu sais que l'alcool te tue lentement ?

Il se mit à rire :

— Je ne suis pas pressé !

Il revint se poser à côté d'elle. Redevenant sérieux, il murmura :

— Plus je découvre Antoine, plus je l'apprécie. Et je trouve qu'il a tendance à s'ouvrir. Il y a trois, quatre ans, il était très fermé.

— Tu as raison. Je pense qu'avoir vécu trois ans en Angleterre puis maintenant à Paris lui a permis de prendre une certaine distance avec l'éducation que son père lui a donnée. Jacques est un type correct mais vraiment très rigide, et j'imagine que cela n'a pas dû être toujours facile pour un garçon comme Antoine, à l'époque actuelle...

Philippe acquiesça de la tête et but une gorgée d'armagnac.

Laure reprit :

— Mais je n'ai pas bien compris son intérêt particulier pour l'Islam...

— Je pense d'abord que c'est un garçon intelligent, ouvert, curieux de comprendre ce qu'est l'Islam dont on parle tant, trop à mon avis, à cause du terrorisme et de l'islam radical. Par ailleurs, il a été sensibilisé aux questions religieuses avec des cousins suisses protestants. Il a probablement un certain mal à se situer. Il doit éprouver peut-être une forme de relativisme – la tendance à croire en Dieu, mais de penser que les pratiques sont sociologiques. Tu nais en Alsace, tu es catholique ou protestant, en Bretagne, tu es catholique... et bien sûr en Afrique du Nord, tu es musulman ! Au-delà de ces considérations, j'ai senti qu'il a été un peu perturbé par le rejet qu'a connu son cousin suisse, François de Waldbrunner, lors de son mariage avec une Algérienne, une musulmane...

— Oui, je m'en souviens très bien. Louise m'avait raconté l'histoire et dit combien Jacques et tous les Waldbrunner avaient été furieux de ce mariage. Tu connais Jacques, en tant qu'aîné de la branche française de la famille, il était allé trouver le malheureux François et lui avait signifié avec violence ce qu'il pensait de lui et de cette union. Inutile de te dire qu'ils ne se voient plus depuis…

— Antoine a mal vécu cette affaire. François est un cousin éloigné pour lui, mais ils se sont rencontrés dans plusieurs fêtes de famille et sont devenus amis bien qu'ils aient un certain écart d'âge. François, je crois, a quatre ou cinq ans de plus que lui. Antoine a eu l'occasion de croiser la femme de son cousin qui s'appelle Soraya, une belle fille, m'a-t-il dit, intelligente, travaillant en Suisse dans un groupe financier. Ses parents sont évolués, des industriels appartenant à un milieu proche du pouvoir algérien. Antoine l'a trouvée charmante. Il ne comprend pas du tout l'attitude de son père qu'il trouve peu chrétienne, pas charitable et totalement snob. Il s'en est ouvert à sa mère. Louise a bien sûr tenté de défendre la position de son mari, même si au fond d'elle-même elle la trouve excessive. Du coup, Antoine m'en a parlé et j'ai essayé de lui faire comprendre que je n'aurais pas eu personnellement de grave problème à voir mon fils épouser une fille comme cette Soraya, mais qu'un tel mariage n'était pas acceptable pour son père. Sa famille remonte au XIIe siècle, voir l'un de leurs rejetons se marier avec une Arabe, algérienne, musulmane de surcroît, est certainement difficile à assumer ! Mais j'ai eu le sentiment de ne pas l'avoir convaincu… Comme c'est un garçon fort intelligent, il veut sans doute voir des musulmans de différents milieux et se faire sa propre idée. Peut-être cherche-t-il aussi à mieux comprendre la guerre d'Algérie et la décolonisation.

— Oui, tu as raison…

Il marqua un silence avant de reprendre :

— Par ailleurs, Laure, si je peux te faire une petite remarque, évite de lui parler de sa copine Sophie. Même si nous serions ravis qu'il l'épouse, j'ai très bien senti que ta proposition de l'inviter l'énervait. Il est très indépendant de caractère et n'a certainement pas envie de se faire forcer la main. Il n'est pas mûr à mon avis pour le mariage…

Laure baissa la tête et ne répondit pas. Elle savait qu'il avait raison, mais ces remarques de son mari l'agaçaient. Elle se leva, plutôt souplement pour son âge, et dit :

— On va se coucher ?

Puis, prenant une petite revanche très féminine :

— Avec tout ce que tu as bu ce soir, j'espère que tu ne vas pas trop ronfler cette nuit !

Ainsi va la vie des vieux couples, même encore très amoureux…

7

Désillusions

Novembre 2018

Antoine avait envie de connaître la suite des aventures de son grand-père… et de comprendre les raisons de ses désillusions. Il s'invita à dîner quinze jours plus tard avenue Paul-Doumer. Aurélia, la Portugaise au service des Marion-Lapierre, avait préparé un dîner froid avant de partir : du saumon fumé avec une salade de pommes de terre, sans compter un gâteau au chocolat que Laure avait fait pour son petit-fils préféré. Philippe, amateur de grands vins, avait prévu une bouteille de pouilly-fumé. Antoine était très gourmand et appréciait chez ses grands-parents l'ordinaire, comme disait un Philippe encore marqué par son temps lointain passé sous les drapeaux. Il lui arrivait aussi, dans la conversation, de remplacer le oui classique par un affirmatif très militaire ! Ce qui distrayait Antoine. Leurs échanges tournèrent un moment sur l'actualité que les deux hommes suivaient avec passion : l'élection en mai dernier de ce jeune président de la République, Emmanuel Macron, dont on attendait de voir s'il allait tenir ses promesses, la mort de Johnny Hallyday… À propos de ce dernier, Philippe évoqua un souvenir personnel remontant à l'été 1962. Il venait de rentrer d'Algérie et avait été affecté comme sous-lieutenant au 5e régiment de dragons, stationné à Périgueux. Il s'était rendu à un concert de rock en plein air dans un champ où se produisait un rocker alors inconnu du grand public, un certain Johnny. Philippe était accompagné d'une jolie blonde et à l'évidence, ils tranchaient tous les deux sur le public composé de jeunes du coin – cultivateurs et ouvriers. Le Johnny en question avait *mis le feu* à l'assistance qui trépignait, dansait sur place, complètement hystérisée !

Et soudain, dans un court silence entre deux morceaux, Philippe avait entendu distinctement derrière lui une voix avinée disant sans doute à sa bande : le grand mec avec la blonde, là devant, on se le fait à la sortie. Il s'était discrètement retourné et avait vu à quelques mètres de lui une grosse brute. Il avait profité du morceau suivant pour lâchement s'éclipser avec sa copine. Il ne pensait pas alors que Johnny, ce rocker de province, connaîtrait un tel destin et aurait quasiment des funérailles nationales !

Antoine s'amusa de l'anecdote : il avait du mal à imaginer ce grand-père, au profil de PDG nanti, en jeune de son âge dans ce qu'on appellerait maintenant une *free party* !

Philippe le devina et se mit à rire :

— Contrairement à ce que tu pourrais croire, je n'ai pas toujours été un vieux ringard… Ou pour être à la mode : un vieux mâle blanc hétérosexuel !

Laure jeta un regard tendre à son mari, ajoutant pour Antoine :

— Ton grand-père, tu sais, était un jeune très séduisant.

Philippe lui fit un clin d'œil :

— Tu parles au passé ! Je ne suis plus séduisant ?

— Tu as encore de beaux restes.

Elle se leva de table :

— On passe à la bibliothèque ?

Antoine, un peu gêné par ces marivaudages de vieux, les suivit sans mot dire. Une fois installés dans cette petite pièce à vivre aux chaudes boiseries, très confortable avec son canapé et ses deux fauteuils club en cuir, ils sirotèrent un petit verre d'armagnac avant que Philippe ne reprenne le fil de son récit :

— Je passerai vite sur les années d'après-guerre décevantes pour l'adolescent que j'étais devenu : une triste France abîmée par la guerre et l'Occupation, très différente de celle d'avant 1940 dont mes parents m'avaient peint un tableau idyllique – encore une promesse que la réalité trahissait. J'en garde le souvenir d'une vie familiale financièrement serrée et de grises années d'études à Sainte-Croix de Neuilly. Après, ce qu'on a appelé les Trente Glorieuses furent effectivement des années plus favorables pour le pays et nous-mêmes. Mon père avait quitté la marine et, réussissant dans le civil, nous permit de retrouver une certaine aisance matérielle. Cependant, la douloureuse accession à l'indépendance de l'Indochine fut bientôt vécue par ma famille et nos proches comme un drame. Mes frères et sœurs aînés avaient de nombreux amis dans l'armée qui s'y battaient, et plusieurs d'entre eux périrent dans cette guerre. Le comble fut atteint avec le siège et la chute de Diên Biên Phu – cette base française qui résista longtemps avant de succomber sous les assauts des Vietnamiens. Nous connûmes quelques jeunes proches de la famille qui furent emprisonnés et subirent des lavages de cerveaux par les communistes. Mendès France négocia avec le Vietnam l'accession de cette colonie à l'indépendance. Elle fut suivie par celle de la Tunisie et du Maroc, marquant inexorablement le délitement de l'empire colonial français que j'avais tant admiré petit ! Et surtout, elle ouvrit dès 1954 les débuts de l'insurrection algérienne... Tu connais l'histoire de la guerre d'Algérie, si douloureuse, en raison de l'importante population européenne et des nombreux musulmans qui avaient été proches de la France. Le conflit me rattrapa alors que je terminais ma scolarité à HEC. J'assistai à la dérobade de nombreux copains de ma promotion qui trouvèrent tous les prétextes possibles pour ne pas obéir à l'appel de la conscription et éviter d'aller faire la guerre. Je trouvais personnellement choquant que des élites se planquent quand les jeunes de mon village, enfants de cultivateurs, d'artisans ou d'ouvriers, étaient eux obligés de partir à l'armée. Bien que je fusse convaincu que l'indépendance était maintenant inéluctable, je rejoignis la cavalerie et servis deux ans comme sous-lieutenant de dragons. Je pensais qu'il nous fallait gagner cette guerre et que, étant alors en position de force, la France pourrait négocier avec les rebelles du FLN[1] un juste accord de paix pour les pieds-noirs et les populations locales qui nous avaient été fidèles. Pendant deux ans, j'ai donc crapahuté dans le djebel à la tête d'une harka puis du commando de chasse de mon régiment. En 1962, nous étions maîtres du terrain et je croyais que les accords d'Évian allaient permettre à l'Algérie de connaître une indépendance juste. Malheureusement, de Gaulle, après avoir beaucoup menti à l'armée et aux pieds-noirs, ne fit

1. FLN : Front de libération nationale, parti créé en 1954 en Algérie pour obtenir de la France l'indépendance.

absolument pas respecter les accords d'Évian qu'il avait signés avec le FLN.

Antoine le coupa :

— Et c'est ainsi que vous avez été amené à ramener des harkis et leur famille en France, chez oncle Gilles et tante Nanette ? Maman me l'a brièvement raconté...

— Oui, j'ai pu regagner la métropole avec plus d'une quarantaine de musulmans : quelques-uns de mes harkis et leur famille. Je les ai installés chez Gilles et Nanette, dans leur propriété du Languedoc. Tous ceux qui sont restés sur place en Algérie ont été tués – égorgés ou fusillés !

Il se tut, visiblement ému à l'évocation de cette tragédie. Antoine respecta un moment son silence, avant de demander :

— Ceux que vous avez ramenés et installés chez votre sœur, cela s'est-il bien passé pour eux ?

— Il y a eu des moments difficiles, mais dans l'ensemble oui, et ils se sont correctement intégrés dans la région.

— Vous avez eu l'occasion de les revoir ?

— Affirmatif ! Il y a quatre, cinq ans... Ils allaient bien.

Antoine resta songeur un instant avant de demander :

— Parmi ces harkis et surtout leurs enfants, il n'y en a pas qui ont eu la tentation de prendre le parti d'un islam radical, celui du terrorisme ?

— Non, pas à ma connaissance. Peut-être quelques cas isolés !

Laure intervint :

— Je parle assez bien l'arabe, ayant été élevée en Algérie. J'ai longuement discuté avec eux. Ils m'ont semblé toujours aimer la France, ils ont dans l'ensemble, comment dirais-je, le sentiment d'avoir été trahis. Comme des enfants dont les parents auraient menti et les auraient abandonnés. Malgré cela, je les crois fidèles à la France.

Antoine réfléchit avant de reprendre :

— Et sur le plan religieux, sont-ils restés attachés à l'islam ?

— Oui, c'est même leur seule identité, ayant perdu leur nationalité algérienne…

— Certains sont-ils tentés de regagner l'Algérie ? Soixante ans après la fin de la guerre, j'imagine que les choses ont dû s'apaiser…

Philippe intervint vigoureusement :

— Pas du tout ! Pour les Algériens, du moins pour les dirigeants actuels, ce sont toujours des collaborateurs, des traîtres qu'il faut châtier. Ils ne peuvent pas retourner dans leur pays…

— Et leurs enfants ?

— Je crains que ce ne soit quasiment impossible, même pour eux ! En retournant en Algérie, ils risqueraient sans doute la mort, ou de façon certaine des persécutions !

Il resta silencieux quelques instants avant de reprendre, le visage triste :

— Pour les enfants des deuxième et troisième générations, c'est difficile ! Ils ne peuvent retourner dans le pays d'origine de leur famille et ont souvent du mal à s'intégrer dans d'autres communautés musulmanes installées en France et descendantes de membres du FLN. Et pour les Français de souche, ce sont des Maghrébins avec tout ce que cela implique. Ils sont un peu assis entre deux chaises, rejetés par l'Algérie et mal accueillis en France…

Il se tut de nouveau, le visage sombre, tandis qu'Antoine s'exclamait :

— Quelle haine tenace ! Quelle violence anime ces Algériens ! Est-ce dû à l'islam qu'on présente souvent en Occident comme une religion agressive ?

— Je ne sais pas, je ne le crois pas. Je constate que la Méditerranée, cette mer qu'on associe aux vacances, aux trois S du Club Méditerranée : *Sea, Sex and Sun*, est en réalité une mer qui a toujours engendré la violence tout autour de son bassin, quels que soient les religions, les peuples... et ce, à toutes les époques. Des Phéniciens aux Carthaginois, aux Arabes, aux croisés, des Israéliens aux Palestiniens... Et j'en passe ! Ils s'entretuent tous, ne réussissent pas à vivre en paix. Mes pauvres harkis ont eux aussi été victimes de cette violence méditerranéenne... peut-être plus que de l'islam.

Un silence s'établit, rompu par Antoine qui dit en souriant :

— Il se fait tard. Il va falloir que je rentre. Sophie va s'inquiéter !

Il se leva, embrassa ses grands-parents et partit...

Tout en descendant les escaliers de ce bel immeuble, le garçon songeait qu'effectivement, son grand-père et toute une génération de la bourgeoisie avaient vécu depuis la Seconde Guerre mondiale une grande remise en cause de leurs valeurs ou de leurs certitudes – le point d'origine de toutes ces désillusions ayant été la dramatique indépendance de l'Algérie, inévitable mais si mal négociée par le général de Gaulle. Elle devait conduire à cet exode massif des pieds-noirs et au lâche abandon des harkis et des populations musulmanes qui avaient été proches de la France et avaient cru en elle. On pouvait comprendre l'amertume de gens dont les fils, les frères, avaient participé à ces guerres de la décolonisation et dont bon nombre y avaient laissé leur vie. Et tout cela pour être chassés de pays qu'ils avaient pratiquement bâtis à partir de terres incultes, de tribus en luttes permanentes, de populations décimées par les maladies. Le passé colonial n'était pas exempt d'injustices, de mépris, d'exploitation des richesses, mais les colons avaient apporté la paix, l'hygiène, la santé et une élévation du niveau de vie. Ils avaient dû partir en abandonnant tout, laissant aux mains des indépendantistes des pays modernes, en état de marche... Tout cela pour être vilipendés par des dirigeants corrompus refusant de reconnaître, au-delà des côtés négatifs du passé et des souvenirs d'une guerre civile souvent atroce, ce que les Français avaient fait de leur pays. Ces mêmes dirigeants qui continuaient discrètement à envoyer leur progéniture faire des études en France et à l'occasion, s'y faire soigner eux-mêmes !

Oui, Antoine pouvait comprendre l'amertume de ses grands-parents et notamment celle de Laure, d'origine pied-noir, dont le père avait donné sa vie pour maintenir une présence française.

8

Une brillante promotion

Novembre 2018

Après ce dîner chez ses grands-parents, Antoine rentra chez lui de nouveau à pied. Il n'avait pas encore de voiture et n'était pas pressé d'en posséder une. Il aimait marcher dans Paris. Ce soir, il appréciait la fraîcheur de la nuit, repensant au parcours de Philippe. Les certitudes de sa famille, de son milieu, avaient été au fil des ans remises en cause. Mais quelle vie passionnante il avait connue ! La guerre de 1940 comme celle d'Algérie avaient été propices à des existences exceptionnelles. Le garçon se dit qu'il ne pouvait quand même pas rêver d'une guerre pour pimenter la sienne. Il repensa soudain à une phrase de Mussolini, qui lui sembla bien s'appliquer à son grand-père : « La guerre est à l'homme ce que la maternité est à la femme. » Il lui parut évident que ces deux conflits avaient formé les personnalités de toute une génération... Hormis la guerre, quels choix faire pour former la sienne ? Élevé dans un milieu privilégié entre bourgeoisie et vieille aristocratie, il avait fait de bonnes études et sa route paraissait maintenant toute tracée : quelques années de conseil chez EBC avant de rebondir dans un groupe international de grande consommation où il gravirait les échelons jusqu'à une direction générale. Tant de jeunes rêvaient d'une telle carrière ! Mais lui voulait un futur moins attendu, plus aventureux…

Et comble du conformisme, sa famille, ses proches le poussaient au mariage ! Même sa grand-mère, en lui proposant d'inviter Sophie, participait à ce complot matrimonial. Il s'entendait très bien avec sa copine, mais de là à se retrouver casé, bloqué, embrigadé, avec des mouflets à élever… il y avait un pas ! Un énorme pas qu'il n'était pas prêt à franchir. À moins que le mariage ne soit en lui-même une véritable aventure. Il repensa à son cousin François et au choix qu'il avait fait d'épouser contre l'avis de son milieu une musulmane. Cette aventure supposait une certaine forme de courage… ou d'inconscience ! Il se demanda si l'hostilité que tous éprouvaient à l'égard de l'islam et des mariages mixtes était appelée à disparaître un jour, quand plusieurs jeunes de la bourgeoisie comme son cousin auraient apporté la preuve qu'une telle union était possible, heureuse même, et qu'elle ne remettait pas en cause les fondements de la société… et de leur sacro-saint milieu !

Il songeait aux guerres de religion ayant opposé catholiques et protestants, à leur haine mutuelle, aux dragonnades, aux diverses persécutions. Tout cela pour que les branches catholiques et protestantes des Waldbrunner soient aujourd'hui cul et chemise ! En sera-t-il de même un jour pour les relations entre chrétiens et musulmans ? La violence de l'islam plus politique que religieuse ayant disparu, cette religion deviendra-t-elle fréquentable et connaîtra-t-elle alors des relations apaisées avec les autres religions ?

*

Antoine, en arrivant à son studio, eut la surprise de trouver une Sophie excitée et visiblement très en forme. Elle était à la cuisine et écoutait du rap très fort. Elle se précipita pour embrasser son « mec », comme elle l'appelait – lequel était un peu dépassé par les événements. Elle le prit dans ses bras en riant :

— Tu veux danser ?

— Tu es folle ! Baisse un peu, on va avoir un drame avec les voisins…

Il se dégagea et alla d'autorité régler le volume. Il lui sourit :

— Que me vaut cet accueil ?

Elle le regarda, espiègle :

— Devine…

Il se creusa la cervelle. Avait-il oublié son anniversaire ? Une idée lui traversa un instant l'esprit et le paniqua : était-elle enceinte ? Non, ce n'était pas possible… Il leva les sourcils, inquiet :

— Je donne ma langue au chat !

Elle resta silencieuse un instant, ménageant son effet, avant de déclarer, triomphante :

— Je viens d'avoir une belle promotion.

— Ce n'est pas vrai !

— Si, mon chéri, je viens d'être nommée chef de groupe. J'ai été convoquée par Pierre Faure, le directeur marketing. Il m'a annoncé que je serai nommée chef de groupe le 1er mars prochain, en charge des produits Ajax… Tu te rends compte, je vais être la plus jeune chef de groupe de la société ! C'est super, non ?

Antoine la serra dans ses bras. Il était sincèrement content pour elle et pensait cette promotion méritée. À vingt-six ans, Sophie était intelligente, bosseuse, jolie et avait un excellent contact. Elle avait tout pour réussir… et notamment de l'ambition ! Elle avait eu son bac à seize ans, était sortie de l'Essec à vingt et un ans pour entrer chez Colgate-Palmolive. Elle avait vite gravi tous les échelons du marketing. Un bel avenir l'attendait. Comprenant son excitation, Antoine ouvrit la porte du frigidaire pour prendre une bouteille de chablis déjà bien entamée – un grand cru.

— Ça s'arrose !

Elle sortit deux verres à pied d'un placard et s'assit à côté de lui. Il les remplit et trinqua :

— À tes succès, ma belle, à ma businesswoman !

Il la regarda. Le succès, l'excitation la rendaient encore plus jolie, l'œil brillant, les joues colorées… Il lui prit la main :

— Je suis fier de toi…

Elle lui sourit et lui fit une pression douce mais appuyée, puis lui caressa lentement le dessus de la main.

Ils burent tous deux un moment en silence, dégustant ce très bon vin blanc. Elle le caressa à nouveau. Il posa sa main sur sa cuisse que dégageait une mini-jupe… très mini ! Elle s'était visiblement changée avant son retour. Il l'effleura lentement et lut dans ses yeux le désir qui rejoignait le sien. Il se leva, l'attira à lui, l'embrassa, puis l'entraîna dans leur chambre. Dans ce domaine aussi, elle était une bonne partenaire, adorant comme lui les préliminaires indéfinis. Elle n'avait aucune pudeur, aucune inhibition. Ils s'accordaient parfaitement.

Après s'être aimés longuement, ils restèrent silencieux, enlacés, comme fondus ensemble. Antoine, apaisé, songea qu'il lui était très attaché… Mais pourquoi fallait-il toujours que dans ces foutues familles bourgeoises les femmes rêvent de mariage ?

Ne pouvaient-elles pas accepter de vivre longtemps en couple, quitte un jour à régulariser ? C'est bien ce qui se faisait de plus en plus dans la France profonde, dans des milieux plus simples. Il décida de tenir bon et de ne pas céder aux pressions de Sophie et de son entourage… au risque de voir sa belle se lasser ! Mais à cette idée, son cœur se serra. Il choisit d'écarter cette pensée négative et, s'éloignant de Sophie, chercha le sommeil.

Deuxième partie

Antoine

COM'È DURA L'AVVENTURA

Film de Flavio Mogherini

9

L'aventure, enfin !

Samedi 15 décembre 2018

Antoine, en cette fin d'après-midi du 15 décembre, terminait un rapport concluant sa mission actuelle – la réorganisation de l'équipe de vente d'une petite affaire familiale de cosmétiques –, quand Danièle, la secrétaire du président, passa la tête dans son bureau. Une jolie brune, sympathique et célibataire, avec laquelle il entretenait des rapports amicaux. Malin, il avait vite compris qu'il était important d'être dans les petits papiers de l'assistante du grand patron. Compte tenu du profil agréable de la dame, ce n'était pas particulièrement difficile, d'autant qu'il avait du charme, le savait et ne craignait pas d'en user. Elle lui fit un sourire enjôleur :

— Antoine, Edward souhaiterait vous voir, si vous êtes disponible.

Edward Peter Bradley, le président d'EBC, d'origine américaine, avait voulu que tous ses collaborateurs l'appellent par son prénom, ou Ted pour les plus proches. Antoine, très Waldbrunner, avait eu au début un certain mal à le faire, mais il devait reconnaître après trois ans passés à ses côtés que l'ambiance de camaraderie dans le travail ainsi créée était agréable et correspondait à la réalité des rapports humains dans la société. Ce patron était compétent, exigeant bien sûr, mais droit et direct – un type réglo, le jugeait Antoine, qui l'appréciait beaucoup. Il l'amusait aussi. C'était, pensait-il, un savoureux cocktail génétique. Son père était américain, issu d'une vieille famille de Philadelphie. Edward, un peu snob, s'enorgueillissait d'avoir des ancêtres ayant été proches de George Washington et des Pères fondateurs de la nation. Sa mère en revanche était d'origine cubaine, appartenant à un clan proche de Batista, l'ancien dictateur de Cuba, qui avait dû fuir à l'arrivée des révolutionnaires conduits par Fidel Castro. Des gens riches !

Ce mariage entre un Yankee haut de gamme et une Sud-Américaine très typée, tant par son physique que dans ses expressions, avait donné Edward P. Bradley. Son discours marqué par son éducation et son passage à Harvard était empreint d'un accent et d'une logique remarquables. Mais le look du monsieur, influencé par cette mère créole, ce petit oiseau des îles, était des plus exotiques et détonnait dans le conformisme vestimentaire patronal français. Il affectionnait les complets près du corps, les cravates voyantes… quand il en portait ! Et depuis son mariage avec une brillante universitaire parisienne, il ajoutait des pochettes Hermès qui dégueulaient joyeusement de sa veste. Tel que, il était original, élégant, inclassable et charmant. Passé l'effet de surprise, ses clients appréciaient vite l'intelligence, les qualités d'analyse et l'excellent contact du président d'EBC.

Il avait installé son groupe dans un petit hôtel particulier du 16e arrondissement qu'il avait résolument décoré dans un style personnel plutôt contemporain. Son bureau lui-même occupait le dernier étage du bâtiment et était lumineux, éclairé par une grande baie vitrée. Aux murs, des tableaux de l'école américaine dont un magnifique Edward Hopper représentant une femme attablée à une terrasse de café – une œuvre dont le réalisme quotidien plaisait à Antoine chaque fois qu'il venait dans le bureau du grand chef.

Ce dernier tendit une main chaleureuse au garçon :

— *How are you today*[1] ?

Il adorait mélanger le français et l'américain – ce qui ne gênait pas Antoine qui, depuis ce long séjour à Durham, était parfaitement bilingue. Il sourit tout en serrant la main que Bradley lui tendait, et répondit à son tour en anglais :

— *Fine ! And you*[2] ?

Le président désigna du menton les deux fauteuils se faisant face dans un coin de la pièce. Antoine comprit alors que la conversation n'allait pas concerner sa mission actuelle, mais prendre un tour plus personnel. Pour une réunion professionnelle, son chef l'aurait fait asseoir face à son bureau. Il éprouva une pointe d'excitation mêlée d'inquiétude.

Bradley, toujours debout, avait ouvert un petit placard mural et sorti une bouteille de bourbon :

— Un verre, Antoine ?

Le garçon n'avait pas l'habitude de boire dans la journée mais n'osa pas refuser :

— Un fond de verre.

Bradley sourit, tout en remplissant le verre :

— Petite nature !

Il le tendit à Antoine puis il se versa lui-même une rasade généreuse avant de se laisser tomber dans le

1. *How are you today ?*: Comment allez-vous aujourd'hui ?
2. *Fine ! And you ?*: Bien ! Et vous-même ?

fauteuil vis-à-vis de celui du garçon. Il but une longue gorgée avant de sourire :

— J'ai eu au téléphone votre client hier, Marcel Pott. Il m'a dit combien il était content de votre prestation. Non seulement il a accepté votre recommandation, mais il m'a souligné que ses équipes opérationnelles étaient contentes et vous avaient apprécié. Bravo mon petit, du bon boulot !

Il tendit son verre et le choqua contre celui d'Antoine :

— *Cheers*[1] !

Ils burent un instant en silence. Antoine savoura le compliment, tandis que l'alcool dont il n'avait guère l'habitude lui donnait une bouffée de chaleur, lui faisant presque monter les larmes aux yeux. Il attendait la suite, devinant qu'il y en aurait une, que ce n'était qu'un préambule.

Edward lui sourit à nouveau et reprit :

— Voilà, cette mission est terminée et bien terminée, je n'attends plus que le rapport officiel.

Antoine le coupa :

— J'étais en train de l'achever quand vous m'avez demandé de venir vous voir.

— Bien, mon vieux !

De nouveau un silence. Edward semblait chercher la façon de poursuivre, ce qui inquiéta le garçon.

— J'ai rencontré il y a quelque temps, disons il y a quatre ou cinq mois, un homme d'affaires intéressant. Confidentiellement, un Algérien, un certain Daoud, le président d'Air Maghreb, qui avait entendu parler d'EBC par un ami commun : le patron d'une affaire

---

1. *Cheers* : équivalent de « à votre santé ». Félicitations aussi dans ce cas.

de pétrole française qui va souvent à Alger. Daoud a pris l'an dernier la tête de cette petite compagnie d'aviation qui travaille essentiellement en Algérie et un peu en Tunisie, mais dont les capitaux sont algériens et le siège à Alger. Ce Slimane Daoud est un homme intelligent, sérieux, travailleur. Il a bossé plusieurs années aux États-Unis, dans la grande consommation d'abord, puis chez Delta Air Lines. Quand il a pris la présidence de cette petite compagnie, il a constaté que le côté technique de l'affaire – les avions, les vols, la maintenance, la sécurité... – était plutôt sérieux, plus qu'on pourrait l'attendre d'une entreprise gérée par des Arabes. Je ne veux pas paraître raciste : c'est lui-même, un Algérien, qui m'a fait cette remarque ! En revanche, l'organisation interne, l'administration, la DRH, les services commerciaux et financiers lui ont semblé laisser beaucoup à désirer. Il vient de confier à EBC la mission de pratiquer un audit approfondi du fonctionnement de l'entreprise puis de faire des recommandations pour en améliorer la situation, voire prendre des mesures drastiques. Je l'ai vu à deux reprises et je l'ai senti déterminé.

Antoine s'enhardit et le coupa :

— Pourquoi avoir choisi EBC ? Nous sommes bons, je le sais, mais il y a de grands cabinets internationaux qui ont plus de moyens et ont déjà sans doute pour certains une expérience dans l'aéronautique. Je pense par exemple à McKinsey...

— C'est une bonne question. Je me la suis posée et je l'ai également posée à Daoud. Il m'a aimablement répondu qu'il avait eu les meilleurs renseignements nous concernant et que, par ailleurs, il préférait traiter directement avec le patron d'une affaire moyenne plutôt qu'avec le grand cadre d'un groupe international, ce qui aurait été le cas par exemple chez McKinsey.

Il s'arrêta un instant avant de reprendre, l'air songeur :

— Daoud est un type de culture française et qui aime la France. Ses enfants font des études supérieures à Paris. Mais il doit prendre en compte les radicaux du pays, nombreux dans le parti, le FLN et, dans l'armée, des gens qui continuent à haïr l'ancien colonisateur. Avec EBC, il joue sur les deux tableaux : un petit groupe français mais dont le patron, le propriétaire, est américain. Il me mettra en avant et me l'a dit. C'est pourquoi je prendrai en direct cette mission.

Il se tourna en souriant vers Antoine :

— Et j'ai pensé que vous pourriez m'assister dans ce travail.

— Moi ?

— Oui, vous. Depuis trois ans que vous êtes dans le groupe, vous avez fait un sans-faute. Et la dernière mission que je vous ai confiée était particulièrement complexe. Un test pour moi, Antoine, de vos capacités ! Marcel Pott est connu pour être un homme difficile, un caractériel, et vous avez su mener à bien votre travail en le gérant, ce qui n'était pas simple.

Antoine rougit de plaisir, tout en étant un peu affolé à l'idée de cette mission dans cette Algérie compliquée, dangereuse peut-être, que ses récents contacts avec les harkis de son grand-père lui avait fait découvrir. Et en même temps, il ne pouvait s'empêcher d'être excité à l'idée de cette aventure.

— Ce serait à partir de quand et pour quelle durée ?

— Début de la mission : le lundi 7 janvier. Si vous êtes partant, nous nous rendrons à Alger ensemble pour ce premier contact. Je vous donnerai un assistant et il vous faudra embaucher sur place un adjoint – un jeune Algérien parlant arabe. Je vous piloterai au début bien sûr. Après, vous volerez de vos propres ailes. Je pense que c'est dans un premier temps une mission de six mois, mais si cela marche bien, nous créerons un bureau d'EBC à Alger, dont vous prendrez la tête, et votre mission pourrait alors durer deux à trois ans, avec de temps à autre des retours en France.

Antoine resta un moment silencieux, avant de lâcher :

— C'est très tentant. Il faut cependant que j'y réfléchisse et surtout que je règle auparavant quelques affaires personnelles, si je dois envisager une éventuelle expatriation de deux à trois ans !

— Oui, bien évidemment. On est mercredi, si vous pouviez me donner votre réponse lundi prochain, cela m'arrangerait. J'insiste, Antoine, sur le fait que je vous offre une belle opportunité de carrière... Quand les trains passent, il faut savoir y monter !

— J'en suis bien conscient et je vous en remercie. Je suis a priori très favorable à votre proposition. Cela dit, elle suppose que je règle certains problèmes.

— Je comprends bien. C'est évident...

Là-dessus, le boss se leva et lui tendit la main :

— *Good luck ! Think it over*[1]...

Tandis qu'il regagnait son bureau, Antoine sentit qu'enfin l'aventure se présentait à lui. Il allait partir en Algérie ! Il n'y ferait pas la guerre comme son grand-père, mais c'était un pays compliqué, à risques, qui le ferait sortir des sentiers battus. Il aimait aussi l'idée d'aller aider un pays en cours de développement à se moderniser. Une vraie mission ! Par ailleurs, c'était

1. *Good luck ! Think it over* : Bonne chance ! Réfléchis-y...

une belle perspective qu'on lui offrait : s'il réussissait à accomplir ce job difficile, tous les espoirs lui seraient permis. Car s'il ne se l'avouait pas, il était ambitieux…

Philippe lui avait dit qu'à chaque nouveau palier de son parcours, il avait entendu résonner dans sa tête « La marche des trompettes » d'*Aïda*. Il décida de s'acheter cet opéra de Verdi. Au-delà du plaisir de cette promotion et des opportunités d'avenir, la perspective de mener une vie moins normée l'enchantait.

Il était sûr de connaître des aventures imprévues, de découvrir cet Islam qui l'intriguait… et de rencontrer des personnalités différentes des petites coteries parisiennes !

Il tenait enfin sa chance. On allait voir ce qu'on allait voir !

10

Larguez les amarres !

Décembre 2018

Comme il rentrait à pied, marchant d'un pas rapide vers son studio, Antoine se dit qu'il lui faudrait parler de cette promotion avec son grand-père. Son expérience de l'Algérie et des musulmans – Berbères, Arabes, Kabyles – lui serait utile, même si cette expérience datait, remontant à l'Algérie des années 1960, une Algérie coloniale qui n'avait sans doute plus grand point commun avec ce qu'était devenu le pays aujourd'hui. De toute façon, il le jugeait plein de bon sens, ayant fait un beau parcours professionnel, et donc de bon conseil.

Il songea avec un peu de tristesse qu'il n'envisageait pas d'en parler à son père. Sans doute parce que la profession de ce dernier – la gestion de ses terres et de ses bois – était très éloignée du monde des affaires. Mais ce n'était pas la seule raison : la raideur de son éducation, sa réserve naturelle rendaient difficiles les épanchements. Aussi loin qu'Antoine remontât dans ses souvenirs d'enfance, il avait toujours craint de se livrer à lui. Et plus tard, le pli étant pris, ils n'avaient réussi ni l'un ni l'autre à surmonter cette barrière, même si la mère d'Antoine, Louise, faisait tout son possible pour les rapprocher. C'était une femme tendre, intelligente, mais qui n'avait jamais su s'imposer un minimum face à un mari autoritaire. Elle vivait dans son ombre et n'avait pas réussi à se faire une place au soleil. Bien qu'ayant été élevée par ses parents, Philippe et Laure Marion-Lapierre, de façon bourgeoise et libérale, elle avait fini par adopter les valeurs conservatrices, pour ne pas dire patriarcales, de Jacques de Waldbrunner. Antoine l'aimait beaucoup et souffrait de ce manque d'autonomie maternelle. Il ne pouvait attendre d'elle au mieux qu'un rôle de négociatrice en cas de conflit entre son père et lui. Philippe était conscient de cette situation, s'en affligeait, mais évitait d'intervenir dans le ménage de sa fille ni de critiquer son gendre devant Antoine. Et à vrai dire, s'il respectait Jacques de Waldbrunner et ses valeurs, il ne l'appréciait pas beaucoup.

Il comprenait les difficultés d'Antoine, confronté au monde moderne, aux approches bien différentes de celles de son milieu d'origine. Il se contentait de répondre à ses questions, et parfois, discrètement, de lui faire passer un message. La confiance croissante que lui faisait son petit-fils comptait beaucoup pour lui. Il s'efforçait de ne pas aller au-delà et de se montrer délicat, respectant le cheminement intellectuel du garçon.

*

Restait pour Antoine à régler la question de Sophie. Elle n'était pas simple. Il était vraisemblable que son amie ne voudrait pas le suivre en Algérie : elle venait d'avoir une promotion et s'en réjouissait. Elle n'allait pas abandonner une situation brillante pour un homme qui refusait de se lier officiellement à elle.

D'un autre côté, Antoine, sans se l'avouer, lui était attaché. L'idée de la laisser seule à Paris avec toutes les tentations auxquelles une jeune fille comme elle serait exposée lui semblait douloureuse. Que faire ? Se fiancer ? Il ne s'y sentait pas prêt. Lui rendre sa liberté non plus... S'engager à écrire beaucoup, à téléphoner souvent, certes, il pouvait le promettre et le ferait. Mais promettre de revenir fréquemment, c'était hasardeux ! Et peu vraisemblable qu'Edward Bradley ne l'accepte. C'était un bon gestionnaire et un homme près de ses sous. Antoine le voyait mal l'autorisant à prendre l'avion tous les mois pour revoir sa belle. Il connaissait la chanson ! On allait lui donner un statut d'expatrié, lui demander de s'installer à Alger et il serait autorisé à rentrer en France au mieux tous les trimestres, voire tous les six mois !

La situation lui paraissait insoluble et cela lui gâchait presque sa joie de s'être vu proposer ce poste inespéré, cette aventure, et peut-être ensuite de connaître le brillant avenir qui en découlerait s'il réussissait sa mission.

Quand il arriva à son studio, Sophie n'était pas là. Elle s'investissait beaucoup dans son nouveau job et rentrait souvent tard, même un vendredi comme aujourd'hui, veille du week-end. Un peu déçu de ne pas trouver sa Pénélope l'attendant, il décida de se détendre et d'aller prendre une douche. Ils devaient dîner en amoureux dans un petit bistro sympa du 15e et il lui fallait se changer.

Comme il sortait de la salle d'eau, nu, un grand drap de bain noué autour de la taille, il la vit entrer. L'apercevant, elle laissa tomber ses affaires de bureau et se précipita pour le serrer dans ses bras, se collant contre lui :

— Oh mon chéri, tu es superbe.

Elle se mit à le caresser, sa main glissant sous la serviette…

— J'ai envie de toi.

Elle rit :

— Et je sens que toi aussi !

Il s'écarta doucement :

— Gardons-nous pour ce soir… Va vite te changer. J'ai plein de trucs à te raconter !

Elle lui fit une dernière caresse en souriant puis se sauva. Il aimait la sensualité sans fausse pudeur de Sophie, qui affichait joyeusement son désir. Il était issu d'une famille de catholiques austères où les femmes étaient vues comme de pures créatures où le plaisir n'était officiellement qu'un appel à l'acte procréatif, la Sainte Vierge étant l'archétype de ces dames très pieuses. Une attitude totalement anachronique dans le contexte permissif de l'époque. Restait à savoir si ces dames étaient aussi sages qu'elles le proclamaient ! Antoine, au début de sa carrière de séducteur, avait été un peu étonné de découvrir que la gent féminine pouvait avoir une libido aussi intense que celle de ses partenaires masculins.

Bien vite, il s'était mis à apprécier ce penchant inattendu du *gentil sesso*, comme disaient les Italiens. Et dans ce domaine, Sophie s'était révélée particulièrement motivée et sans aucune retenue. Le contraste entre son apparence de calviniste réservée et son goût très libre pour les plaisirs de la chair l'avait toujours excité. Cette nouvelle démonstration de sa dame de cœur lui rendait plus douloureuse encore l'idée d'une séparation.

Une heure plus tard, ils se retrouvaient tous les deux à une petite table d'un charmant bistro, comme les aimait Antoine : pas un de ces restaurants étoilés où il lui arrivait de faire des repas d'affaires – des établissements prétentieux où l'on vous servait des assiettes chichiteuses sans rien à manger ! Il appréciait les nourritures roboratives, bien de chez nous. Il avait été élevé en Alsace, adorait la charcuterie, la choucroute, tous les types de pâtés, les rognons, les ris de veau… Par chance, sa belle et fine Sophie partageait ses goûts plébéiens. Elle n'avait pas encore d'inquiétude pour sa ligne et pouvait absorber des repas calorifiques sans prendre un gramme – une qualité de plus, se disait le pauvre Antoine, crucifié à l'idée de lui casser le morceau, comme il se disait.

C'est elle qui, au dessert, avant d'attaquer un succulent entremets au chocolat, avait abordé le sujet, souriante :

— Tu m'as dit en rentrant du bureau que tu avais plein de trucs à me raconter ?

Il la regarda. Son visage, éclairé par la bougie de la table, lui faisait penser à un tableau – un clair-obscur de Quentin de La Tour. Elle était ravissante. Il commença, le cœur serré :

— J'ai été convoqué cet après-midi par Ted Bradley qui m'a fait une offre intéressante…

Il marqua un temps d'arrêt pour ménager son effet. Sophie se mit à rire, visiblement impatiente de connaître la suite :

— Accouche !

— Il me propose de créer la filiale d'EBC en Algérie avec un premier client qu'il vient de signer : Air Maghreb !

— C'est formidable, mon chéri, bravo ! Cela s'arrose.

Elle lui remplit son verre, tandis qu'il songeait que le plus dur restait à lui annoncer… Ils trinquèrent.

— À tes succès, s'écria-t-elle, je suis pleine d'admiration !

— Il y a quand même un problème…

Elle leva silencieusement les sourcils.

— Ce poste suppose que je m'installe à Alger sans doute pour deux, trois ans.

— Ce n'est pas un problème. Cela me paraît évident...

Il la regarda, sidéré. Il ne s'attendait pas à cette réaction de sa part. Il reprit :

— Et nous, ma chérie ? Je vais devoir te laisser à Paris... Je ne pense pas que tu voudras quitter ton job et me suivre en Algérie !

— C'est clair ! Mais tu seras forcément amené à revenir en France, tous les deux à trois mois. Entre-temps, je m'arrangerai pour venir te retrouver en week-end, de telle sorte que nous nous verrons trois jours tous les mois. Car, dans ce cas, je prendrai une journée de RTT. Tu verras, ce sera super ! On ira découvrir à Alger les petits bistros, on visitera la ville... À la belle saison, on ira à la plage !

— Tu ferais cela ?

— Bien sûr ! Je gagne largement ma vie. Je peux me payer un voyage en avion un mois sur deux... Je ne vais pas te laisser filer, mon lapin ! Et toi-même, tu peux t'offrir un retour à Paris de temps à autre...

Il se pencha par-dessus la table et lui posa un baiser sur les lèvres :

— Tu es géniale. J'en étais malade à l'idée de cette séparation.

Elle se mit à rire :

— Je suis comme le sparadrap du capitaine Haddock : collante !

— Et du coup, on peut garder notre studio.

— Bien sûr, je compte y rester.

Antoine était ravi. Il allait vivre une vraie aventure à la fois personnelle et professionnelle, découvrir cette Algérie dont on lui avait tant parlé ces derniers temps... tout en ne risquant pas de perdre Sophie, à laquelle il tenait même s'il ne voulait pas se l'avouer.

Ils burent plus que de raison et, rentrés à la maison, ils firent l'amour avec passion.

*

La rencontre avec Philippe, son grand-père, fut telle qu'Antoine l'avait imaginée : positive et efficace. Son vieux était enchanté de la promotion de ce petit-fils brillant et de l'avenir prometteur qu'elle supposait. Il se retrouvait dans l'ambition de ce garçon qu'il aimait. Il était ému à l'idée de le voir partir à Alger – une ville chargée pour lui de tant de souvenirs, où son propre père avait jadis vécu, et où lui-même, lors de la fin de la guerre d'Algérie, avait connu l'amour puis des heures dramatiques[1]. Au-delà de cet aspect émotionnel, il passa un long moment à conseiller Antoine : il lui expliqua le comportement à avoir – être très prudent dans la relation avec les Algériens, tenir compte de leur susceptibilité et du lourd contentieux entre la France et leur pays, savoir aussi que les musulmans sont en général très généreux et que bien souvent, si l'on admire par exemple leur stylo, ils veulent immédiatement vous le donner... Plein de règles simples de la vie quotidienne, puis les conseils professionnels concernant cette mission auprès d'Air Maghreb. Il lui donna enfin l'adresse de quelques personnes habitant à Alger : un couple de pieds-noirs très âgés qui avaient pu rester après l'indépendance et surtout le nom de

1. Voir *Les Braises du souvenir*, tome 2, *Le grand départ.*

deux hommes d'affaires algériens avec lesquels il avait travaillé, puis gardé un contact amical.

Comme ils allaient se quitter, Antoine eut la surprise d'entendre son grand-père s'écrier :

— Tu sais, je t'envie de partir à Alger. Évoquer tout cela avec toi m'a ému plus que je n'aurais pu l'imaginer. Tant de souvenirs ! Quand tu seras installé là-bas et que tu auras commencé à bien maîtriser ta mission, peut-être viendrais-je te voir.

— Vous feriez cela ? Mais il n'y a pas de risque pour vous à revenir dans un pays dont vous avez combattu les indépendantistes ? J'ai cru comprendre que les harkis ne peuvent toujours pas revenir et leurs enfants non plus. Est-ce la même chose pour les officiers français ?

— Je ne le pense pas, mais il faudra que je vérifie. Je n'ai rien à me reprocher. Je n'ai jamais torturé ni exécuté personne. J'ai simplement accompli un devoir d'appelé, de soldat français. Je me renseignerai bien sûr avant de prendre la décision de retourner en Algérie.

— Je serai absolument ravi de vous y accueillir et de faire avec vous une sorte de pèlerinage de vos souvenirs.

Philippe sourit en le serrant dans ses bras :

— À suivre, mon petit vieux !

11

Avant le grand départ

Décembre 2018

Fort de ce soutien imprévu de Sophie, Antoine avait, à l'issue du week-end, donné son accord à Edward Bradley. Il avait réussi, arguant de contraintes sentimentales, à obtenir de pouvoir revenir environ tous les deux mois en France. À vrai dire, Bradley était ravi de son acceptation et dès le début de la semaine, il commença à le briefer sur sa nouvelle mission en lui donnant les documents d'Air Maghreb à lire et en le voyant à plusieurs reprises à ce sujet.

Le garçon eut également une bonne surprise : comme il s'était rendu en Alsace pour informer tout de même ses parents de cette nouvelle orientation de sa vie professionnelle, il constata une réaction presque chaleureuse de son père. Ce dernier parut heureux de cette promotion et de ce qu'il appelait une belle aventure professionnelle. Son propre père, officier de cavalerie, avait habité Alger dans les années 1930 et cela lui paraissait dans l'ordre des choses que son fils fît de même. Antoine, optimiste, pensa qu'il s'était peut-être trompé sur l'auteur de ses jours et qu'il était au fond plus concerné qu'il n'en avait l'air par le destin de ses enfants. Son éducation à l'ancienne bridait sans doute l'expression de ses sentiments. Cela augurait bien de leurs rapports futurs, d'autant plus que, sa mère ayant suggéré qu'ils puissent se rendre un jour à Alger le voir, le *pater familias* avait grogné une vague acceptation. Normalement, il aurait dû refuser…

Sa mère en revanche s'efforçait de ne pas le montrer, mais elle s'inquiétait, pensant que son petit chéri allait courir des risques dans ce pays qu'elle considérait comme peu sûr. Antoine s'était efforcé de la rassurer, se demandant lui-même si ce séjour serait aussi facile qu'il le proclamait.

Ses propres doutes se renforcèrent en allant faire les formalités pour obtenir un visa. Il dut faire la queue deux heures d'affilée au milieu d'une foule disparate. Il y avait des Maghrébins, propres, l'air sérieux, appliqué, des Européens, touristes ou hommes d'affaires, auxquels se mélangeait une faune inquiétante venue sans doute des banlieues, des loubards pensa-t-il, tout en craignant de céder à un jugement sommaire – le délit de sale gueule. Peut-être était-ce seulement des jeunes désargentés. Il s'en voulut de cette réaction méprisante, de ces préjugés, ne pouvant cependant ignorer combien il dénotait avec son look de jeune cadre dynamique et friqué. Ignorer non plus les regards hostiles que lui jetaient certains membres de ce groupe.

Cette impression de malaise persista quand il fut interrogé par un fonctionnaire algérien – la version maghrébine du rond-de-cuir. Un type peu aimable, lui posant questions sur questions, l'air soupçonneux, dans un français un peu approximatif. Il était visiblement heureux d'être en position dominante vis-à-vis d'un *roumi*[1], bourgeois de surcroît. Antoine réussit à

---

1. *Roumi* : nom par lequel les musulmans désignent un chrétien, un Européen.

masquer son irritation croissante et joua profil bas, répondant avec application. Après qu'il eut rempli un questionnaire auquel l'homme apposa avec vigueur un cachet officiel, ce dernier lui annonça qu'il aurait son document dans une dizaine de jours. Antoine regagna la rue parisienne, heureux de retrouver la capitale, ses immeubles haussmanniens et la foule habituelle des beaux quartiers. Il s'interrogeait cependant sur ce qui l'attendait à Alger.

*

Une semaine avant son départ, il dut se rendre en Suisse : à Gstaad. Ses cousins Waldbrunner mariaient leur second fils, Gabriel, le frère du fameux François. Une union cette fois qui satisfaisait non seulement les parents du garçon mais toute la bonne société helvétique, car elle ne pouvait être plus endogamique : Olivia, la mariée, appartenait à une riche et ancienne famille de banquiers zurichois, les Schulttinger, une lignée remontant au XVe siècle. François, qui aimait beaucoup Antoine, l'avait fait inviter : il souhaitait sans doute avoir dans la noce au moins un ami sincère et dont il ne sentirait pas le reproche inexprimé d'avoir fait, lui, un sot mariage, selon l'expression consacrée dans ces milieux, alors que son frère cadet se mariait bien !

Antoine avait quitté le bureau le vendredi à l'heure du déjeuner pour prendre un TGV en début d'après-midi. Il avait dû changer de train à Lausanne puis Montreux et était arrivé à Gstaad vers vingt heures trente, épuisé après plus de six heures de voyage dont une partie dans des tortillards suisses. Comme l'on dit à Genève, il n'y avait pas le feu au lac !

François l'attendait à la gare. Les deux hommes tombèrent dans les bras l'un de l'autre, ravis de se retrouver, puis se rendirent à pied au Posthotel, non loin de la station. Un petit établissement bon marché, ce qui était rare à Gstaad, où François avait réservé une chambre à son cousin. C'était un garçon fin : bien qu'appartenant à cette branche fortunée des Waldbrunner, il avait deviné que les moyens d'Antoine, jeune cadre, étaient limités et ne lui permettaient pas de descendre dans les palaces où lui était accoutumé.

En attendant l'arrivée de Soraya, l'épouse de François qui devait se joindre à eux pour le dîner, les deux cousins allèrent prendre un verre au bar de l'hôtel – un endroit chaleureux, tout en boiseries, où se tenaient de nombreux clients. Ils trouvèrent deux places à l'écart et, dans le brouhaha général, échangèrent quelques banalités : des nouvelles de la famille, la situation politique en France avec Macron, ce nouveau et jeune président... Puis Antoine en vint à évoquer son job actuel et son prochain départ pour l'Algérie. François réagit vivement :

— Soraya sera très intéressée de savoir que tu vas travailler dans son pays. En outre, elle a plusieurs fois volé sur Air Maghreb pour se rendre à Tunis. Elle voudra certainement te poser plein de questions sur ta mission et te filer quelques tuyaux !

— Je ne sais pas encore grand-chose à ce stade mais j'essaierai de lui répondre. En revanche, crois-tu qu'elle puisse me donner des introductions dans la société algérienne ?

— Bien sûr. Ses parents sont très introduits. Son père est un industriel important qui fabrique et exporte des produits locaux : couscous, harissa... vers la diaspora maghrébine. Mohamed Hassani est un homme agréable mais j'ai eu des rapports difficiles au début avec lui. Il vivait très mal le mariage de sa fille avec un Européen et surtout un chrétien. C'est une famille proche du FLN qui est restée assez hostile aux Français et plus largement aux Européens. Mais c'est surtout un musulman traditionnel et pratiquant. Il voulait que je me convertisse à l'islam… Tu vois le pataquès avec ma famille si j'avais cédé ! On a fini par trouver un compromis avec une petite cérémonie au temple et une autre à la mosquée.

Ils restèrent silencieux un moment avant qu'Antoine ne demande :

— Je ne veux pas être indiscret, mais Soraya et toi, comment vivez-vous aujourd'hui chacun votre religion ?

François se mit à rire :

— Sans l'avoir vraiment décidé, on a mis chacun notre religion sous le tapis ! On s'entend très bien et on a toujours évité de faire de la religion un sujet de conflit. Au début de notre mariage, Soraya m'accompagnait parfois au temple et il m'est arrivé d'aller à la mosquée. Puis petit à petit, on a laissé tomber. Allah le miséricordieux, comme disent les musulmans, saura nous pardonner…

— Cela ne te manque pas ?

— À vrai dire, non. Tu sais, dans la religion réformée, on est moins formel. Je lis de temps à autre la Bible et il m'arrive, assez rarement maintenant, de passer au temple. Quant à Soraya, je crois qu'elle ne pratique plus du tout. Elle n'observe en tout cas pas le ramadan.

Il se mit à rire, en ajoutant :

— Et elle ne craint pas de lever le coude ! Elle adore le bon vin. Non, Antoine, la religion n'est plus une difficulté pour nous. Nous nous aimons, ne nous disputons jamais… un vrai bonheur !

— Et les enfants ? Dans quelle confession seront-ils élevés ?

François sembla hésiter avant de secouer la tête :

— Pour le moment ce n'est pas un problème, ils sont petits. Plus tard, nous ne leur imposerons rien. Ils choisiront ce qu'ils veulent faire. Nous leur inculquerons l'idée de Dieu, mais nous ne privilégierons aucune forme de pratique ni de confession.

La belle Soraya, entrant dans le bar, coupa court à leur conversation et amena un certain silence dans la pièce bruyante. Le public, composé pour l'essentiel de mâles, regardait cette magnifique femme se déplacer souplement entre les tables pour rejoindre les deux garçons. Elle était grande, très typée orientale avec des cheveux noirs, de grands yeux étirés en amande, des sourcils marqués, un teint excessivement maquillé. Antoine la trouva désirable mais un peu voyante à son goût. Son ensemble noir, très court et décolleté, ne laissait guère de place à l'imagination.

Elle embrassa le cousin de son mari sur les deux joues et s'assit à leur table. Dès qu'elle parlait, on oubliait la vamp type Dalida et Oum Kalthoum, pour trouver une femme charmante à la conversation brillante, ayant l'aisance d'une financière travaillant au Crédit Suisse. Antoine prit du plaisir à échanger longuement avec elle quand ils passèrent à table au Stübli, le restaurant de l'hôtel. Dans ce cadre chaleureux évoquant un chalet alpin, ils discutèrent des fusions et acquisitions récentes en Europe et aux États-Unis – des « fusacq » dans leur jargon. Antoine était sidéré par sa compétence… et se demandait comment un client conformiste de la banque pouvait réagir au look provocant de cette conseillère. Il découvrit avec amusement par la suite que la belle Soraya était un vrai caméléon : durant ses heures de travail, la dame ne se maquillait guère et s'habillait de façon totalement conventionnelle. Elle offrait une présentation sage et modeste, rassurante pour un homme d'affaires – en particulier suisse !

Quant à François, il écoutait avec une visible admiration cette conversation un peu technique entre sa femme et son cousin. La finance, comme il disait, n'était pas son truc. C'était un scientifique, professeur de physique à l'École polytechnique de Lausanne.

Plus tard, leur conversation devint générale. Les trois jeunes se passionnaient pour la politique internationale et les sujets ne manquaient pas dans ce domaine. Antoine put observer tout le long de la soirée la bonne entente du couple. Soraya était très féminine et marquée sans doute par son milieu musulman d'origine. Elle se mettait en retrait dès que son mari parlait, ce qui était loin d'être le cas des Françaises dans les dîners parisiens, ni même de Sophie, se dit Antoine. À l'issue du repas, il monta se coucher, charmé par la femme de son cousin et heureux pour lui, ne comprenant toujours pas la réaction de rejet de la bonne société suisse à l'égard d'un couple qui lui paraissait attachant. Il était jeune encore et appréhendait mal la force des barrières sociales.

Il put les découvrir le lendemain, lors du mariage de Gabriel, le frère de François. La famille de la mariée possédait un beau chalet à Gstaad, mais il n'était pas assez grand pour accueillir la foule des invités. Ils avaient donc choisi de recevoir au Gstaad Palace. Auparavant avait lieu le mariage religieux au temple protestant – à St Niklaus-Kapelle. Antoine avait voulu y aller mais l'affluence était telle qu'on ne pouvait même pas pénétrer dans le temple. Il parvint à apercevoir la mariée

– une jolie fille au physique classique et distingué, habillée d'une robe venant à l'évidence d'un grand couturier. Elle portait un diadème auquel était rattaché un long voile de dentelle que tenaient derrière elle deux petits pages tout de blanc vêtus. L'ensemble était charmant – très conte de fées !

Comme Antoine s'éloignait, il tomba sur ses parents, arrivés eux aussi trop tard pour pouvoir entrer dans le temple. Ils allèrent tous les trois dans un bistro voisin prendre un verre, histoire d'attendre l'heure de la réception. Ils étaient heureux de se retrouver entre eux, et son père, loin de son environnement, paraissait détendu et de nouveau plus ouvert que par le passé. Antoine passa un bon moment familial. Puis ils se rendirent à la réception, dans ce palace luxueux et renommé. Antoine, abandonnant ses géniteurs, se dirigea vers les buffets où il se fit servir une coupe de champagne. Il ne connaissait strictement personne à part quelques membres de la famille Waldbrunner. Les ayant salués, il promena sa solitude dans la foule des invités – un public de Suisses-Allemands conformistes et nantis. Il finit par apercevoir dans un recoin François et Soraya, discutant ensemble. Songeant qu'il s'agissait de la propre famille de son cousin, et même de son propre frère, leur isolement lui serra le cœur. Il alla leur tenir compagnie et fut accueilli avec un visible soulagement. Il resta un long moment à leurs côtés, conscient qu'ils appréciaient sa présence.

Soraya pourtant était parfaite : d'une discrète élégance, légèrement maquillée, on aurait pu sans peine la prendre pour une Italienne ou une Grecque ! Antoine songeait à la bêtise de cette famille qui se privait d'une charmante pièce rapportée, belle, intelligente, gentille, au motif de sa religion et de son pays !

Et tous ces bourgeois nantis se disaient chrétiens ! Quel pharisaïsme… Et quelle inconséquence, quand on pensait que le fondateur de leur religion était un ouvrier juif, un charpentier de Galilée !

Il resta une heure encore, sentant que c'était utile pour François et sa femme. Puis, après avoir embrassé ses parents qui, tels des poissons dans l'eau, naviguaient eux avec bonheur parmi les cousins suisses, il quitta le Gstaad Palace pour rejoindre son hôtel. Il voulait téléphoner à Sophie pour lui raconter sa journée, dîner légèrement, se coucher tôt… et prendre le train le lendemain pour Paris. Ou, pour être plus précis, les trains, compte tenu des nombreux changements !

Cette réception lui laissa un goût amer. Cet ostracisme dont était frappé ce couple le scandalisait. Il eût pu le comprendre si Soraya avait été une musulmane voilée, intégriste, proche des islamistes… Mais ce n'était pas le cas : c'était une femme brillante, intelligente et belle, ouverte au monde moderne. Pourquoi la rejeter ?

Les protestants acceptaient aujourd'hui les mariages mixtes avec les catholiques… Serait-il possible qu'un jour l'islam soit dédiabolisé et devienne une confession respectable, acceptée par tous ? Son approche globalisante de la cité, voulant régir au nom d'Allah la nourriture, le jeûne, la justice, rendait-elle la chose impossible, comme la violence de ses adeptes ? Un islam modernisé était-il possible, comme le judaïsme ou le christianisme avaient su le faire ?

Il n'avait bien sûr pas la réponse, mais l'intégration des harkis de son grand-père à la société française le rendait optimiste. Son séjour à Alger lui donnerait sans doute un meilleur éclairage sur ces questions qui, allez savoir pourquoi, le passionnaient, alors qu'il n'était pas lui-même un chrétien très engagé.

12

En route pour l'Aventure !

Lundi 7 janvier 2019

Une vraie cour des miracles, pensait Antoine en regardant la foule qui, malgré l'heure matinale, attendait dans la salle d'embarquement du vol Air France pour Alger. Des gens de toutes sortes : hommes d'affaires européens ou arabes, familles encombrées d'enfants qui couraient à droite à gauche, femmes voilées et d'autres qui ne l'étaient pas… Il n'était pas habitué à fréquenter les aéroports internationaux, et encore moins à prendre des vols à destination de l'Afrique et du Maghreb. Il n'avait guère voyagé hors de France – en Grèce un été avec ses parents, pour une virée culturelle à but éducatif de leur part, et en Écosse, le plus loin où il ait été seul, à la fin de ses études à l'université de Durham. Il s'y était rendu en voiture avec deux copains.

Il était arrivé avec deux heures d'avance et était allé s'asseoir à la terrasse de la brasserie que lui avait indiquée Edward. Il attendait l'arrivée de celui-ci et de l'équipe d'EBC en charge de cette mission chez Air Maghreb, composée au total de quatre personnes. Il était très excité, un peu inquiet aussi, mais ne voulait pas le montrer. Il s'efforçait d'afficher un air indifférent, blasé, semblant parcourir un *Figaro* dont il ne parvenait pas à lire la moindre ligne.

Il revoyait par moments ses adieux avec Sophie – son amie le serrant fort, très fort dans ses bras, cherchant ses lèvres, visiblement très émue. Même si elle l'avait encouragé à saisir cette opportunité de carrière et accepter de partir à Alger, elle supportait mal leur séparation à l'heure du départ. Lui-même était partagé entre l'appel de l'Aventure avec un grand A et un certain vague à l'âme. Se séparer de Sophie, l'abandonner seule à Paris, l'inquiétait. À sa façon, il l'aimait, la désirait, et ne voulait pas risquer de la perdre. Outre l'intensité de leur relation, il lui était reconnaissant de l'avoir stabilisé. Avant de la rencontrer, il papillonnait, allant d'une fille à l'autre, inconscient ou insouciant des chagrins, des dégâts qu'il pouvait occasionner. Son père lui avait dit qu'il n'avait pas de codes, que dans la vie on ne pouvait pas faire n'importe quoi… Ces remarques l'avaient énervé, mais au fond de lui, il savait qu'elles étaient pertinentes. Il avait rendu malheureuses plusieurs femmes, sans parler des mecs auxquels il les avait piquées. Le sérieux de sa relation avec Sophie, même s'il ne la voulait pas conjugale, l'avait apaisé. Perdre Sophie, outre la tristesse qu'il ressentait à cette idée, l'amènerait sans doute à reprendre ses mauvaises habitudes de coureur impénitent. Et comme il avait un fond de morale chrétienne, cette perspective le déprimait. Il ne voulait pas retomber dans le péché, selon l'expression paternelle.

Le souvenir de Sophie se rappelait sans cesse à lui : l'odeur de son parfum, le *24 faubourg* d'Hermès, avait imprégné le côté gauche de sa parka et, chaque fois qu'il tournait son visage de ce côté, il avait l'impression fugace de la sentir, ce qui augmentait encore son désarroi.

Dieu merci, ces états d'âme qui lui semblaient indignes d'un homme d'action disparurent quand il aperçut de loin la haute silhouette d'Edward Bradley, s'avançant vers lui de son pas nonchalant, décontracté, d'Anglo-Saxon – bien différent, pensa-t-il, de l'agitation de la plupart des voyageurs et notamment des nombreux enfants qui couraient dans tous les sens.

— *Hi!* sourit Edward Peter Bradley en lui tendant une large main puis en secouant vigoureusement la sienne.

Pour une fois, il avait abandonné son style vestimentaire habituel, mais jouait un côté américain mieux apprécié par les Algériens, pensait-il. Avec sa chemise *button collar*, sa cravate à rayures, sa grosse bague d'université, on devinait l'ancien de Yale ou de Harvard. Il regarda avec gentillesse Antoine, que ce changement de look amusait :

— Alors, garçon ! Prêt pour la mission et l'aventure ?

Antoine, rassuré de sentir son patron détendu et de le savoir bien arrivé, ayant craint jusque-là un pépin de dernière heure, lui répondit en riant, se rappelant ses années de scoutisme :

— Toujours prêt, Edward !

— *All right!*

Bradley se mit à rire à son tour et, repassant au français, lâcha :

— Tu peux m'appeler Ted comme tout le monde.

Antoine acquiesça de la tête, tout en sachant qu'il aurait du mal à le faire : sa sacrée éducation Waldbrunner lui rendait difficile ce genre de familiarité avec un supérieur hiérarchique.

Les deux hommes se commandèrent cafés et croissants puis commencèrent à discuter de la mission, Antoine oubliant vite Sophie et sa vie passée. Les autres membres de l'équipe les rejoignirent peu à peu. Le premier, Benjamin Timsit, avait quelques années de plus qu'Antoine et était *partner* du cabinet. Ses parents, des juifs pieds-noirs, avaient quitté l'Algérie en 1962, juste après la déclaration de l'indépendance. Il avait été élevé dans un milieu de rapatriés nostalgiques de l'Algérie française, mais était de caractère modéré. Benji, comme on l'appelait familièrement, était retourné à plusieurs reprises au Maghreb, notamment en Tunisie, avant de prendre la tête de la filiale d'EBC au Maroc. Il devait servir de mentor à Antoine durant le premier mois de sa mission, avant de lui laisser ensuite la conduite des opérations. C'était un grand type, sombre de peau, de poil et de regard, mais très chaleureux, avec une faconde toute méditerranéenne. Il avait fait de brillantes études : sorti de l'X, il était allé aux États-Unis où il avait été diplômé du MIT, le Massachusetts Institute of Technology. Revenu en France, il avait travaillé un temps au Boston Consulting Group, le fameux BCG, avant de rejoindre EBC. Ted Bradley le considérait comme son bras droit et, sans doute à terme, son dauphin.

Dans la foulée ou presque de Timsit, arriva Yves Maprineau, un ESCP, l'assistant d'Antoine. Un garçon prometteur qu'EBC avait décidé d'adjoindre à la mission, malgré son jeune âge – vingt-cinq ans –, et ses dix-huit mois seulement d'ancienneté dans le groupe. Il avait visiblement couru et était essoufflé. Un mauvais point aux yeux d'Antoine qui appréciait la ponctualité et pensa que Maprineau avait pris le risque idiot d'être en retard. Sa désinvolture l'agaçait – comme une forme de suffisance. L'équipe était au complet : ils étaient quatre en comptant Edward – Ted, se dit Antoine. Le boss avait prévu de rester à Alger quinze jours. Un jeune Algérien devait être embauché sur place pour faciliter les communications et le travail avec les gens d'Air Maghreb.

Ils avaient encore une demi-heure à attendre avant d'entrer en salle d'embarquement et Ted Bradley profita du rassemblement de ses troupes pour préciser le déroulement du calendrier : ce 7 janvier serait consacré au voyage, à l'installation à l'hôtel, et le soir à une rencontre avec un ami musulman de Ted, Abdelkader Djebbari – un homme d'affaires algérien resté très francophile. Une exception, sans doute ! Ted l'avait eu au téléphone ce week-end. Il comptait leur brosser un tableau de la société algérienne actuelle : de ses classes sociales, de ses jeux de pouvoir entre le FLN, l'armée, les différents clans… Il évoquerait le problème de Bouteflika, ce président âgé, quasi impotent, qui voulait briguer un cinquième mandat, ce qui révoltait nombre d'Algériens, notamment les jeunes et les démocrates – car il y en avait en Algérie ! Nombre d'observateurs s'inquiétaient d'une situation qui semblait bloquée, entre un président véritable marionnette dont l'armée, le FLN et les profiteurs du régime tiraient les ficelles… et une opinion de plus en plus exacerbée. Tout cela semblait aux yeux de Djebbari un contexte explosif. Il avait donc conseillé à Bradley de rester extrêmement prudent et d'éviter tout commentaire en public sur la politique algérienne actuelle.

Ted insista donc auprès de son équipe sur la prudence requise et évoqua ensuite la journée du lendemain, le mardi 8 janvier, où commenceraient les choses sérieuses au siège d'Air Maghreb, qu'il appelait familièrement Air Mag. Le président du groupe viendrait d'abord leur présenter la société et les interlocuteurs d'EBC. Et dès l'après-midi, des groupes de travail seraient formés et se mettraient au boulot.

Enfin, le soir, une grande réception était prévue, à laquelle participeraient le ministre des Transports et quelques-uns de ses collaborateurs directs, suivie ensuite par un dîner de gala dans un grand hôtel d'Alger ou au ministère. Un programme qu'Antoine trouvait excitant ! À partir du mercredi 9, la mission démarrerait pour de bon. Et lui serait chargé de travailler avec la DRH du client sur la structure commerciale de l'entreprise.

Les tableaux lumineux de l'aéroport affichèrent soudain l'embarquement et le groupe se leva pour s'y diriger. Antoine suivit le mouvement tout en lisant sur son portable un petit message de Sophie :

« Bon voyage, mon chéri. Je t'aime et tu me manques déjà ! »

Cela lui fit chaud au cœur.

13

Premiers pas

Lundi 7 janvier 2019

Antoine finissait de se préparer pour se rendre à ce dîner auquel Djebbari, l'ami algérien de Ted, avait invité toute l'équipe d'EBC. La journée avait été passionnante. Après un vol facile où il avait pu dormir, il avait aimé ce premier contact avec cet Alger dont son grand-père lui avait tant parlé. Ils avaient atterri à Houari-Boumédiène, l'ancien aéroport français de Maison Blanche. Une structure aujourd'hui petite et vieillotte qui allait être remplacée par un nouvel aéroport ultramoderne, devant être inauguré d'ici un ou deux mois. On était loin du côté sous-développé qu'Antoine prêtait inconsciemment à ce pays avec sa morgue subliminale d'Occidental.

Après une longue attente dans les services de police, ils avaient pu gagner la sortie et trouver Ali, le chauffeur de taxi envoyé par Djebbari, qui brandissait une pancarte marquée EBC. Un homme au visage sombre mais affable, à l'œil malin et qui parlait un français volubile au fort accent arabe. Dans une circulation chargée, il sut les conduire rapidement, pour ne pas dire habilement, jusqu'à leur hôtel : El Djazair. Un établissement vraiment différent de ceux des grandes chaînes internationales, un lieu chargé d'histoire – un ancien palais du dey d'Alger devenu plus tard, à l'époque de la colonisation, l'hôtel Saint-Georges. En novembre 1942 y avait été signé le cessez-le-feu entre le général Eisenhower et l'amiral Darlan, après le débarquement des troupes alliées en Afrique du Nord – débarquement qu'avait connu enfant à Casablanca son grand-père ! Plus tard, à l'époque de la guerre d'Algérie, le Saint-Georges était, avec l'hôtel Aletti, un des hauts lieux de rencontre des élites pieds-noirs et des officiers généraux. Un endroit romanesque en diable !

Dès que le taxi parvint à l'entrée de l'établissement, Antoine adora le grand portail au style mauresque, comme ensuite l'allée qui conduisait à la réception, traversant un splendide jardin botanique. Pour un jeune Européen arrivant de la grisaille parisienne, cette nature luxuriante avec ces palmiers, ces bougainvilliers immenses, ces bananiers, ces plantes tropicales vertes même en cette saison hivernale, paraissait le paradis sur terre.

Le charme du lobby le séduisit, mais c'est l'énoncé de toutes les facilités dont disposait l'hôtel qui l'émerveilla : la piscine, le spa, le hammam, le jacuzzi, les restaurants, le bar, la boîte de nuit… Antoine fut encore plus ébloui quand un employé – un *chaouch*, se dit-il –, le conduisit jusqu'à sa chambre : une grande pièce luxueuse offrant une belle vue.

Issu d'une famille de l'aristocratie provinciale, élevé dans un catholicisme un peu suranné par des parents austères et regardants, Antoine s'émerveillait de cet environnement digne à ses yeux des *Mille et Une Nuits*.

Resté seul dans sa chambre – son appartement –, il découvrit la grande salle de bains, les produits de toilette offerts – un style de vie nouveau pour lui, bien différent de celui auquel on l'avait accoutumé et dont les années de pension qu'il avait vécues avaient plutôt accentué la sobriété.

Alors qu'il avait l'habitude de prendre des douches, il s'était fait couler un bain chaud, remplissant à ras bord la baignoire, et avait paressé longuement, immobile, heureux. Il avait savouré ce moment de bonheur, revoyant le déroulement de la journée, impatient de vivre la suite, d'aller à ce dîner.

Abdelkader Djebbari habitait à Sidi Yahia, dans la commune d'Hydra. Le quartier le plus huppé de la capitale algérienne, selon Ted. Ali, le chauffeur, faisant de nouveau l'illustration de sa maestria, les conduisit rapidement malgré la circulation anarchique au domicile dudit Djebbari, dans un ensemble immobilier de luxe sur les hauteurs de la ville. Il avait visiblement des moyens, pensa Antoine. Ted Bradley le confirma avant d'arriver à destination, leur expliquant que leur hôte avait fait fortune dans l'import-export et leur racontant brièvement ce qu'il savait de l'homme. Il l'avait rencontré dans le cadre du business alors qu'EBC conseillait une affaire italienne de prêt-à-porter. Les deux hommes avaient vite sympathisé et Djebbari avait pris l'habitude, quand il venait à Paris, de téléphoner à Bradley et de l'inviter à dîner. Peu à peu, l'Algérien s'était livré à l'Américain. Il appartenait à une famille de la bourgeoisie de Blida, une ville située à une cinquantaine de kilomètres au sud-ouest d'Alger. Ses parents étaient de gros commerçants depuis deux générations. Très francophiles, ils avaient envoyé leur fils en France faire des études de droit à Aix-en-Provence. Alors qu'il était en troisième année, le jeune Djebbari s'était lié avec des étudiants proches du FLN puis avait été endoctriné par des responsables du mouvement indépendantiste. Il avait alors décidé de regagner l'Algérie et de rejoindre le maquis de l'Ouarsenis, cette chaîne de montagnes non loin de Blida. Tout cela avait engendré une dramatique brouille familiale, ses parents ne comprenant pas son engagement. Intelligent, courageux, il avait vite monté les échelons de la hiérarchie militaire du FLN : à la fin de la guerre, il s'était retrouvé à la tête d'une katiba, l'équivalent d'une grosse compagnie. Contrairement à beaucoup de responsables indépendantistes, il avait fait une guerre propre, interdisant à ses hommes certaines horreurs que pratiquaient souvent les fellaghas.

Lors du cessez-le-feu, après les accords d'Évian de mars 1962, il avait même sympathisé avec le sous-lieutenant français en poste dans la région, contre lequel il s'était battu au cours des mois précédents. Une attitude élégante de guerriers se respectant mutuellement. Aussi eut-il beaucoup de mal à comprendre le non-respect de ce cessez-le-feu par les fellaghas et les nombreuses exactions commises alors. Il comprit encore moins ensuite l'arrivée des troupes extérieures de l'ALN[1] venant de Tunisie, qui ne s'étaient pas engagées dans la guerre et qui supplantèrent rapidement les anciens combattants. Écœuré, il avait quitté l'armée. Entre-temps, ses parents étiquetés pro-français avaient dû fuir l'Algérie et se réfugier en France, dans la région d'Aix-en-Provence. Abdelkader, auréolé lui de son passé de résistant, avait pu reprendre leurs activités commerciales et sauver l'entreprise familiale – une affaire de distribution qu'il avait progressivement fait évoluer vers des activités d'import-export. Il s'était peu à peu rabiboché avec son

1. ALN : Armée de libération nationale, bras armé du FLN.

père qui, après l'avoir aidé à développer son business en métropole, était mort au début des années 2000.

Abdelkader était sympathique, intelligent et proche de la France. Il était prêt, avait conclu Ted Bradley, à les aider, à les guider dans un pays qui n'était pas simple… le moins que l'on puisse dire!

*

L'appartement de Djebbari était donc situé au dernier étage d'un immeuble moderne. Sa décoration parut à Antoine complètement kitsch. Lequel Antoine, par son éducation, n'était sans doute pas le meilleur juge dans ce domaine! Le salon doté de grandes baies vitrées aurait pu être très clair et gai sans les voilages et les rideaux qui l'assombrissaient. Le mobilier mélangeait curieusement des meubles orientaux de style égypto-syrien aux bois sombres, très sculptés, à de nombreux sièges et tableaux rapportés d'Europe, principalement de France et d'Italie. Quel bric-à-brac, un vrai capharnaüm! avait songé Antoine, habitué aux intérieurs traditionnels de sa famille. Bradley, plus cosmopolite et qui était déjà venu chez l'Algérien, trouvait un certain charme à cet intérieur hors normes occidentales.

Un domestique avait à peine introduit au salon l'équipe d'EBC que Djebbari les rejoignait, suivi de sa femme. Lui, grand, maigre, chauve, avait un visage sombre, un nez en bec d'aigle, de fortes rides de part et d'autre d'une bouche étroite. Ses yeux noirs pétillaient d'intelligence. Il portait une sorte de djellaba d'intérieur. Il avait à l'évidence plus de quatre-vingts ans mais semblait encore vert.

Leïla Djebbari avait dû être jolie. Elle avait grossi et paraissait fatiguée. Vêtue d'une robe longue très mauresque d'un beau vert, elle était assez effacée – retenue féminine ou politesse arabe ? se demanda Antoine.

Les présentations faites, une fatma corpulente et stylée vint apporter un apéritif composé de taboulé, de kebbés, d'houmous, de muhammara, de bricks... le tout accompagné de boissons sans alcool. Antoine, qui n'avait rien mangé depuis le déjeuner spartiate pris à bord du vol Air France, avait tendance à se servir de tout, adorant ces hors-d'œuvre exotiques. Remarquant soudain le regard amusé de Ted qui l'observait se goinfrer, il restreignit sa consommation, pensant aussi qu'un dîner copieux allait certainement succéder à ces mises en bouche. Bien lui en prit, car ils passèrent à table où leur fut effectivement servi un repas de nouveau original et abondant comportant une délicieuse chorba, la soupe traditionnelle algérienne à base de viande d'agneau, de tomates, de vermicelles et de légumes ; suivie d'un tajine de poulet. Pour terminer, on leur offrit pour le dessert des dates, une namoura et des baklavas. Par égard pour ses invités français, Djebbari avait sorti un excellent vin algérien, une appellation connue : les Monts d'Ihrane. Un vin rouge assez corsé qu'Antoine apprécia, remarquant que leur hôte lui-même, sans doute un musulman pratiquant, n'en prenait pas.

Le repas terminé, Mme Djebbari s'éclipsa : il n'était visiblement pas prévu qu'elle participât aux discussions des mâles. Et tandis qu'on leur servait des cafés bien serrés, leur hôte commença à leur expliquer la situation algérienne actuelle – ce pourquoi l'équipe d'EBC était venue. Il s'exprimait dans un français châtié, presque démodé. Antoine comprit au visage de Djebbari, au ton de sa voix triste, désabusé, que le vieil homme regrettait l'évolution de son pays. Il pensa fugitivement à son grand-père : encore un vieux déçu, se dit-il…

— Je dois vous préciser d'abord, comme je l'ai dit à mon ami Edward Bradley, que j'ai pris jeune les armes contre la France : un pays dont j'aimais les valeurs, l'humanisme. Le pays des droits de l'homme ! Mais que je ne reconnaissais plus dans le colonialisme, pour ne pas dire le racisme de nombreux pieds-noirs. Je rêvais en idéaliste d'une Algérie indépendante, démocratique, dont les habitants seraient égaux quelles que soient leur race, la couleur de leur peau ou leur religion… égaux et respectés… ce qui n'était pas alors le cas. Je pensais qu'une fois la victoire acquise, nos objectifs nationalistes atteints et l'Algérie devenue un pays indépendant, nous pourrions nouer des liens fructueux en toute égalité avec cette France que j'avais combattue, mais que j'aimais. La France des Lumières, de la Révolution, de Victor Hugo, de Pasteur, de Lyautey… Hélas, il n'en fut rien. Dès le cessez-le-feu consécutif aux accords d'Évian, j'ai commencé à craindre que notre victoire ne nous soit volée. Que l'indépendance n'accoucherait pas de cette nation égalitaire et juste dont j'avais rêvé et pour laquelle nous nous étions battus, mes hommes et moi. J'ai d'abord constaté que les accords n'étaient pas respectés et que la France n'obligeait pas les nouveaux dirigeants algériens à le faire. De Gaulle et son gouvernement furent incroyablement laxistes, faibles, et laissèrent l'esprit de vengeance prédominer. Contrairement aux accords, on s'en prit aux pieds-noirs, aux harkis, aux populations qui avaient été pro-françaises. Mon propre père dut s'exiler et l'Algérie nouvelle se priva ainsi de nombreux Européens compétents comme de musulmans de qualité. Par ailleurs, il apparut vite que des clans se formaient, proches du pouvoir – des militaires, des hommes d'appareil ou du monde des affaires... En un mot, des profiteurs qui allaient en faire partie. Tout cela m'écœurait. J'étais désespéré : c'était l'effondrement de tout ce à quoi j'avais cru !

Le vieil homme s'arrêta, visiblement ému. Antoine était de nouveau frappé par la similitude des désillusions de Djebbari et de celles de son grand-père. Des hommes des deux côtés de la Méditerranée qui avaient eu des idéaux, des certitudes et les avaient vus sombrer.

Cependant, leur hôte s'était repris et déclarait, en souriant maintenant :

— Gardez pour vous mes états d'âme. C'est le passé et la page est tournée. Venons-en à l'Algérie d'aujourd'hui et à ce que vous devez savoir de ce pays où vous allez œuvrer.

Il leur sourit à nouveau, but une gorgée de café que la fatma venait de lui servir et reprit :

— Tout d'abord, un aperçu du climat politique actuel, puis je répondrai à vos questions. Le climat est tendu, marqué par un mélange de mécontentement populaire, de frustrations économiques, de chômage, notamment des jeunes... et de demandes de changements politiques. Le président, Abdelaziz Bouteflika, est au pouvoir depuis vingt ans. C'est beaucoup trop. Et il a annoncé sa candidature à un cinquième mandat malgré un état de santé à l'évidence déplorable. Ce qui a été mal perçu et suscite de fortes protestations de la part d'une jeunesse très active et de différents groupes réclamant des réformes politiques et une économie socialement plus juste. Le prolongement du règne de Bouteflika est vécu comme le symbole du statu quo politique et le maintien d'une élite déconnectée du peuple qui, derrière Bouteflika, tire les ficelles. Le clan, comme on l'appelle souvent ici, a une influence significative dans la prise de décisions et la gestion des affaires du pays. Et ce, de façon d'autant plus marquée que la santé de Bouteflika est très fragile et déclinante. Une situation difficile donc, une société algérienne éclatée et frustrée. Je ne saurais trop vous conseiller la prudence et d'éviter d'exprimer vos opinions, de critiquer le système. Les étrangers, les Français notamment, peuvent facilement servir de boucs émissaires…

Il se mit à rire :

— Nous les Algériens sommes très susceptibles et nos dirigeants particulièrement ! Voilà mes amis ce que je pouvais vous dire. Je vous demande bien sûr de garder confidentiels ces propos… que je n'aurais jamais dû tenir !

Bradley hocha la tête pensivement :

— Merci, cher Abdelkader, pour cette analyse.

Djebbari le coupa :

— Non, ce n'est qu'un simple aperçu de la situation actuelle. Je suis à votre disposition pour répondre à vos questions maintenant ou plus tard, au cours de votre mission.

S'ensuivit un long échange informel, le dialogue se nouant exclusivement entre Bradley, Timsit et leur hôte. Antoine et Yves Maprineau, ne connaissant pas l'Algérie, se gardèrent d'intervenir, se contentant d'écouter et d'apprendre. Les questions des dirigeants d'EBC étant plus pratiques que politiques, Bradley leva bientôt la séance : la journée avait été longue et il était tard. Ils étaient tous fatigués et dans quelques heures, les choses sérieuses commenceraient.

Alors qu'Antoine, revenu à l'hôtel, allait se coucher, il consulta selon son habitude son portable… où il eut la joie de trouver un SMS de Sophie :

« Je pense beaucoup à toi, mon chéri ! Tu me manques déjà. Sois prudent, je tiens à toi. N'oublie pas que je t'aime. Ta Sophie ! »

Cela le toucha, mais il était trop épuisé pour lui répondre. Demain serait un autre jour !

14

L'ACTION, ENFIN !

Mardi 8 janvier 2019!

Tandis qu'Ali les conduisait aux bureaux d'Air Maghreb, Antoine repensait à la soirée de la veille, qu'il avait beaucoup aimée – notamment ce dîner oriental. Il était gourmand et cette nourriture exotique lui avait bien plu ! Le chauffeur slalomait joyeusement entre les voitures, les camionnettes, les vélos et parfois même les piétons, tandis que sur le trottoir se pressait une foule bigarrée : femmes voilées, indigènes en djellabas, hommes d'affaires en costume… Un spectacle qui fascinait un Antoine très excité à la perspective de démarrer sa mission.

Le siège d'Air Maghreb occupait plusieurs étages d'un immeuble un peu vieillot des hauts d'Alger. Au rez-de-chaussée se trouvait un lieu d'accueil des clients et des voyageurs où évoluaient des hôtesses vêtues des uniformes de la compagnie, d'un vert émeraude très islamique. Dans le fond, des guichets destinés à vendre des billets d'avion ou à accueillir les doléances de passagers mécontents – ce qui était le cas quand l'équipe d'EBC était arrivée. Un individu vociférait en arabe tandis qu'un employé s'efforçait de le calmer. La secrétaire qui était venue accueillir l'équipe s'était dépêchée de leur faire emprunter un ascenseur vétuste, voulant éviter qu'ils assistent à ce spectacle déplorable pour l'image de la compagnie. La salle de réunion au huitième étage, où les attendaient les principaux dirigeants de l'entreprise, jouissait d'une vue superbe sur la ville, le port et la mer. Il faisait un temps de rêve et ce panorama rachetait ce premier contact assez décevant.

Slimane Daoud, le président d'Air Maghreb qu'Antoine avait aperçu dans les couloirs d'EBC à Paris, s'était avancé vers Bradley et lui avait donné une accolade chaleureuse assortie de claques dans le dos. C'était un bel homme, d'une petite soixantaine, à l'aspect méditerranéen. N'eût été son accent teinté d'arabe, on l'imaginait plutôt italien ou grec qu'originaire d'Algérie. Grand, mince et brun, des traits réguliers mais durs avec un nez accentué, il était dans son genre assez distingué. Un critère important pour Antoine. Il portait un complet bleu marine un peu trop près du corps et une chemise à col ouvert, également de coupe ajustée.

Se dégageant des bras de Bradley, il s'était tourné vers le reste de l'équipe d'EBC et leur avait souri, ce qui adoucissait son visage et le rendait plus avenant.

— Bienvenue en Algérie et à Air Maghreb. Nous sommes heureux de vous accueillir et pensons que nous allons accomplir ensemble un travail fructueux !

Pendant qu'il poursuivait un discours pompeux sur l'Algérie, son modernisme et ses réalisations, Antoine examina les six personnes qui l'entouraient. Cinq d'entre elles, quatre hommes et une femme, avaient des gueules d'apparatchik : la cinquantaine largement passée, sanglés dans des tenues sombres, le visage fermé et docile. La sixième personne était beaucoup plus jeune et très agréable à regarder. Une jolie fille aux yeux bleu sombre et aux cheveux auburn tirant sur le roux, aux pommettes hautes, qui détonnait dans le tableau ! Le président ayant fait les présentations, Antoine repéra le directeur général, le directeur financier, le chef des ventes, le directeur du marketing et la directrice des relations humaines. La jeune femme était, elle, en charge au sein de la DRH de l'évolution des structures et du recrutement des cadres.

Le président poursuivait cependant son monologue, présentant le pedigree et les fonctions de chacun de ses collaborateurs, insistant sur les diplômes et les qualifications des uns et des autres. Antoine eut l'impression qu'il voulait impressionner ces Français, leur montrer que son équipe avait un excellent niveau, égal au leur. Pourquoi alors, se demanda le garçon, faire appel à EBC, si ses cadres avaient les mêmes compétences ? Cela l'amusa *in petto*, tandis qu'il jeta un petit regard discret sur Ted Bradley qui restait imperturbable, exprimant même une certaine admiration qu'Antoine jugea quelque peu hypocrite.

Puis le président en vint à la jeune et jolie collaboratrice, insistant sur son parcours à l'université d'Alger et ses diplômes en sociologie et psychologie. Il précisa qu'elle était d'origine kabyle, soulignant ses compétences malgré son âge… et malgré son origine ? se demanda Antoine.

Le garçon ne put retenir tous les noms arabes, trop compliqués pour lui à mémoriser. Il ne se rappela que du prénom de la jeune femme, Houria, qu'il trouva charmant… comme la dame elle-même !

Après un déjeuner rapide de grillades d'agneau où ne parlèrent que le président et Bradley, ils passèrent enfin aux choses sérieuses. Des équipes furent formées – quatre groupes chargés d'organiser le travail des jours à venir. Antoine, assisté d'Yves Maprineau, devant s'occuper du marketing des ventes et de l'analyse des structures commerciales de l'entreprise, se retrouva avec le directeur du marketing, le chef des ventes, la directrice des relations humaines et la belle Houria. Ils quittèrent tous les cinq la grande salle de réunion pour aller s'installer dans le bureau de la DRH. Une pièce tristounette mais éclairée par une grande baie vitrée donnant elle aussi sur le spectacle magnifique de la ville et de son port.

La DRH s'assit au bout de la table, présidant la séance. Antoine, à sa droite, tournait le dos à la vue, ayant en face de lui Houria et le chef des ventes. Tandis que la présidente de séance commençait à expliquer la stratégie de l'entreprise et ses structures commerciales, le garçon ne pouvait s'empêcher de regarder discrètement la jeune femme… Il cherchait à se rappeler à qui ou à quoi elle lui faisait penser… Il trouva soudain : les portraits du Fayoum ! Ces peintures funéraires égyptiennes sur bois du Ier siècle, représentant les faces de défunts. Des portraits incroyablement réalistes dont il avait vu les reproductions dans un livre d'art. Houria avait le même type de visage allongé, le teint bistre, les cheveux légèrement ondulés, les yeux immenses des femmes du Fayoum. Ceux de la Kabyle étaient d'un bleu sombre tirant presque sur le violet, qui lui donnaient un regard particulier quand les leurs étaient noirs. À la différence de ces défuntes dont le visage était figé pour l'éternité, celui de la jeune femme était mobile, devenant soudain plein de charme quand elle souriait, découvrant des dents très blanches.

Houria, se sentant regardée, avait détourné la tête, visiblement gênée. Antoine s'efforça d'écouter attentivement ce que racontait la chef. Et bientôt, pris par l'intérêt du business et le rôle qu'il avait à jouer, il se concentra sur son travail et se prit au jeu. Il comprit que l'ambition de la compagnie, lors de la création, avait été de desservir toute l'Afrique du Nord, d'où le nom d'Air Maghreb : les premières destinations étant Tunis, Rabat, Casablanca. Mais il était vite apparu que les dissentions politiques entre les trois pays avaient rendu impossible cette stratégie. Air Maghreb s'était replié essentiellement sur la desserte des villes de l'intérieur de l'Algérie : Oran, Constantine, etc. Antoine se demanda tout de suite s'il ne fallait pas être plus ambitieux et viser l'Afrique Noire… voire la Lybie et même encore plus loin ! Mais il n'en dit rien à ce stade.

L'après-midi passa très vite et toute l'équipe d'EBC rentra tôt à l'hôtel, grâce au minibus qu'Ali manœuvrait avec son habileté talentueuse, parfois inquiétante, dans une circulation continuant à échapper au code de la route tel qu'il est pratiqué de l'autre côté de la Méditerranée. L'individualisme régnait en maître à Alger ! Et la prise de risques était permanente. Ted Bradley avait donné campos à toute l'équipe jusqu'à vingt heures, le rendez-vous étant fixé dans le lobby de l'hôtel pour se rendre au dîner ministériel. Avant de descendre, Antoine, n'ayant pas répondu au SMS de Sophie, voulut l'appeler, mais elle ne décrocha pas : ni sur le fixe de leur appartement, ni sur son portable. Il ressentit une certaine frustration et même une pointe de jalousie, se demandant si elle était sortie ce soir.

Mais, décidé à ne pas se gâcher la soirée par de vains soupçons, il finit de se préparer pour ce dîner qui l'amusait beaucoup. Il était impressionné à l'idée de rencontrer un ministre et son cabinet. Il trouvait la vie passionnante depuis son arrivée à Alger et se dit qu'il avait beaucoup de chance de connaître une telle aventure. Son père au même âge avait dû reprendre l'exploitation familiale et ne l'avait plus quittée, s'enfermant définitivement en Alsace.

Et tandis qu'il nouait sa cravate, il fredonnait la chanson de Johnny Hallyday : « Pour moi la vie va commencer »…

15

Le dîner du ministre

Mercredi 9 janvier 2019

Le ministère des Transports était situé à El-Biar, une commune de l'agglomération algéroise, à trois, quatre kilomètres de l'hôtel. Le trajet aurait été plutôt agréable, traversant de beaux quartiers, si une fois de plus la circulation n'avait pas été aussi intense à cette heure.

Installé à l'avant du minibus, Antoine, tout en suivant d'un œil la conduite sportive d'Ali, se rappelait une anecdote que lui avait racontée son grand-père et que le nom d'El-Biar lui avait remis en mémoire… Philippe était alors seconde pompe[1] au camp du Lido à Fort-de-l'Eau. On l'avait envoyé de nuit dans un GMC[2] fermé avec six autres troufions faire une opération de nettoyage d'un quartier d'El-Biar où des hors-la-loi avaient été signalés. Le véhicule s'était immobilisé, les six soldats en avaient sauté et s'étaient retrouvés dans l'obscurité, devant la grille d'un parking. Ordre leur avait été donné d'escalader ce grillage et de ratisser les lieux. Les choses s'étaient ensuite passées

1. Seconde pompe : soldat de seconde classe.
2. GMC : camion militaire.

très vite : après une courte traque, ils avaient réussi à arrêter deux hommes, mais une unité voisine avait neutralisé d'autres hors-la-loi et les interrogeait avec des méthodes musclées, entraînant des hurlements déchirants dans le silence de la nuit. Philippe avait confié à Antoine que cette première opération lui avait fait découvrir la guerre – l'action militaire d'abord, quand il lui avait fallu escalader le grillage et poursuivre de nuit des hommes puis les maîtriser, mais aussi l'horreur de ses à-côtés, en entendant les cris d'angoisse et de souffrance de ces malheureux maltraités. Une sorte de baptême, non pas du feu, mais de la guerre civile !

Et tandis que leur minibus progressait dans ces quartiers paisibles, bien loin de ces événements survenus soixante ans plus tôt, Antoine songeait combien la relation entre les Algériens d'aujourd'hui et leurs anciens colonisateurs ne pouvait être simple. Combien de temps faudrait-il pour que la mémoire de ces faits dramatiques s'estompe et que la communauté du passé, le partage de la langue, permettent aux deux peuples de se retrouver ?

Combien de temps faudrait-il aussi pour que les harkis de Philippe et surtout leurs descendants puissent revenir en Algérie, ne serait-ce qu'en touristes ? Il revoyait la brave tête de Taïeb, le fidèle sous-officier de Philippe. Pourquoi, soixante ans après, ce pays se privait-il de gens de qualité ? À leurs yeux, leur faute d'avoir cru en la France paraissait toujours impardonnable… Il revoyait Nora, ses cousins, ses neveux… Pourquoi les priver de leurs racines ? Même si aujourd'hui ils étaient des Français à part entière. Tout cela était absurde… De Gaulle et Adenauer, après la Seconde Guerre mondiale, avaient su tirer un trait sur le passé pourtant dramatique et décidé de l'amitié franco-allemande. Mais, se disait Antoine, il s'agissait d'hommes d'une trempe exceptionnelle.

Cependant, ils étaient arrivés à destination : le minibus se gara devant un grand immeuble qui avait dû être moderne dans les années 1950. De piètre qualité, il faisait fatigué, triste, décrépi – le ministère algérien des Transports ! Une bâtisse qui n'aurait pas dépareillée dans les pays de l'Est du temps de l'occupation soviétique.

Ils retrouvèrent à l'intérieur du bâtiment les gens d'Air Maghreb, déjà arrivés – du moins une équipe restreinte. Ils avaient été installés dans un salon d'accueil où ce petit groupe paraissait perdu. Il y avait le président, le directeur général et la DRH. Le chef des ventes et le directeur du marketing, considérés sans doute comme des seconds couteaux, n'avaient pas été conviés. Tout ce beau monde était sur son trente et un. Le président et le directeur général étaient sobrement vêtus de complets croisés de couleur sombre, de chemises blanches et de cravates discrètes. La DRH en revanche s'était voulue élégante. Elle s'était fait faire une permanente, avait revêtu un ensemble rose vif et était parée comme une châsse, ayant multiplié bracelets et colliers. Grassouillette, elle était boudinée dans son tailleur, faisait des mines et n'était pas loin d'être ridicule, s'amusa Antoine qui regrettait l'absence de la belle Houria. Savait-elle s'habiller avec goût ? En tenue de sport, c'était le cas !

Ils passèrent une demi-heure à échanger des banalités dans ce salon d'accueil décoré d'un mobilier de type mauresque très couleur locale. Au mur trônait – il n'y a pas d'autre mot – un grand tableau du président Bouteflika. L'ensemble était dantesque, pensèrent unanimement les cadres d'EBC, avec la superbe habituelle des Occidentaux qui se croient toujours détenteurs du bon goût !

C'est seulement vers vingt et une heures que le directeur de cabinet du ministre vint les chercher pour les conduire à la salle à manger. Une grande pièce agréable, n'eût été le sempiternel portrait de Bouteflika. Elle avait été décorée d'une profusion de fleurs et la table, joliment dressée, était éclairée par plusieurs chandeliers. L'ensemble était vraiment réussi ! Antoine, impressionné, regardait la demi-douzaine de collaborateurs du ministre qui les attendaient. Les présentations furent faites par le directeur du cabinet, le président d'Air Maghreb et Edward Bradley. Antoine serra en série de nombreuses mains, affichant un sourire mécanique à chaque poignée, renonçant à saisir les noms et les fonctions de tous ces Arabes qui lui souriaient aimablement.

Puis le ministre entra enfin. Omar Cherki présentait bien. Une calvitie distinguée, de grandes lunettes à monture d'écaille légèrement teintées, l'air affable, un costume et une cravate rayée – un peu clairs peut-être pour les circonstances. Mais tel que, on aurait pu le prendre pour un haut fonctionnaire de la République française ! Il aborda les gens d'EBC avec un sourire avenant, échangea quelques mots aimables avec Edward Bradley, puis on passa à table.

Le ministre présidait bien sûr, avec en face de lui le président d'Air Maghreb. Il avait pris à sa droite Edward et à sa gauche Timsit, le numéro deux d'EBC. Antoine s'était retrouvé, lui, à la gauche du président d'Air Maghreb, qui avait à sa droite le directeur du cabinet. Yves Maprineau avait été relégué plus loin aux côtés de la DRH, Yasmine. Antoine s'étonna que le président n'ait pas mis cette dernière à sa droite, la seule femme du groupe. Ce n'était sans doute pas dans les règles de civilité musulmane, ou peut-être s'agissait-il d'un manque d'usages ?

Le ministre s'était levé cependant et avait commencé un petit discours lénifiant, évoquant l'amitié historique indéfectible de la France et de l'Algérie, le dynamisme du secteur des transports algériens, la belle entreprise enfin qu'était Air Maghreb, que le cabinet EBC allait encore dynamiser… Puis il s'était rassis, visiblement content de lui.

Un silence s'était ensuivi, personne n'osant prendre la parole après ce haut personnage… lequel, voulant rompre la glace, s'était tourné vers son voisin, Timsit, et lui avait demandé aimablement :

— C'est votre premier séjour en Algérie ?

— Non, monsieur le ministre, je suis déjà venu deux fois dans votre pays à l'occasion d'autres missions.

Le ministre avait hoché la tête puis avait poursuivi :

— Vous avez pu connaître un peu notre pays, le découvrir et l'aimer ?

Timsit s'était mis à rire :

— Vous savez, j'ai toujours entendu parler de l'Algérie, j'ai même l'impression d'y avoir vécu… et de la connaître comme ma poche ! Mes parents étaient pieds-noirs et habitaient Hydra, au Paradou. Ils ont quitté l'Algérie en 1962. Ils m'en parlent sans cesse !

Le ministre coupa soudain Timsit, se mettant à le tutoyer :

— Ta famille est pied-noir et habitait au Paradou ?

Timsit, un peu surpris, approuva de la tête :

— Oui, une villa au Paradou…

Le ministre se leva soudain, repoussa sa chaise et quitta la table, puis la pièce à grands pas. Antoine regarda Ted Bradley qui avait l'air effondré. Un silence de mort régna dans la pièce. Antoine se dit que l'affaire était perdue : c'était la gaffe, l'incident diplomatique ! Le ministre allait refuser qu'EBC continuât à travailler pour Air Maghreb – un ministre à l'évidence incroyablement sectaire, anticolonialiste et antifrançais ! Tout le monde se tint coi, les yeux baissés.

Soudain, la porte de la salle à manger s'ouvrit et l'on vit le ministre revenir à grands pas, un petit paquet à la main. Il s'avança vers un Timsit inquiet tandis que tous regardaient la scène, médusés. On vit alors le ministre prendre Timsit, qui s'était levé, par les épaules, puis il s'écria :

— Tu es mon frère ! Ma famille habite aussi une villa au Paradou. La tienne n'aurait jamais dû partir ! On a besoin de vous, les Français, les pieds-noirs... Mon ami, il faut que tu reviennes, l'Algérie, c'est ton pays à toi aussi.

Et il étreignit un Timsit complètement abasourdi. Puis il prit du recul et lui tendit le petit paquet :

— C'est pour toi, mon cadeau de bienvenue, de retour au pays !

Timsit, de plus en plus perdu, comprit mal ce qui lui arrivait. Il obtempéra et défit l'emballage... C'était une montre ! Une jolie montre, un objet promotionnel mais de bon goût.

Le ministre reprit, le visage hilare :

— Et maintenant, tu seras à l'heure algérienne !

Toute la salle, qui avait cru au drame, se détendit et applaudit à tout rompre, comme libérée. Le silence revint peu à peu et Timsit, remis de ses émotions, se tourna vers le ministre et improvisa :

— Comment vous remercier, monsieur le ministre, de cet accueil si chaleureux... C'est vrai que j'ai toujours considéré votre pays comme ma seconde patrie et je suis heureux, dans le cadre de cette mission, de pouvoir participer à accroître l'efficacité de cette belle affaire algérienne qu'est Air Maghreb. Je veux vous remercier aussi pour cette jolie montre qui me rappellera, chaque fois que je regarderai l'heure, votre beau pays. Quant à y revenir avec ma famille, ce n'est pas impossible. Qui sait, et comme on dit, *Inch'Allah!*

— *Bismillah!* répondit le ministre, tandis que la salle applaudissait à nouveau à tout rompre.

Antoine jeta un regard à Ted Bradley dont le visage affichait un soulagement évident : il avait vraiment cru perdre la mission !

*

Revenu à l'hôtel au terme d'un très bon repas, bien arrosé d'un délicieux Koutoubia[1], Antoine réfléchissait à cette soirée et au comportement du ministre. Quel pays de contrastes ! Il y avait le discours officiel des politiques, continuant à vilipender la France, la colonisation et leur faisant porter soixante ans après l'indépendance toutes les difficultés qu'avait engendrées la mauvaise gestion d'incompétents. Comme un adolescent boutonneux, avait dit Philippe, rejetant sur ses parents son mal-être ! Et d'un autre côté, depuis deux jours, Antoine rencontrait des gens accueillants, chaleureux avec lui. Ali le chauffeur, le personnel de l'hôtel, Djebbari... Même Houria, quand au cours de l'après-midi il avait eu l'occasion de discuter avec elle, lui avait déclaré entre autres que l'immense majorité

1. Koutoubia : vin algérien réputé venant de la région de Mascara.

des jeunes rêvait d'aller en France : pour trouver du travail que leur pays ne donnait pas, mais aussi pour d'autres raisons. Et, lui avait-elle dit, il y avait peu de familles de la bourgeoisie algérienne qui n'avaient pas de proches en métropole.

Dans les jours et les semaines qui suivirent, il eut l'occasion de vérifier cet accueil sympathique de la population, à part bien sûr, car il y en avait encore, les réactions des rares nostalgiques du FLN ou leurs descendants qui détestaient les Français. En revanche, chaque fois qu'il s'était hasardé à évoquer le sort des harkis, leur retour impossible en Algérie, il s'était heurté à un mur. La majorité de ses interlocuteurs bloquait sur le sujet. Les harkis restaient pour les Algériens des traîtres, des collaborateurs. C'était sans doute aussi le résultat d'un intense bourrage de crâne que l'armée et le FLN pratiquaient depuis la fin de la guerre.

Enfin, il avait constaté que les Algériens étaient fiers de leur pays et effectivement très susceptibles : la moindre critique formulée, en particulier par les Français, les hérissait. Une difficulté à laquelle allait vite se confronter Antoine dans l'exercice de sa mission. Il fallait réorganiser Air Maghreb, pallier ses insuffisances, mais être très prudent dans la critique du système en place. Il devait parler d'améliorer un peu une organisation déjà performante, de renforcer l'efficacité… C'était un pli à prendre !

Le soir de ce mémorable dîner ministériel, Antoine, qui avait un peu trop picolé, se coucha euphorique. Ces deux jours à Alger, ce premier contact avec Air Maghreb, l'avaient emballé. Il était impatient maintenant de commencer le travail sérieux le lendemain.

16

Au travail !

Jeudi 10 janvier 2019

Après un robuste petit déjeuner, l'équipe d'EBC quitta l'hôtel pour se rendre à Air Maghreb, conduits par l'éternel Ali. Il pleuvait. Un petit crachin qui étonna Antoine : il imaginait une Algérie abonnée au beau temps permanent. On était en hiver et le chauffeur leur expliqua qu'il était normal en cette saison d'avoir de la pluie. La ville à la beauté racoleuse, au soleil méditerranéen, prenait sous l'eau des airs de vieille pute démaquillée, songeait Antoine, déçu par ce changement de climat. Il était en outre un peu triste de n'avoir aucune nouvelle de Sophie : il lui avait envoyé un texto au réveil qui était resté sans réponse. Il fut content d'arriver chez leur client et de devoir secouer sa morosité. Le travail allait lui changer les idées !

Il fut accueilli par le directeur commercial dont il ne retint que le prénom, un certain Kouider. Timsit l'accompagnait, ainsi qu'Yves son assistant. Après quelques salamalecs, Timsit, s'étant assuré que tout se passait bien, était parti rejoindre Bradley, toujours flanqué du jeune Yves.

Antoine se retrouva seul avec ledit Kouider. L'homme, boudiné dans un complet gris à rayures, avait une cravate bleu électrique et ses cheveux noirs ondulés étaient fortement gominés. Cela dit, il se montra aimable au premier abord et coopératif. Antoine avait craint de sa part une forme de réticence ou de la rétention d'information, ce qu'il avait connu dans le passé chez certains clients. Il n'en fut rien. Kouider semblait sincèrement heureux d'être aidé et se montra immédiatement transparent. Il présenta l'organisation de sa direction, sa structure, les effectifs en place, leur implantation… Ils y passèrent la matinée. L'heure du déjeuner venue, ils allèrent le prendre dans un petit bistro à deux pas du siège de la société – un établissement plutôt accueillant qui servait une cuisine algérienne tout à fait correcte et jouait visiblement un rôle de cantine pour l'entreprise. Kouider, en entrant, salua une dizaine de personnes. Il était à l'évidence assez populaire. Ils passèrent un moment agréable et restèrent longtemps à table. Kouider était bavard et ne semblait pas débordé.

Les choses se gâtèrent un peu quand, revenu au bureau, Antoine voulut se faire préciser les missions de cette force de vente et leur adéquation aux besoins de la clientèle. Son interlocuteur parut plus flottant, s'efforçant d'éviter d'entrer trop dans les détails. Antoine eut bientôt le sentiment qu'il jouait une partition théorique, mais que la chanson sonnait faux. Il en conclut qu'il allait lui falloir creuser la question et aller sur le terrain, mais qu'auparavant, il devait mieux cerner les attentes de la clientèle et préciser quelles cibles, quels segments de clientèle, Air Maghreb visait.

Au fur et à mesure qu'il développait cette approche, il voyait Kouider se fermer. Il comprit que sa mission serait moins facile à comprendre qu'il ne l'avait pensé de prime abord.

Le soir venu, il retrouva Bradley et Timsit à l'hôtel où ils décidèrent de dîner, Yves Martineau ayant demandé quartier libre pour aller retrouver des copains européens. Les deux dirigeants étaient très contents de leur journée, le président d'Air Maghreb leur ayant réservé un accueil chaleureux et donné toute latitude pour agir. Les hors-d'œuvre pris – de délicieux mezzés orientaux –, Antoine leur rendit compte de son travail avec Kouider et leur fit part de ses doutes sur la réalité du fonctionnement des services commerciaux et de leur efficacité. Il leur expliqua qu'il pensait poursuivre son travail en allant voir le directeur du marketing et savoir si la société avait fait des études sérieuses sur la clientèle et arrêté quels segments de marché elle voulait attaquer après avoir déterminé les critères et les objectifs. Ensuite, et seulement ensuite, il retournerait voir Kouider et vérifierait si l'organisation de la force de vente et les missions des vendeurs étaient cohérentes avec la clientèle ciblée et ses attentes... Si tout cela existait bien sûr au marketing!

Bradley approuva de la tête mais précisa qu'il faudrait informer le président et la DRH de cette approche. Les gens ici, comme l'avait dit la veille Djebbari, étaient très susceptibles et il ne fallait pas commettre d'impairs. EBC avait été pris pour réorganiser les structures, non pour étudier et mettre éventuellement en cause la stratégie de marketing. Antoine avait raison de vouloir développer cette approche, mais il allait falloir agir avec prudence et s'assurer de la caution du président. Il s'occuperait lundi d'obtenir un rendez-vous et ils iraient, Antoine et lui, exposer leur problème au *big chief*[1].

---

1. *Big chief*: grand chef.

Pourquoi attendre lundi ? s'était étonné Antoine. Bradley avait ri et lui avait expliqué que l'on était en pays musulman et que de nombreuses entreprises chômaient demain vendredi, jour de la prière. C'était le cas du siège d'Air Maghreb dont le patron, tout occidentalisé qu'il fût, était très pratiquant. Antoine s'en amusa et se réjouit, à peine arrivé, de se retrouver en congé. Il avait bien aimé ces deux premiers jours. Il n'avait qu'un seul regret au terme de cette journée : n'avoir pas revu cette belle Kabyle qui s'appelait Houria ! Il aimait Sophie bien sûr, elle lui manquait, mais il ne pouvait s'empêcher d'être attiré, en tout bien tout honneur, se disait-il, par les jolies femmes !

Ted Bradley avait l'esprit d'équipe. Il annonça à Timsit, Antoine et Yves qu'il allait profiter de ces jours de liberté pour leur faire découvrir Alger. Le vendredi et le samedi y seraient consacrés. Le patron d'EBC savait mélanger travail et loisir, une façon agréable et efficace de souder son personnel.

Le travail sérieux commencerait le lundi 14 janvier. Antoine était impatient de démarrer vraiment sa mission, mais la perspective de ces journées de tourisme, avec Bradley et Timsit qu'il appréciait, lui plaisait beaucoup.

Ces deux jours passèrent vite et eurent le mérite de rapprocher Antoine de Bradley et de Timsit. Deux jours à l'ambiance décontractée, en tenue de sport, à se partager entre un tourisme passionnant et des haltes sympathiques dans des bistros et des restaurants typiques, très différents du style international de leur hôtel. Les deux dirigeants, oubliant la hiérarchie, surent mettre totalement à l'aise Antoine et Yves. Ces derniers, découvrant l'islam et sa civilisation, furent fascinés par la Casbah, notamment le palais Dar Aziza à l'architecture si dépaysante pour eux. Ils déjeunèrent dans un établissement à la vue éblouissante.

Ils enchaînèrent ensuite les visites, alternant les lieux évoquant la présence coloniale française et les événements, comme l'on appelait alors la guerre d'Algérie : la Grande Poste, la place du Gouvernement général, Notre-Dame d'Afrique... et d'autres endroits de la ville plus spécifiques de l'Algérie nouvelle comme le mémorial du Martyr ou le Musée national des beaux-arts.

Antoine, rentrant le premier soir épuisé par ce tourisme mené au pas de charge, eut la surprise de trouver un long mail de Sophie le rassurant sur ses sentiments et le week-end sage qu'elle s'apprêtait à passer.

Le lendemain, Bradley leur avait donné quartier libre pour la matinée. Antoine en profita pour aller à la messe à la cathédrale du Sacré-Cœur d'Alger. Il ne se rendait habituellement que de façon épisodique aux offices religieux, bien que sortant d'un milieu traditionnel très pratiquant. Cela avait été pour lui une façon de s'émanciper de la chape d'une éducation religieuse familiale trop rigide, alourdie encore par des années de pension dans un collège catholique.

Mais, se trouvant à l'étranger, dans un pays fortement musulman, une pulsion l'avait amené à affirmer son identité française et chrétienne. Un acte non prémédité qui l'avait surpris lui-même. Il fut frappé par l'architecture étonnante de cette église moderne, à la coupole élancée, s'élevant à plus de trente mètres et reposant sur des piliers. À l'intérieur, il trouva l'effet saisissant du contraste entre le lourd béton dominant et la coupole qui semblait suspendue, aérienne. L'endroit incitait à la méditation, au recueillement.

L'église était pleine – un public plutôt âgé : de vieux pieds-noirs ou leurs descendants ayant pu rester ou faire souche en Algérie. D'autres Européens, hommes d'affaires français ou étrangers. Quelques ménages de jeunes quand même – des expatriés sans doute. Le garçon se mit à prier, récitant d'abord des prières de son enfance, puis se laissant aller à improviser, parlant à un Dieu qu'il n'avait pas évoqué depuis longtemps. Il devinait que la société islamique où il vivait maintenant était, du moins officiellement, très pratiquante. Même des hommes comme Djebbari ou le président d'Air Maghreb affichaient leur religion. Alors que l'Occident, la France en particulier, abandonnait les valeurs qui avaient fondé sa civilisation. Il s'interrogea : était-ce une libération d'un passé clérical et l'avènement d'une société ouverte, moderne, ou la décadence du modèle européen ? Il repartit, mal à l'aise, penchant plutôt vers la décadence de l'Occident.

Ils reprirent après le déjeuner le rythme trop chargé de leurs visites. Le soir venu, Antoine fut heureux de pouvoir dîner seul et légèrement, avant de joindre Sophie au téléphone. Il la trouva gaie, tendre, et s'en réjouit.

*

Dans les jours qui suivirent, Antoine s'investit fortement dans son travail, commençant tôt sa journée, finissant tard. Le président d'Air Maghreb, auquel il avait fait une présentation à la demande de Bradley, avait donné son accord à son plan après quelques hésitations. Il avait demandé cependant que l'approche recommandée par Antoine soit suivie par une *task force*[1] comprenant le directeur du marketing, le direc-

1. *Task force* : groupe de travail.

teur commercial Kouider, Yasmine la DRH et Houria Ameziane en charge des structures. Une décision à l'évidence politique pour ne froisser aucun responsable. Antoine trouva cela un peu lourd à manager, mais cela s'avéra à l'usage plutôt malin et au fond utile.

La fameuse Houria était donc kabyle, comme son nom l'indiquait, lui dit-on. Cela expliquait ses cheveux auburn et ses yeux d'un bleu particulier étonnant dans son visage de Maghrébine à la peau dorée, pour ne pas dire bistre. En dehors d'une plastique assez remarquable, elle était intelligente, efficace et sympathique. Elle avait le mérite de parler un français parfait, ce qui était précieux, Kouider étant parfois difficile à comprendre. Le directeur du marketing était, lui, totalement bilingue et se montra très coopératif. Yves, l'adjoint d'Antoine, se chargeait d'obtenir des données chiffrées et de réunir tous les éléments existants dans l'entreprise pouvant faciliter la mission. Il était travailleur, rigoureux, mais peu aimable et taciturne. Antoine préférait de loin s'appuyer sur Houria, toujours souriante et disponible. Il utilisa peu à peu son aide très au-delà de la définition de sa fonction, ce qui ne sembla pas lui poser de problème.

À la fin de la semaine, la *task force* bien rodée prit sa vitesse de croisière. Antoine fut félicité par le président d'Air Maghreb et Bradley, reconnaissant que son initiative, qui dépassait le cadre de sa mission, s'avérait fort utile.

17

Visite de Jacques et Soraya

Mi-février 2019

Cinq semaines s'étaient vite écoulées. Antoine, cornaqué au début par Ted Bradley et Benjamin Timsit, avait rapidement pris ses marques : au bout d'un mois, il avait pu voler de ses propres ailes et ses deux mentors hiérarchiques avaient comme prévu regagné Paris, l'un après l'autre. Le garçon travaillait avec l'ensemble de la *task force*, mais davantage avec la patronne de la DRH et Houria. La première, Yasmine, s'était avérée plus maligne qu'elle n'en avait l'air. Son aspect de mamma méditerranéenne la desservait tout en la rendant avenante. Elle connaissait à fond l'entreprise et savait ouvrir les portes nécessaires au bon déroulement de la mission d'Antoine. Et ce, toujours avec le sourire ! Elle avait un excellent contact. Quant à Houria, plus Antoine la fréquentait et plus il l'appréciait. Il admirait sa vive intelligence, ses compétences et ses bons rapports avec tout le personnel d'Air Maghreb. Elle lui facilitait considérablement la tâche, l'aidant à faire passer des approches remettant en cause beaucoup de pratiques !

Elle était en outre toujours à sa place, discrète, réservée. Elle ne laissait aucune équivoque se glisser dans leurs rapports, s'habillant même de façon ultra-classique. Antoine, par nature séducteur, ne pouvait s'empêcher parfois de lui faire inconsciemment du charme. Ce que la belle Kabyle ne semblait pas remarquer ou voulait ignorer. Pour l'aider dans sa mission, il y avait toujours Yves Maprineau. Il était compétent, faisait bien son boulot, mais Antoine n'avait avec lui vraiment aucun atome crochu. Il le trouvait froid et renfermé, ne cherchant pas à se lier. Restait Brahim, le jeune neveu de Djebbari, que Ted Bradley avait demandé à Antoine d'engager. C'était un garçon originaire d'Oran, plutôt dégourdi. Il avait fait des études commerciales, parlait lui aussi bien le français. Il préparait pour Antoine des brouillons de comptes rendus, servait d'interprète arabe et assurait l'intendance : l'organisation des voyages, la retenue des salles de réunion. En fait un job d'assistant qu'il remplissait parfaitement. Il était de surcroît gai et sympathique.

L'équipe fonctionnait bien, dans une ambiance amicale, et Antoine réussissait à tenir les objectifs qu'EBC lui avait fixés. Il appréciait son indépendance et se passionnait pour son job. C'était la première fois qu'il se trouvait autonome en ayant la responsabilité d'une mission aussi importante. Il était fier de constater qu'il s'en sortait sans problème !

En revanche, les soirées, les week-ends étaient plus difficiles. La présence de Ted et de Benji lui avait assuré une compagnie : ils avaient continué à faire du tourisme, fréquenté des petits restaurants sympas... Depuis leur départ, il souffrait de solitude, se trouvant isolé dans cette ville où il ne connaissait personne. Rien de plus sinistre que de passer ses week-ends à attendre la reprise du travail, seul dans un grand hôtel, par définition impersonnel.

Il avait tout de suite pensé à rencontrer les personnes dont son grand-père lui avait donné les adresses, pensant qu'elles pourraient l'aider à s'introduire dans la société locale. Il contacta d'abord les deux hommes d'affaires algériens que Philippe connaissait. Ils se montrèrent aimables mais peu concernés. Ils lui proposèrent l'un comme l'autre de le recevoir s'il rencontrait un problème dans sa mission – ce qui n'était pas le cas.

Restait le couple de vieux pieds-noirs : des gens âgés, sans enfants, beaucoup moins en forme que Philippe. Ils se révélèrent charmants mais d'un ennui mortel. Ils l'invitèrent à dîner, ce qu'il accepta avec plaisir, inconscient du piège ! Ils passèrent le repas à évoquer avec nostalgie leur passé : lui d'ancien militaire, elle de secrétaire de direction. Le tout dans un appartement qui, comme eux, sentait la naphtaline. Au terme de cette soirée, Antoine les remercia chaleureusement et se jura qu'on ne l'y prendrait plus !

Il se rabattit sur les facilités de l'hôtel pour occuper son temps libre : piscine, hammam… mais cela se révéla vite d'un intérêt limité. Décidant de jouer la carte sport, il se mit à pratiquer régulièrement le *running* et alla s'inscrire dans un club de tennis. Il espérait y rencontrer des partenaires arabes ou européens et se faire ainsi des relations.

Et puis bien sûr, il y avait Sophie ! Ils s'écrivaient beaucoup, s'envoyaient des messages WhatsApp et se téléphonaient deux, trois fois par semaine. Antoine avait espéré revenir à Paris pour le dernier week-end de janvier, mais sa charge de travail était conséquente et, chez Air Maghreb, on n'aurait pas compris qu'il s'absentât lors de la convention des vendeurs de la société qui avait lieu malheureusement à ce moment-là.

Ce fut Sophie qui vint. Ils connurent trois jours très heureux. Chaudes retrouvailles, visite de la ville, dîners dans des bistros de Bab el-Oued, excursions à Tipaza pour découvrir les magnifiques ruines romaines…

Bref, un succès total, un vrai rêve, trouva Sophie ! Un moment sympa, pensa Antoine.

Elle repartit, le laissant à sa solitude… et à ses fantasmes inavouables : la séduction de la belle Houria ! Il ne pouvait s'empêcher de la désirer.

Deux jours après le départ de son amie, il reçut un appel de son cousin suisse : François de Waldbrunner lui annonçait sa venue à Alger, sa femme Soraya venant de perdre un jeune frère auquel elle était fort attachée. Elle ne serait pas dans les temps, lui dit François, pour assister à l'enterrement qui, selon la coutume musulmane, avait lieu très vite après le décès. Mais elle voulait venir entourer sa mère. Celle-ci était terriblement éprouvée par la disparition de son fils, lequel avait été victime d'un accident de la route. François n'avait pas été surpris : il connaissait la conduite anarchique et dangereuse des Algériens. Ce garçon âgé de dix-huit ans, alors qu'il roulait à moto, avait été tué par une voiture n'ayant pas respecté la priorité.

François et sa femme avaient réservé une suite pour une semaine au Sofitel Algiers Hamma Garden, ce qui n'avait pas étonné Antoine, connaissant la fortune de la branche suisse. Même si le couple de son cousin n'était pas en odeur de sainteté dans leur famille, il n'avait visiblement pas de problèmes financiers. Ce Sofitel n'était pas le genre d'établissement où Antoine pouvait descendre quand il était à son propre compte !

Dès le lendemain de son arrivée, le 4 février, François lui proposa de venir déjeuner à leur hôtel le jeudi suivant. Antoine faisait de nombreux déplacements en Algérie, mais par chance, il travaillait à Alger cette semaine-là. Il était son seul patron maintenant, et donc maître de son planning, et put accepter sans problème.

Le repas fut gai. Les deux garçons, malgré leur différence d'âge, étaient ravis de se retrouver. François fit longtemps parler Antoine de sa mission et du jugement qu'il portait sur la société algérienne en général, puis plus précisément sur le management d'Air Mag. Compte tenu de la présence de Soraya, il se garda de critiquer son pays et se montra plutôt bienveillant dans ses commentaires.

Le visage de Soraya, d'habitude assez mat, était marqué par le chagrin. Mais dans le contexte d'Alger et de cet environnement d'Arabes et de Kabyles, son physique, que d'aucuns en Suisse trouvaient trop typé, s'inscrivait naturellement. Son joli visage aux traits réguliers s'éclairait quand elle parlait. Elle s'exprimait dans un français quasi parfait avec même quelques tonalités suisses, incongrues dans ce contexte, qui distrayaient Antoine. Le repas fut donc réussi, animé par la conversation des deux garçons, tandis qu'ils appréciaient tous les trois la cuisine algérienne du restaurant de l'hôtel – le fameux El Mordjane.

Comme ils couronnaient leurs agapes d'un délicieux gâteau au miel et aux amandes, François proposa à sa femme et à Antoine de se retrouver pour dîner le samedi suivant, puis d'aller en boîte après.

— Mais mon chéri, je suis en deuil ! objecta Soraya faiblement.

François haussa les épaules, amusé et gentil à la fois :

— Tu viens de vivre des moments très durs. Cela te fera du bien de te changer les idées, de danser… Et personne ne sera là pour te critiquer. Ta famille ne fréquente pas ce genre d'établissement.

Soraya ne répondit pas et Antoine eut le sentiment que ce silence avait valeur d'acquiescement. François se tourna alors vers lui :

— Et bien sûr, on compte sur toi ! Si tu veux, viens accompagné d'une copine. Ce sera plus gai si on est quatre : deux garçons, deux filles.

Antoine, pris de court, répondit d'un sourire tout en ajoutant, sans bien se rendre compte de ce à quoi il s'engageait :

— OK ! Je vais faire de mon mieux.

*

Antoine avait parlé à la légère, n'osant pas avouer à François qu'il ne connaissait personne à Alger… et encore moins une fille pouvant l'accompagner ! Il pensa un instant à demander à Sophie de venir passer le week-end à Alger mais y renonça tout de suite, se disant avec raison que c'était irréaliste alors qu'elle lui avait rendu visite deux semaines auparavant. Il se dit qu'il téléphonerait à son cousin la veille de leur rendez-vous pour lui annoncer qu'il viendrait dîner seul, la copine prévue lui ayant fait faux bond. Un petit mensonge dont il sentait le ridicule, mais qui était plus fort que lui : son orgueil de mâle supposé à succès lui interdisait de reconnaître son incapacité à se faire accompagner. *Vanitas vanitatum !*

Après ce déjeuner trop copieux, il regagna le bureau et eut du mal à se concentrer sur le dossier des liaisons internationales d'Air Mag. Comme l'après-midi s'achevait, Houria passa la tête dans le petit bureau que la compagnie lui avait alloué :

— Bonsoir, monsieur, je pars ! Je verrai avec vous dimanche matin les problèmes que posent les vols Alger-Dakar.

Antoine se rappela soudain que l'on était jeudi soir et que le lendemain vendredi – jour de prière en Islam – était parfois chômé dans cette société, ainsi que le samedi. Comme il n'était pas d'humeur très travailleuse, il fut ravi de lever la tête de ce dossier ennuyeux. Il lui sourit, se rappelant une confidence de la DRH sur Houria :

— Vous allez passer ces deux jours dans votre famille à Tizi Ouzou ?

Elle le regarda, étonnée, mais ne releva pas, se contentant de lâcher, laconique :

— Non, je reste à Alger...

Puis elle ajouta, trouvant sans doute sa réponse un peu sèche :

— Je n'y vais pas toutes les semaines. Tizi Ouzou n'est jamais qu'à une centaine de kilomètres, mais la route est souvent encombrée et fatigante ! Et demain, après la prière à la mosquée, j'ai rendez-vous avec une amie qui vient d'Oran et que j'ai connue à la fac.

Antoine lui sourit de nouveau, désireux de poursuivre la conversation :

— Et moi, samedi soir, je dîne avec une cousine algérienne !

Houria réagit vivement :

— Vous avez une cousine algérienne ? Une Européenne ?

— Non, une Algérienne, une musulmane.

Elle le regarda, sidérée :

— Ça alors ! Je n'imaginais pas...

Elle se mit d'un coup à rire :

— Votre cousine est une *z'migri*, comme on dit chez nous.

Antoine la coupa :

— Non ! C'est la femme de mon cousin François qui l'a rencontrée à l'université à l'étranger où ils faisaient tous les deux des études. Son nom de jeune fille est Soraya Hassani...

— Hassani, comme le groupe agroalimentaire Hassani ?

— Oui. C'est son père Mohamed Hassani qui a fondé l'affaire.

— C'est une affaire importante qui je crois exporte beaucoup.

Elle se tut un instant, le regarda avant de reprendre :

— Les Hassani sont des industriels réputés. On parle souvent d'eux. C'est une famille connue pour être proche du FLN et du pouvoir. Le grand-père de Mohamed Hassani a été un des martyrs de la guerre d'indépendance et du coup son fils Brahim, le père de Mohamed, est un membre influent du FLN. Je ne devrais pas vous le dire, mais il passe pour être corrompu ! Comme beaucoup, hélas… Mais je crois que c'est aussi une famille religieuse et traditionnelle, assez antifrançaise !

— C'est intéressant Houria, ce que vous me racontez. Cela explique mieux pourquoi ces Hassani ont eu beaucoup de mal à accepter ce mariage. Mon cousin est protestant et très intègre… Soraya, j'en suis sûr, est une fille honnête. Je crois qu'elle ne pratique plus sa religion, et lui non plus. C'est une femme brillante, une financière ! Elle est intelligente, belle et ouverte.

Houria hocha la tête, l'air pensive :

— Si elle est comme vous dites, cela ne doit pas être simple avec ses parents…

— D'après ce que je sais, sa famille a fini par accepter ce mariage. Cela n'a pas été facile non plus en Suisse avec les parents de mon cousin !

Un temps de silence s'établit entre eux, avant qu'Antoine ne poursuive :

— Elle est venue à Alger pour entourer sa mère qui vient de perdre son dernier fils, un jeune, mort dans un accident de la route.

— Oh ! Les pauvres…

— François, son mari, l'emmène dîner samedi soir à La Grotte des Saveurs pour lui changer les idées, car elle est elle aussi très frappée par la mort de son petit frère.

Houria murmura :

— Oui, bien sûr, je comprends. Il a raison ! Ce doit être une femme très bien, une bonne épouse.

— Je vais dîner avec eux ce soir-là. Je les aime beaucoup tous les deux !

Une idée traversa soudain l'esprit du garçon :

— Houria ! Et si vous vous joigniez à nous ? Je suis sûr que vous seriez intéressée par la personnalité de Soraya et je serais heureux de vous la présenter. Je pense qu'elle vous plairait !

Elle le regarda, surprise, parut hésiter un instant, avant de lâcher en souriant légèrement :

— Après tout, pourquoi pas ! C'est gentil de votre part. Ce que vous me dites de Soraya m'intrigue…

Son sourire s'accentua :

— Et La Grotte des Saveurs passe pour être un très bon restaurant !

— Super ! Le rendez-vous est fixé à vingt heures au restaurant, 2, rue du Docteur-Saadane. C'est dans le centre.

— Ne vous inquiétez pas, je vois très bien où c'est. Je vous laisse, je dois y aller… Je vous souhaite un bon week-end. À samedi !

Elle lui fit un petit signe de la main et se sauva.

Antoine se laissa tomber en arrière contre le dossier de son grand fauteuil de bureau. Quel coup de bol imprévu ! songeait-il, ravi. Il réglait ainsi son problème vis-à-vis de Jacques, mais surtout, il était incroyablement excité à l'idée d'emmener Houria au restaurant et peut-être en boîte de nuit après ! Il s'était bien gardé de lui en parler pour ne pas l'effaroucher. Peut-être qu'après un bon dîner, elle accepterait de les accompagner au Pacha Club ? Avec une musulmane sans doute prude, ce n'était pas évident… Il avait du mal à cerner sa personnalité. Même son physique était déroutant. Elle était très belle, mais ses yeux bleu foncé tirant sur le violet, ses cheveux auburn, surprenaient dans un physique de femme du Maghreb. Elle en avait le teint légèrement basané, les formes un peu lourdes, la poitrine généreuse… tandis que ses traits venaient d'un ailleurs lointain – sans doute d'une Algérie précédant l'invasion arabe.

Quant à son caractère, il était aussi difficile à cerner. Sous l'apparence d'une femme d'affaires efficace, très occidentalisée, maîtresse d'elle-même, il croyait deviner une personnalité qu'elle masquait et dont il pressentait la complexité parfois : à l'expression de son regard, à un battement de cils… Une Houria mystérieuse dont il espérait percer les secrets, et pourquoi pas la séduire. Coureur impénitent, il oubliait facilement sa relation avec Sophie !

18

La Grotte des Saveurs

Mi-février 2019

Antoine attendait à l'extérieur du restaurant. Il était venu à pied de son hôtel, aimant comme toujours marcher dans la nuit. Il faisait beau et doux. Il songeait combien le climat était agréable à Alger en cette période de l'année, comparée à celui de son Alsace natale qui devait connaître la neige et le verglas. Il aimait la sensualité de cette ville un peu trouble, la chaleur de ses habitants, l'exotisme de ses quartiers anciens comme ceux de la Casbah ou de Bab el-Oued. Et les odeurs enivrantes – ce mélange de senteurs méditerranéennes, d'huile, de fritures et de patchouli... Une agglomération où l'on devinait des passions cachées, des tensions secrètes entre ses multiples communautés : arabes, berbères, mozabites, juives, européennes... Des risques aussi à cause du chômage et de la délinquance. Une ville aux parfums d'aventure et de dangers ! Alger la Barbaresque...

Il était arrivé en avance à La Grotte des Saveurs, un trait de caractère que son père lui avait inculqué et dont il n'avait jamais pu se défaire ! Il avait été étonné par le contraste entre la façade de ce petit restaurant qui se proclamait à l'extérieur familial et la salle du premier aux pierres apparentes simulant une grotte ! Une décoration surprenante mais somme toute assez réussie ! Quoique l'ambiance intérieure fût chaleureuse, il préféra attendre dehors, au frais, l'arrivée des uns et des autres. Il aperçut bientôt Houria et lui fit un signe de la main. Elle s'avançait vers lui, très droite comme toujours, enveloppée d'un manteau de laine beige clair qui mettait en valeur ses cheveux brun-roux. Il s'approcha d'elle, un peu gêné, ne sachant s'il devait se comporter comme au bureau en lui tendant la main ou en l'embrassant. Il opta pour la seconde solution qu'elle accepta, visiblement un peu surprise par un geste auquel elle ne s'attendait pas. Elle lui sourit et murmura :

— Bonsoir, Antoine !

Ce fut à son tour d'être surpris, Houria lui donnant d'habitude du monsieur ou ne l'appelant pas ! Tandis qu'elle entrait dans le restaurant, il se dit qu'en l'embrassant sur les deux joues, il avait placé leur relation sur un autre terrain et qu'elle en avait tiré la conclusion que ce soir, leur relation n'était pas professionnelle mais amicale.

François avait retenu une table de quatre couverts que le restaurateur avait prévue en bas de l'établissement, dans un coin tranquille. En attendant la venue de ses cousins, Antoine proposa à Houria de prendre un apéritif. Alors que lui se commandait un pastis, elle prit un jus d'orange, ce qui lui rappela qu'elle était musulmane pratiquante. Il avait déjà noté qu'elle se rendait le vendredi à la mosquée. Il se demanda quelle était l'intensité de sa pratique : était-ce pour elle un code de vie sociale ou s'agissait-il d'un engagement spirituel ? Mais dans ce cadre intime, chaleureux, il n'eût pas envie d'aborder le sujet. Ils étaient tous deux détendus, il la sentait proche, n'était pas d'humeur à parler de choses sérieuses. Ils échangeaient d'agréables banalités sur la vie à Alger quand Antoine reçut un SMS de son cousin : François le prévenait que sa femme et lui auraient une bonne demi-heure de retard, Soraya ayant dû passer *in extremis* voir sa mère. Antoine, au fond assez content de voir se prolonger ce moment d'intimité, rapprocha son siège d'Houria et ils se mirent à parler plus librement encore. Ils évoquèrent leur enfance, la Kabyle questionnant le garçon sur sa vie en Alsace. Il lui décrivit rapidement Strasbourg et ses vieux quartiers, les Vosges et les randonnées qu'il faisait avec ses parents... Elle lui raconta sa Kabylie natale, le Djurdjura – ce massif montagneux où son père enseignant était en poste et où elle avait été élevée en petite sauvageonne dans une nature préservée. Comment elle courait avec d'autres enfants dans une sorte de paradis qui sentait le jasmin et les effluves de roses sauvages. Antoine la regardait vibrant à ses souvenirs... On était loin de la businesswoman efficace et réservée d'Air Maghreb !

Tandis qu'elle parlait, visiblement oublieuse des distances professionnelles, son visage s'était rapproché de celui d'Antoine. Il regardait ses yeux, fasciné. Il ne les avait jamais vus d'aussi près – des yeux bleu-violet. Il cherchait comment mieux définir leur couleur : indigo ! Ses yeux étaient bleu indigo. Tellement beaux et en même temps un peu mystérieux.

François et Soraya finirent par arriver, rompant le charme. Antoine les vit descendre l'escalier pour les rejoindre. Il se leva à regret et fit les présentations. Comme ils s'installaient, François, d'un discret signe du pouce, indiqua à son cousin qu'il appréciait beaucoup la beauté de sa compagne – ce qui lui fit plaisir.

Ils échangèrent d'abord tous les quatre quelques banalités sur le temps, de nouveau sur la vie à Alger, la circulation, puis les garçons se mirent à discuter politique : le Suisse ne comprenait pas le mouvement des Gilets jaunes en France et ces Gaulois, disaient-ils, toujours prêts à descendre dans la rue et à refaire la Révolution ! Les deux femmes, que ces discussions ennuyaient, engagèrent la conversation, passant vite à un arabe volubile. Malgré leur différence d'âge – une dizaine d'années –, elles semblaient bien s'entendre, parlaient fort, souriant, agitant les mains. Au bout d'un moment, François se tourna vers son épouse :

— Eh, les filles ! Si vous parliez français pour nous faire un peu participer ? Ce serait sympa de votre part…

Soraya le coupa, faussement contrariée :

— Vous nous ennuyez les hommes, toujours avec votre politique !

Elle se mit à rire et prit l'accent arabe des banlieues :

— Les hommes i boivent le *kawa* et i parlent politique ! Oui, mon z'ami, i les fatmas i restent travailler au gourbi. Voilà !

Elle redevint sérieuse :

— C'est amusant, Houria et moi avons découvert qu'à quelques années d'intervalle nous sommes allées toutes les deux à la fac d'Alger. Moi, avant que je parte pour Durham, elle plus tard. On a connu les mêmes profs.

La conversation prit un tour général après qu'ils eurent commandé tous les quatre des souris d'agneau confites à l'orientale. François et Antoine commandèrent un bon vin algérien – un Sahara gris des sables. Les deux femmes s'abstinrent.

Ce n'est qu'en fin de repas que leurs échanges devinrent plus personnels. Houria leur confia que son père était kabyle, originaire de la région de Tizi Ouzou, alors que sa mère était algérienne et venait de la région de Blida. Ce qui n'était pas toujours simple à vivre, le particularisme des Kabyles étant mal accepté des dirigeants. Pourtant, les Kabyles avaient joué un rôle important dans la guerre d'indépendance. Cela lui paraissait particulièrement injuste. Elle leur avoua qu'avec son père et plusieurs amis, elle participait à un mouvement revendiquant l'autonomie de la Kabylie, la reconnaissance de leur langue, de leur drapeau, mais que les manifestations étaient durement réprimées par le pouvoir – un pouvoir inique, corrompu, avait-elle ajouté.

Antoine l'avait regardée avec admiration. La businesswoman toujours contrôlée était devenue une pasionaria. La violence de ses propos donnait une beauté tragique à son visage. Il avait craint un moment, lorsqu'elle avait évoqué la corruption du pouvoir, des élites algériennes, que Soraya ne le prît mal, mais elle avait approuvé de la tête. Peut-être ignorait-elle la réputation sulfureuse de sa famille ? Elle avait surenchéri, jugeant honteuse la façon dont étaient traités les Kabyles. Puis Houria – toujours elle – l'avait interrogée sur son mariage. Soraya n'avait pas paru gênée par la question :

— C'est vrai que notre union a été mal vécue au début par ma famille, qui est très pratiquante. Aux yeux de mon père et de mes frères, ce mariage n'était possible que si François se convertissait à l'islam... ce qu'il ne souhaitait évidemment pas car il tenait à sa propre religion, le protestantisme, et qu'il aurait été mis au ban de sa famille. Nous avons donc décidé tous les deux de nous marier civilement.

Soraya s'arrêta un temps, hésita en regardant Houria, avant de poursuivre en souriant :

— En fait, pour éviter tout conflit entre nous, François et moi avons décidé de mettre, comme il le dit, la religion un peu sous le tapis, et de ne plus beaucoup pratiquer.

Houria la coupa vivement :

— Et cela ne vous a pas posé de problèmes d'abandonner une pratique régulière de votre religion ?

Soraya haussa les épaules :

— Comme beaucoup de musulmans, ma pratique était purement formelle : j'observais les cinq obligations, je respectais le ramadan… L'islam est une religion où, me semble-t-il, la spiritualité ne joue pas un grand rôle, mais l'observation des règles de vie, d'alimentation, d'habillement, de rites sociaux, est l'essentiel pour la majorité des croyants.

Un lourd silence s'ensuivit. On sentait Houria contrariée. Soraya reprit :

— Cela ne m'empêche pas de prier de temps en temps Allah !

Les deux garçons écoutaient. Antoine était particulièrement intéressé par cet aspect de la personnalité d'Houria qui l'étonnait. Au bout d'un moment, cette dernière reprit doucement, ne voulant pas créer de conflit :

— Cette pratique formelle est le cas, je crois, de la majorité des croyants dans la plupart des religions… Et d'ailleurs en Occident, les chrétiens, me semble-t-il, ne pratiquent même plus. Il n'y a plus guère en France que quatre ou cinq pour cent de catholiques pratiquants. L'islam avec son système, si je puis dire, de codes, de règles, compte beaucoup plus de pratiquants et s'étend dans le monde, en Afrique notamment. Cela dit, c'est injuste de ramener notre religion à un simple ensemble de règles et de dénier à l'islam toute sa spiritualité. Dès les origines, un débat a existé : la religion coranique ne devait-elle n'être que le respect scrupuleux de la Loi, la soumission aux commandements, ou pouvait-elle dépasser ces intangibles prescriptions ? L'islam politique a opté bien sûr pour la première approche. Mais l'islam spirituel existe ! Il recherche d'autres voies que l'observation de la Loi et du Coran. Des voies qui mènent à Dieu par une quête philosophique et mystique, par l'interprétation de multiples sens cachés de la lettre coranique. C'est le cas par exemple du soufisme et du chiisme. L'islam d'aujourd'hui est traversé par de multiples tendances qui vont du radicalisme politique, de la violence, à de plus en plus de recherches spirituelles...

Elle s'arrêta et sourit :

— Je suis navrée ! Je deviens ennuyeuse... Mais c'est un sujet qui me tient à cœur ! Excusez-moi...

Antoine s'écria, amusé :

— Chère Houria, vous voyant au bureau, je ne pouvais vous imaginer en théologienne de l'islam ! Vous êtes au fond un peu imam ?

— Non, je ne le suis pas. Je me sens simplement concernée. Mais il y a maintenant des femmes imams, en France notamment ! Deux ou trois.

Soraya voulut intervenir :

— Je ne suis donc pas une musulmane très pratiquante, mais Houria a raison. L'islam a développé de grands mystiques dont le clergé chrétien a reconnu une certaine proximité avec leur propre mysticisme.

François la coupa :

— Holà, les filles, vous devenez un peu emmerdantes, si vous me permettez l'expression : des musulmanes bas-bleu ! On aura tout vu !

Les trois autres se mirent à rire et la conversation devint plus frivole, tandis que le serveur apportait les desserts – des cornes de gazelle et des baklavas.

Un peu plus tard, le dîner étant achevé et les échanges s'étiolant, François se tourna vers Houria et Antoine :

— J'emmène Soraya au Pacha Club, c'est la boîte de nuit de ton hôtel, Antoine. Vous venez avec nous, les jeunes ?

Antoine, plein d'appréhension, se tourna vers Houria :

— On y va ?

Il lui sourit, se voulant engageant. Elle hésita visiblement, puis finit par céder :

— D'accord ! On y fait un petit tour pas trop longtemps et je rentre. Je ne voudrais pas me coucher tard.

19

Au Pacha Club et autres lieux

Mi-février 2019

Le bruit était assourdissant. Les basses notamment faisaient trembler tout leur corps tandis qu'ils s'avançaient dans l'obscurité, fendant la foule compacte qui se trémoussait au rythme de la musique. Houria et Antoine tentaient de retrouver la table de François et Soraya dans la grande salle du Pacha Club.

Les deux jeunes avaient quitté La Grotte des Saveurs peu après leurs amis puis avaient marché pour retrouver la voiture d'Houria garée plus loin – une petite Peugeot gris métallisé. Tandis que l'Algérienne conduisait avec une prudence appliquée qui dénotait une expérience récente de la chose, Antoine lui disait combien il avait été étonné de découvrir pendant le dîner que la femme d'affaires efficace, la responsable des structures de la DRH au sein d'Air Maghreb, était aussi une militante de la cause kabyle et surtout une musulmane engagée.

Houria, tout en gardant l'œil fixé sur la route, avait ri, de ce rire de gorge très séduisant :

— Vous me preniez pour une simple businesswoman, une carriériste ? Une femme dont les dents rayent le parquet ?

— Non, je sentais bien que vous étiez plus complexe, mais je n'imaginais pas qu'un grand cadre efficace, jolie femme de surcroît, puisse être aussi engagée dans des causes éloignées du monde de l'entreprise.

— Merci ! Vous êtes gentil, vous me flattez…

— Non, je suis sincère. J'aime les gens qui ont des convictions, qui y croient et s'engagent pour elles. C'est devenu rare !

Ils restèrent silencieux un instant avant qu'Antoine ne reprenne :

— Je vais vous faire une confidence. J'ai un grand-père, Philippe Marion-Lapierre, auquel je suis très attaché. C'est un homme qui, toute sa vie, a vu l'échec ou la disparition des convictions auxquelles il avait cru. C'est le cas de beaucoup de gens en Occident, qui voient leurs valeurs remises en cause. J'espère que ce ne sera pas un jour votre cas !

Elle haussa les épaules, fataliste, tout en conduisant :

— *Inch'Allah !*

Elle se tut un instant avant d'ajouter :

— Ce n'est pas le but qui compte, c'est le chemin. Vous connaissez cette citation de Lao-Tseu, ce sage chinois contemporain de Confucius, fondateur du taoïsme : « Le but n'est pas le but, c'est la voie. » C'est la même idée et je l'ai faite mienne.

Ils restèrent silencieux. Comme elle venait de garer la voiture non loin de l'hôtel El Djazair où se trouvait le Pacha Club, elle se tourna vers son passager :

— Antoine, j'ai accepté de venir dans cette boîte pour vous faire plaisir, mais ce n'est pas tellement mon truc ! Je vous le redis, ne m'en voulez pas, je ne resterai pas très longtemps…

Il lui sourit, appréciant son honnêteté :

— Ne vous inquiétez pas, Houria. Cela m'a fait effectivement très plaisir que vous soyez venue, mais vous partirez quand vous voudrez et je ne ferai rien pour vous retenir!

Elle lui sourit et lui fit une pression de la main:

— Merci, Antoine! Vous êtes gentil… si différent des Français un peu arrogants que j'ai eu l'occasion de rencontrer!

*

Ils finirent par retrouver la table de leurs amis dans un coin un peu plus tranquille, mais tout aussi bruyant. Après avoir commandé – Antoine un scotch et Houria un jus de fruit –, ils restèrent un moment à regarder la faune très mélangée qui constituait le public de la boîte. Le bruit assourdissant interdisait toute conversation. Puis François se leva et entraîna Soraya vers la piste de danse. Antoine sourit à Houria et lui tendit la main. Elle se leva sans hésiter et le suivit. Il fut étonné de découvrir qu'elle dansait bien. Il avait lui-même toujours aimé la danse et trouva avec Houria une vraie partenaire, souple et légère, qui le suivait avec grâce dans toutes les figures qu'il entreprenait. À la fin de ce rapide, comme disait Antoine, un peu vieux jeu, ils restèrent sur la piste à souffler, heureux. Puis l'orchestre démarra un slow et le garçon tendit la main à Houria qui lui sourit. Il l'attira et elle se serra contre lui, ne se dérobant pas. Il ferma les yeux et se laissa aller au bonheur de sentir cette femme épousant le rythme langoureux du blues. Puis son visage chercha le sien, ce qu'elle accepta, et ils dansèrent ainsi, soudés l'un à l'autre. Un moment de grâce, un mélange de tendresse et de sensualité.

Le morceau terminé, Houria sembla se reprendre:

— Cher Antoine, merci pour cette merveilleuse soirée, mais il est temps pour moi de rentrer.

Il comprit qu'elle ne voulait pas aller plus loin et l'accepta. La prenant par la main, il la guida au travers des danseurs qui avaient repris un be-bop échevelé, jusqu'à la table du couple Waldbrunner. Après des adieux chaleureux, des promesses de se revoir, Antoine la raccompagna jusqu'à sa voiture. Au moment de se quitter, elle lui fit un baiser rapide sur les deux joues. Sans prendre de risques, se dit Antoine qui avait espéré davantage.

Elle monta dans sa voiture et lui sourit une dernière fois :

— Merci encore, Antoine, et à demain chez Air Maghreb !

Puis elle démarra, lui faisant un petit signe de la main. Sa Peugeot disparut vite au coin de la rue. Le garçon resta un moment immobile dans la fraîcheur de la nuit dont il sentait les odeurs méridionales. Il était encore sous le coup de l'émerveillement de cette soirée, avec cette femme si différente de toutes celles qu'il avait connues…

*

En se rendant au bureau le lendemain – un dimanche matin pluvieux –, Antoine se demandait quelle serait l'attitude d'Houria. Ali, le fidèle chauffeur de taxi, était venu le prendre à huit heures à l'hôtel. Il s'était réveillé avec la gueule de bois, s'était coupé ensuite en se rasant et, en ouvrant la fenêtre de sa chambre, avait découvert ce temps médiocre. Un ensemble qui l'avait mis de fort méchante humeur. Et tandis que la voiture se faufilait dans la circulation déjà chargée à cette heure, il n'avait pas le moral, redoutant surtout ces retrouvailles avec Houria.

Les choses ne se passèrent pas du tout comme il l'avait imaginé. À peine était-il arrivé que Yasmine débarqua dans son bureau, accompagnée de Houria :

— Antoine ! s'écria la brave DRH, bonjour et bonne semaine ! À la demande de Houria, nous vous apportons notre projet de structure commerciale que nous avons rebâti selon vos recommandations.

Elle lui tendit une main qu'il serra, ainsi que celle d'une Houria au visage indéchiffrable, avant de lui remettre un dossier. Il se plongea dans ledit dossier et tenta de se concentrer. La matinée se déroula ainsi, totalement neutre. Par moments, Antoine regardait furtivement Houria, se demandant presque si c'était la même femme qu'il avait tenue la veille dans ses bras, serrée contre son corps, collée à sa joue. Le visage de la jeune femme restait impénétrable, professionnel.

À l'heure du déjeuner, elle prit congé de Yasmine et d'Antoine, devant prendre l'avion pour Constantine où le président l'envoyait pour deux jours en mission : un rapide signe de la main, un sourire à chacun d'eux et elle se sauva. Antoine ne pouvait rien lui reprocher mais il lui en voulait.

Il vécut quarante-huit heures particulières : il pensait tout le temps à cette femme et culpabilisait. Il s'efforçait de s'absorber dans son travail, mais les images de la soirée du samedi précédent lui revenaient sans cesse en mémoire. Il se demanda s'il n'était pas amoureux de cette femme, mais trouva l'idée ridicule. C'était un fort désir physique, se rassurait-il. Elle l'avait séduit sans le vouloir, c'était tout ! Il conclut dans son langage cru qu'il avait fortement envie de se la faire. La chose accomplie, il retrouverait son équilibre, son calme. Dans l'immédiat, il ne voulait pas penser à Sophie, le souvenir de son amie ne pouvant freiner son désir pour Houria – cette dernière lui paraissant tellement plus étrangère, mystérieuse… en un mot, fascinante. Sophie était belle, tendre bien sûr, mais restait le produit normé de la haute bourgeoisie protestante. Il était injuste, le savait, mais était au-delà de tout raisonnement rationnel.

Il dîna le lundi soir avec François et Soraya qui rentraient le lendemain à Genève. Un dîner de nouveau à El Mordjane, l'excellent restaurant du Sofitel. Un repas qui aurait pu être agréable si ses cousins suisses n'avaient passé une partie du repas à évoquer Houria – si belle, si brillante, si attachante… Une femme exceptionnelle ! Elle les avait totalement séduits. Le pauvre Antoine, qui depuis deux jours tentait de chasser de ses pensées la séduisante Kabyle, sortit de cette rencontre totalement perturbé et furieux contre ses cousins.

Il avait compris que Houria reviendrait au bureau le mercredi, mais on lui dit qu'elle avait dû prolonger son séjour à Constantine un jour de plus que prévu. Son absence énerva davantage le garçon. Il dut se maîtriser pour ne pas le montrer quand elle franchit la porte de son bureau le jeudi matin. Elle était visiblement en forme et se déclara très contente de son séjour dans la troisième ville d'Algérie. Elle s'assit d'elle-même sur la chaise installée devant le bureau d'Antoine et lui raconta brièvement le motif de sa mission – régler un conflit entre le chef de l'agence d'Air Maghreb et sa principale collaboratrice, dont elle avait vite saisi les raisons : la femme faisait l'objet d'un harcèlement évident de la part de son patron ; ce qui, en terre d'islam, avait expliqué Houria à Antoine, était perçu comme beaucoup moins grave qu'aux États-Unis ou en Europe. Houria, elle, s'était montrée très choquée et avait obtenu du président du groupe que le harceleur soit immédiatement muté à Oran où le poste était libre. Ce qui en soit était une promotion, Oran étant une agglomération plus importante que Constantine. Quant à son adjointe, une femme capable, elle avait été promue chef d'agence à sa place. Les deux protagonistes étaient ravis et étaient très reconnaissants envers Houria. Laquelle, dans son fauteuil face à Antoine, se montrait gaie et détendue.

Antoine bondit sur l'occasion :

— Houria, vous êtes diabolique ! Quelle femme d'affaires… Le président doit être ravi de votre action !

— Oui, je sors de chez lui, il m'a vivement félicitée. Je lui ai tiré une sacrée épine du pied : il a horreur des problèmes humains.

— Je suis plein d'admiration. Au départ en retraite de Yasmine, vous la remplacerez, j'en suis sûr.

Houria ne répondit pas mais, malgré son teint coloré, il la vit rougir de plaisir. Il pensa fugitivement avoir marqué un point… puis se rappela soudain qu'il était censé aimer Sophie et qu'il devait lui téléphoner le soir même, ne l'ayant pas fait depuis trois jours. La vie est difficile quand on est coureur et prêt à céder à toutes les tentations !

20

Querelles

Mi-février 2019

Antoine vécut les deux jours suivants sur un petit nuage rose, selon l'expression favorite de sa mère. Il ne vit qu'épisodiquement Houria, ayant dû travailler à l'extérieur du siège, au point de vente en centre-ville d'Air Maghreb, situé non loin du port. Il réussit à calmer Sophie, qui lui reprochait, à juste titre devait-il le reconnaître, de ne lui avoir guère téléphoné ces derniers temps. Bref, le monsieur se dit que tout allait bien dans le meilleur des mondes. On a toujours tort d'être trop optimiste !

Arriva le vendredi, le jour de la prière et donc chômé par son client. Antoine avait pu pour une fois faire une vraie grasse matinée et, au terme d'un copieux petit déjeuner, il avait décidé d'aller courir pour garder la forme. Vêtu d'un polo, d'un short et d'une paire de baskets, il s'était élancé dans les rues d'Alger selon son circuit habituel, qui l'amenait à traverser le quartier de la basse Casbah. Comme il passait devant la mosquée Djamaâ el Djedid, un bel édifice construit en 1660 que sa proximité avec le port avait fait surnommer la mosquée de la Pêcherie, il croisa deux fatmas – deux femmes, dont l'une d'elles n'était autre qu'Houria ! Il s'arrêta pile et se sentit soudain profondément gêné. Son amie était comme sa copine enveloppée d'un haïk blanc, ne laissant apercevoir que le visage. Elles étaient trop habillées, pensa-t-il, et lui... pas assez ! Il se sentit soudain ridicule, presque nu dans son accoutrement sportif. Il avait honte de son petit short et de ses jambes légèrement velues... tout en trouvant la tenue de ces dames un peu arriérée.

Houria lui jeta un regard sans aménité, le salua d'un bref mouvement de la tête puis s'éloigna sans lui avoir serré la main, en direction de la mosquée. Il comprit soudain quelle différence culturelle les séparait. Il repartit au petit trot, le cœur serré : il n'était pour elle qu'un *roumi*.

Cette idée lui gâcha le reste de la journée. Et le soir, en fin d'après-midi, un appel téléphonique de Sophie l'acheva : son amie rentrait du bureau et, à l'orée d'un week-end où elle partait avec des amis en Normandie, elle voulait gentiment l'entendre quelques minutes. Il s'efforça d'être aimable, à défaut d'être tendre. Il ne savait quoi lui dire, se sentait très loin maintenant du programme qu'elle lui décrivait : la villa de ses parents, les copains, le dîner aux Vapeurs le soir, à Trouville... Tout cela lui paraissait tellement différent de la vie qu'il menait à Alger et des pensées qu'il s'autorisait à avoir concernant la belle Kabyle. Sophie le sentit peu concerné et lui en fit la remarque. Il prétexta la fatigue accumulée durant la semaine. Ils se quittèrent un peu froidement et il s'en voulut. Et comme les sentiments – du moins les siens – ne sont jamais simples, il éprouva une pointe de jalousie à l'imaginer passant un week-end avec ses copains à Trouville.

Il vécut deux jours sinistres et chercha à s'occuper. Aimant le tennis, il essaya de trouver au club un partenaire… sans succès! Il finit par se rabattre sur Brahim, son jeune collaborateur, le neveu de Djebbari. Il eut la surprise de découvrir que le garçon avait un bon niveau. Il le battit de justesse, ayant la conviction que son partenaire, fin politique, l'avait laissé gagner.

Après ce week-end morose, il fut heureux de reprendre le collier et se rendit tout guilleret le lundi matin à son travail, pour apprendre que Houria ne serait pas là. Elle avait été envoyée par son patron à Oran, à la suite de la mutation du chef de l'agence de Constantine. Il s'immergea dans ses dossiers. Le lendemain soir, il s'apprêtait à quitter Air Maghreb quand la belle passa la tête dans son bureau:

— Bonsoir, Antoine, vous allez bien?

Elle était particulièrement élégante, habillée d'un tailleur beige-gris qui mettait en valeur ses cheveux auburn. Il se demanda comment elle pouvait trouver de tels vêtements à Alger. Il lui sourit et voulut lui faire un compliment:

— Houria, vous êtes ravissante. Cet ensemble vous va très bien. Je vous préfère habillée ainsi plutôt que dans votre tenue de vendredi!

Elle leva un sourcil interrogatif. Il reprit:

— Vendredi, devant la mosquée de la Pêcherie!

Puis, comme elle le regardait, le visage fermé, il ajouta, voulant la taquiner:

— Votre tenue de fatma!

Ses traits prirent une expression hostile:

— Que voulez-vous dire? Pourquoi une tenue de fatma?

Antoine se rendit compte qu'il avait été très maladroit, mais la réaction, le ton de la Kabyle l'agaça. Il persista:

— Je veux dire que je vous préfère dans ce joli tailleur à la mode que dans cette tenue un peu arriérée !

— Vous vous rendez compte de ce que vous dites ? Ce sont des propos d'Occidental raciste !

— Je ne comprends pas comment une femme évoluée comme vous peut s'envelopper dans cette robe longue et se voiler le visage... C'est complètement anachronique !

— Chaque religion a ses traditions, ses rites, ses coutumes. Vous croyez par exemple que vos évêques ont l'air modernes avec ce grand chapeau sur la tête ? Comment l'appelez-vous... une mitre ? J'en ai vu un, il y a quelques années, à la sortie de votre cathédrale. J'ai manqué d'avoir un fou rire en le voyant coiffé ainsi, avec en plus cette crosse à la main.

— Vous n'y comprenez rien ! C'est une tenue médiévale.

— Côté moderne, vous repasserez !

Antoine, qui était colérique, sentait la moutarde lui monter au nez. Il n'aimait pas qu'on s'oppose à lui, particulièrement s'agissant d'une femme. Il devint agressif :

— Parlons du modernisme ! Votre islam, vos imams en sont encore au VIIe siècle, une religion créée pour des bédouins de la péninsule arabique !

Houria devint livide et répliqua avec vivacité :

— Comment osez-vous dire cela ? C'est tout le contraire... Il y a d'abord eu le judaïsme, qui a apporté à des païens le monothéisme. Puis le christianisme, avec Jésus, a dépassé le judaïsme, replaçant l'homme et l'amour du prochain au-delà de l'observation stricte de la Loi. Ce fut un grand prophète, mais non un dieu. Et c'est Mahomet effectivement au VIIe siècle qui, après l'hindouisme, le judaïsme, le bouddhisme et le christianisme, est venu parachever le cheminement de l'humanité et apporter la religion définitive. C'est donc l'islam, venu *in fine*, qui est plus moderne...

Elle avait lâché cette harangue d'une seule traite et s'était arrêtée essoufflée, mais l'œil brillant, vindicatif.

Antoine, exaspéré, ricana :

— Drôle de modernisme ! Une religion destinée à des populations de la péninsule arabique, ayant des siècles de retard par rapport au monde chrétien...

Houria se dirigea vers la porte du bureau, déterminée :

— Antoine, au revoir. Cette discussion est stérile et pour moi elle est même blasphématoire. Restons-en là.

Et avant que le garçon eût le temps de réagir, elle ajouta sèchement :

— Bonne soirée !

Puis elle quitta la pièce en claquant la porte. Il resta immobile, soudain désemparé, regrettant cette altercation, la tournure qu'avait pris leur échange et sa propre perte de contrôle.

*

Revenu à l'hôtel, Antoine se fit livrer dans sa chambre une simple salade par le *room service*. Le retour en voiture avec Ali lui avait permis de se calmer et, maintenant seul, il s'en voulait de son attitude. Qu'avait-il eu besoin d'évoquer la tenue d'Houria se rendant à la mosquée ? Ce genre de discussion était inutile, vaine, et il avait été en plus horriblement maladroit, odieux même ! Lui qui rêvait de séduire la belle Kabyle, c'était réussi ! Musulmane pratiquante, elle ne pourrait lui pardonner ce qu'il avait dit de l'islam. Il était effondré. Il se coucha tôt, dormit très mal.

Il se réveilla épuisé et démoralisé. L'idée de perdre l'amitié de Houria le désespérait. Il lui fallait absolument rattraper le coup ! Dès son arrivée, il alla frapper à la porte du bureau de la jeune femme, qui n'était pas encore arrivée. Il laissa sur sa table un petit message :

Chère Houria, je suis désolé de l'incident d'hier soir. J'ai été très maladroit et mes mots ont totalement dépassé ma pensée. Je vous prie de m'excuser si je vous ai blessée.

Antoine

Un quart d'heure plus tard, Houria venait le retrouver, souriante. Avant qu'elle ait le temps de parler, Antoine se dirigea vers elle et, la tenant de ses deux mains aux épaules, il s'écria :

— Chère Houria, vous avez lu mon petit message ?

— Oui, il était très gentil, il m'a fait du bien…

— Houria, vous savez, je regrette infiniment mon attitude et notre échange d'hier soir. J'étais fatigué et j'aime, je l'avoue, provoquer. Je ne pensais pas vraiment ce que je vous ai dit…

Elle le coupa :

— Ce n'est pas grave, Antoine ! J'ai moi-même surréagi. Je suis très sensible dès qu'on aborde les sujets religieux.

— Nous ferions mieux de les éviter, ce sont toujours des questions très délicates qui touchent à l'éducation qu'on a reçue, à nos croyances…

— Vous avez raison.

Ils se regardèrent, restant un instant silencieux. Puis Antoine, pris d'une soudaine impulsion :

— Houria, vous me pardonnez ?

— Bien sûr ! Je suis aussi fautive…

— Et si on fêtait notre réconciliation ?

Elle sourit :

— Oui ?

— Vous êtes libre samedi prochain pour venir dîner avec moi au restaurant ?

Elle n'hésita pas un instant, ce qui le réconforta :

— Avec plaisir ! J'ai gardé un très bon souvenir de notre soirée à La Grotte des Saveurs.

— Super, je suis ravi !

Il lui fit un large sourire tout en reprenant un ton qui se voulait professionnel :

— Et maintenant, on va bosser un peu. Je voudrais avoir votre avis sur le travail que nous avons fait Yasmine et moi durant votre absence à Oran. Nous avons retravaillé votre recommandation, complétant quelques passages, apportant des précisions concernant le travail des hôtesses d'accueil dans les différentes agences…

Elle se mit à rire avec impertinence, de ce rire en cascade qui l'excitait :

— Bien, chef ! Je suis sûre que la note est maintenant parfaite !

Et ses yeux bleu indigo brillaient, provoquants. Il la regarda fasciné et se dit *in petto* : mon Dieu, qu'elle est belle !

21

L'AMOUR EST ENFANT DE BOHÈME

Mi-février 2019

Depuis dix-neuf heures quarante-cinq, Antoine tournait en rond dans le lobby d'El Djazair, sous le regard discrètement caustique du personnel. Il se levait, regardait sa montre, allait voir les vitrines, se rasseyait, jetait un coup d'œil au bar… Son manège ne trompait personne sauf peut-être lui-même.

Depuis trois jours, il attendait avec impatience cette soirée avec Houria. Il avait alterné les moments de pessimisme – allait-elle encore lui en vouloir ? Ou au contraire d'exaltation où il imaginait la belle cédant à ses avances ! Il lui avait donné rendez-vous dans le lobby d'El Djazair à vingt heures. Retrouverait-il la femme tendre de leur soirée précédente ou, s'étant ressaisie, la musulmane austère de la mosquée ?

Vingt heures passa, puis le quart… Toujours pas d'Houria ! Le garçon commençait à craindre que la belle Kabyle ne lui ait posé un lapin. Quand elle entra dans le hall, tous les regards convergèrent vers elle. Antoine mit un instant à la reconnaître dans cette grande femme vêtue d'un burnous bleu foncé, le visage enserré dans un voile de la même couleur, ne laissant apparaître que ses yeux indigo, les mettant en valeur. Elle était étonnante, sensationnelle, se dit Antoine – une déesse barbare. Houria lui fit un sourire qu'il devina sous le voile :

— Antoine, quelle joie de vous retrouver ! Je suis navrée de ce retard dû à un accident sur le pont El Harrach, qui bloquait la circulation. Je voulais vous appeler et je me suis aperçue que j'avais oublié mon portable dans ma chambre.

— Houria, ce n'est pas grave ! L'essentiel est que vous soyez là, saine et sauve... et surtout, si vous me le permettez, belle comme le jour ! Ou plutôt, belle comme une nuit d'Orient !

Elle se mit à rire, le taquinant :

— Vous ne me trouvez plus un peu arriérée ? Une fatma arriérée !

Beau joueur, il rit à son tour :

— Quinze pour vous ! Je vous trouve magnifique...

Le compliment la fit rougir. Elle se dévoila doucement, libérant sa chevelure d'un auburn flamboyant, puis retira son burnous. Elle portait un haut noir assez décolleté qui laissait deviner la naissance de ses jeunes seins, tandis qu'un pantalon – noir également, très ajusté – moulait son corps. Il lui prit la main :

— Venez, j'ai retenu deux couverts au restaurant de l'hôtel. J'ai pensé qu'après avoir roulé, vous seriez heureuse de dîner sur place. La cuisine y est excellente !

— C'est parfait, Antoine.

Quand ils entrèrent dans la salle de l'établissement, un silence se fit. Ils formaient tous deux un couple atypique en ces lieux. Antoine, grand, mince, avec des cheveux blonds d'Alsacien, contrastait avec le physique de la clientèle masculine locale. C'était l'archétype du bel Européen du Nord ou de l'Est, tandis qu'Houria incarnait la beauté de la reine de Saba !

Le maître d'hôtel, qu'Antoine connaissait pour avoir pris de nombreux repas dans ce restaurant, lui confia le lendemain qu'une cliente lui avait même demandé qui était ce couple d'acteurs... Ce à quoi, fine mouche, il avait répondu que ces deux clients étaient là incognito et qu'il n'avait pas le droit de divulguer une identité qu'ils désiraient garder secrète. Ce qui avait impressionné la dame! Antoine avait bien ri.

Ledit maître d'hôtel les avait placés un peu à l'écart et surtout à une distance suffisante de l'orchestre, pour que le bruit de la musique ne les empêchât pas d'échanger.

Antoine voulut fêter l'événement en commandant une coupe de champagne mais Houria, fidèle aux prescriptions coraniques, se contenta d'un jus de fruit. Il se demanda jusqu'où irait son austérité. Il s'interrogeait à nouveau : quelle était la vraie Houria ? Était-ce la musulmane voilée de la mosquée de la Pêcherie, la businesswoman du bureau, moderne et efficace, ou la vamp désirable qu'il avait ce soir devant lui ?

Comme si elle devinait le cours de ses pensées, elle rompit le silence qui s'était instauré :

— Antoine, je voudrais également que vous excusiez mon comportement de l'autre jour devant la mosquée de la Pêcherie. J'ai dû vous paraître froide et vraiment peu aimable. Vous savez, la femme qui m'accompagnait, mon amie Leila, est une musulmane traditionnelle et rigoriste. Elle aurait été horriblement choquée de me voir embrasser cet homme en tenue de jogging, à peine habillé. Elle anime un groupe de femmes très pratiquantes, qui ont une vision conservatrice de l'islam. Il faut, Antoine, que vous compreniez que les choses ne sont pas simples pour moi... et même, je vous l'avouerais, extrêmement difficiles ! Je navigue en permanence à vue entre ma religion, à laquelle je suis attachée, et veux être fidèle à ses préceptes… et mon envie d'être une femme bien inscrite dans son temps. Ce n'est pas aisé dans une communauté musulmane qui, sans se l'avouer, est en fait misogyne par tradition plus que par religion. Quand vous me connaîtrez mieux, quand vous saisirez la condition des femmes, même dans un pays comme l'Algérie qui se veut progressiste, vous comprendrez je l'espère la difficile synthèse que je m'efforce de faire. Un imam plus jeune et plus ouvert m'accompagne dans ma démarche. Il pense que l'islam violent, rigoriste et misogyne doit céder la place à une religion plus sereine et spirituelle : refus de la violence, approche plus modérée de la politique, recherche d'une spiritualité de tendance quiétiste… Il approuve que je veuille être une femme à l'aise dans son environnement professionnel et social, tout en étant une bonne musulmane… Mais c'est loin d'être le cas de tous, notamment de mon amie Leila !

Elle prit la main d'Antoine, lui fit une pression :

— Cher Antoine, je vous apprécie, je serais désolée que vous m'en vouliez et que vous vous trompiez sur mon compte…

Il se pencha vers elle et, avant qu'elle ne puisse réagir, lui posa un petit baiser sur les lèvres :

— Voilà pour vous pardonner…

Elle le regarda, décontenancée, visiblement troublée, avant de murmurer :

— Je ne voudrais pas que vous vous mépreniez. Je ne vous cacherai pas que j'ai de l'estime pour vous et, je ne devrais pas vous le dire, même de l'attirance. Mais je suis une femme sérieuse. Je ne suis pas comme les filles arabes en France, ces petites beurettes de banlieue qui sont, m'a-t-on dit, des filles faciles. Comment les appelle-t-on en français ? Des marie-couche-toi-là !

Il se mit à rire gaiement :

— La qualité de votre français, Houria, m'épatera toujours !

Il lui prit la main et la garda entre les siennes :

— Pas une minute, Houria, je n'ai pensé cela. J'ai découvert dans le travail votre sérieux, votre professionnalisme. Je sais l'importance que vous attachez à la religion et suis convaincu que vous gérez aussi vos sentiments avec droiture et franchise. Je dois vous avouer que moi aussi, j'éprouve pour vous une attirance croissante et que je ne pourrai pas m'attacher à, comme vous dites, une marie-couche-toi-là !

Elle le regarda sans rien ajouter et resta un moment à le dévisager, silencieuse, comme si elle voulait se pénétrer de l'honnêteté de son discours.

Un garçon apportant les entrées – des bricks farcis aux aubergines – mit fin à une situation qui devenait embarrassante. Antoine avait commandé le vin qu'il avait apprécié la foi précédente – un Sahara gris des sables – sans réussir à convaincre Houria de le goûter du bout des lèvres. Elle avait refusé en riant, le traitant de tentateur, et avait commandé une bouteille d'Ifri, la meilleure des eaux minérales algériennes.

La conversation devint fluide. Elle l'interrogea de nouveau sur son enfance en Alsace qu'elle ne connaissait pas, n'ayant visité en France que la région marseillaise où elle avait de la famille. Il se livra sans fard, évoquant son amour pour sa mère, ses rapports ardus avec un père autoritaire et vieux jeu… son affection tardive pour ce grand-père qui avait fait la guerre d'Algérie, ramené des harkis en France et lui avait donné l'envie de découvrir son pays. Bien que nationaliste, elle ne parut pas choquée de l'action de Philippe en faveur des harkis. Il lui en sut gré quand elle lui dit qu'elle admirait la loyauté de son grand-père à l'égard de ses hommes.

Houria lui raconta sa petite enfance très libre dans un village du Djurdjura, cette chaîne montagneuse au nord de la Kabylie où son père était enseignant – un homme de gauche croyant à la démocratie et farouchement kabyle. Il était parti jeune en France, avait travaillé pendant deux ans comme docker à Marseille. Il avait découvert auprès de syndicalistes et de collègues ouvriers politisés la démocratie participative, les mouvements sociaux… Ce qui l'avait amené à porter à son retour à Alger un jugement très critique sur le système des pouvoirs algériens, confisqués par le FLN et l'armée. À son retour aussi, il avait repris des études et obtenu un diplôme de l'Éducation nationale. Et depuis, il militait ! Il avait voulu que ses enfants – Houria et son frère – fussent scolarisés à Alger, logeant chez les parents de sa femme : de petits commerçants de fruits et légumes.

Enfin, son père condamnait le traitement que la majorité des musulmans réservaient aux femmes. Il voulait que l'on revienne aux sources de l'islam.

— Et il a raison ! s'était écriée Houria, passionnée par le sujet. On oublie toujours que le destin du tout jeune Mahomet s'est dessiné quand une riche veuve, Khadija, après l'avoir repéré et épousé, lui a confié son commerce de caravanier vers la Syrie. Une femme libre et très moderne…

Elle avait ri avant de lâcher :

— Une Brigitte Macron avant l'heure ! Selon la plupart des sources, elle avait environ quarante ans alors que Mahomet n'en avait que vingt-cinq lors de leur union. Quant à la fille du Prophète, Fatima, qu'il a eue avec Khadija, c'était une femme brillante dont le souvenir est resté légendaire, et que le Prophète aimait beaucoup.

Elle s'arrêta un instant avant de sourire à Antoine :

— C'est le côté macho des Arabes et en particulier des Bédouins proches de Mahomet qui ont progressivement cherché à diminuer le rôle de la femme, alors que le Prophète voulait une parfaite égalité homme-femme…

Antoine opinait discrètement du bonnet tout en laissant la belle Kabyle défendre avec passion ses théories. Petit à petit, ne comptait plus pour lui que la beauté d'Houria, que l'exaltation de son discours magnifiait… et la tendresse croissante qu'elle manifestait à son égard. Il devinait que plus elle se livrait, plus elle s'attachait.

Le repas terminé, Antoine, comme si c'était un enchaînement naturel, lui proposa d'aller conclure la soirée au Pacha Club, la boîte de nuit de l'hôtel. Le gérant, les reconnaissant, leur donna la même table que la fois précédente. Le garçon attendit que l'orchestre jouât un blues pour inviter sa dame de cœur, comme il l'appelait, à venir danser. À peine étaient-ils sur la piste que le corps d'Houria vint se plaquer contre le sien. Il resserra la pression et ils dansèrent, bougeant à peine, visage contre visage. Puis il chercha ses lèvres et elle le laissa les rejoindre. Les yeux fermés, ils oscillaient doucement en mesure, oublieux de la foule qui les entourait. Antoine se sentait proche de cette femme dont pourtant l'origine, la religion, étaient si éloignées de tout ce qu'il était ! La famille d'Antoine, Sophie, son propre milieu, ne comptaient plus pour lui. Il éprouvait un désir tellement fort de cette femme qu'il craignait qu'elle ne sentît son érection. Et la pudeur d'Houria, liée à son éducation musulmane, renforçait encore son désir.

Il songea à lui proposer de monter dans sa chambre, mais pensa que c'était prématuré et qu'elle le vivrait mal. Il se contenta de lui suggérer d'aller dans sa voiture, ce qu'elle accepta sans hésiter.

Dès qu'ils furent entrés dans la petite Peugeot, elle l'embrassa avec fougue, murmurant :

— Antoine, *habibi*[1] !

Et lui de répondre :

— Houria, mon amour…

Il lui caressa les joues, le cou et, en frôlant le tissu de son haut noir, les seins. Cependant, quand il voulut introduire sa main dans son corsage, elle le freina :

— Non, *habibi* ! C'est trop tôt… Je t'aime, mais apprivoise-moi doucement…

— Toi, tu as lu *Le Petit Prince* de Saint Exupéry !

Elle ne répondit pas et chercha à nouveau ses lèvres.

---

1. *Habibi* : chéri en arabe.

22

Éclairage politique

Semaine du 20 février 2019

Antoine dormit mal cette nuit-là. Il revivait sa soirée avec Houria, trop excité pour trouver le sommeil, partagé entre son désir et ses sentiments. Il n'avait qu'une idée : la revoir et aller plus loin avec elle. Il finit par s'assoupir vers deux heures du matin, pour se réveiller à l'aube. Il n'insista pas et se leva. Une douche froide lui remit les idées en place et il décida de se rendre tôt au bureau : il aurait peut-être l'opportunité d'y rencontrer sa belle avant l'arrivée de Yasmine, sa patronne. Il la savait matinale. Il téléphona au fidèle Ali qui promit d'être à huit heures devant l'entrée d'El Djazair.

À peine arrivé à Air Mag, il prit un dossier en guise d'alibi et se dirigea vers le bureau d'Houria. Passant devant celui de Yasmine, il constata qu'elle n'était pas encore arrivée. Les couloirs de l'entreprise étaient d'ailleurs déserts à cette heure, le personnel étant rarement là avant neuf heures. Il atteignit vite son but.

Il hésita, frappa à la porte de sa belle et, n'obtenant pas de réponse, il l'entrebâilla. Comme il passait la tête et s'apercevait que la pièce était vide, une voix le fit sursauter :

— Monsieur le directeur me cherche ?

Houria était là, souriante :

— Veuillez entrer, je vous prie…

Il obtempéra, ravi, tandis qu'elle le suivait et fermait soigneusement la porte. Elle se jeta dans ses bras :

— Antoine, *habibi* !

Ils s'embrassèrent longuement avant qu'elle ne s'écarte doucement :

— Mon chéri, il faut être prudents, Yasmine peut arriver d'un moment à l'autre. Elle entre toujours en coup de vent, sans frapper…

— Tu as raison, assieds-toi à la table.

Une fois qu'elle fut installée, il s'assit à son tour en face d'elle et posa devant lui le dossier des restructurations bien ouvert.

— Houria, ma belle chérie, j'ai mal dormi, j'ai pensé à toi presque toute la nuit…

— Moi aussi !

— Je ne vais pas attendre samedi prochain pour te revoir. Je te propose de passer la soirée ensemble mercredi soir.

Elle parut hésiter un instant avant d'acquiescer :

— Oui, je serais ravie ! Il faut seulement que j'annule une réunion prévue avec cet imam dont je t'ai parlé. Nous avons, avec quelques amis, des femmes essentiellement, un groupe de prières.

— Je vais être jaloux de cet imam !

Elle éclata de rire – de nouveau ce rire de gorge qu'il aimait tant.

— Si tu le voyais ! Pas d'inquiétude à avoir de ce côté-là…

— On se retrouve à El Djazair vers vingt heures ?

— Pas de problème, *habibi*. Je vais compter les heures d'ici là.

— Moi aussi !

Comme il allait se lever, la porte s'ouvrit et Yasmine déboula dans le bureau :

— Antoine, vous êtes là !

— Oui, je suis arrivé tôt et j'ai commencé à regarder avec Houria votre dossier des restructurations envisagées. Il me paraît a priori parfait. Je vous félicite, du bon travail !

— C'est bien !

Elle avait levé la main droite en prononçant *ci bien*, ce qui amusa Antoine. Ils se plongèrent avec sérieux dans le dossier une partie de la matinée, mais par moments, les pensées du garçon faisaient l'école buissonnière.

*

Antoine avait craint que le temps ne lui paraisse s'écouler trop lentement d'ici le dîner prévu le mercredi suivant. Mais à la demande du président Daoud, il dut faire un saut le lundi à Oran pour étudier avec la nouvelle chef d'escale la situation de son agence – ce qui l'occupa pleinement sans lui laisser la possibilité de visiter brièvement la deuxième ville du pays, pourtant réputée passionnante et belle.

Et le mardi soir, il devait dîner avec Djebbari, l'ami de Bradley, mais surtout l'oncle de Brahim, son jeune collaborateur. Abdelkader Djebbari l'avait appelé la semaine précédente pour savoir quel jugement ce patron français portait sur son neveu. Antoine, en toute honnêteté, avait été très élogieux, ce qui avait plu à l'homme d'affaires qui l'avait invité dans l'un des meilleurs restaurants de la ville, le Mim à Dar el-Beïda.

Après avoir échangé un moment avec Djebbari sur les mérites évidents dudit Brahim et de son potentiel de développement, Antoine avait compris que l'homme d'affaires n'avait pas d'enfant et qu'il projetait à court terme de faire du fils de sa sœur son héritier. D'où son intérêt pour le jugement d'Antoine. Ce dernier, qui appréciait le garçon tant sur le plan humain que professionnel, n'avait pas craint, comme il le raconta plus tard à Bradley, de beurrer la tartine, au grand plaisir de l'oncle !

Puis, comme souvent entre hommes et particulièrement de ce côté de la Méditerranée, on en était venu à parler de politique. Djebbari, un homme d'affaires important ayant beaucoup de relations dans la société algérienne, s'était montré à nouveau très pessimiste sur la situation politique, tout en restant prudent. Il avait retenu une table un peu isolée et parlait à voix basse, comme s'il redoutait d'être entendu. Antoine eut le sentiment au début qu'il en savait davantage qu'il ne voulait bien le dire, mais qu'il était prêt à en dire plus que la fois précédente devant l'équipe d'EBC. Son visage était devenu sombre et il avait tenu à préciser :

— Antoine, je ne voudrais pas que vous croyiez que je n'aime pas mon pays. C'est parce que j'y suis très attaché que je me désole de son histoire depuis l'indépendance. Nous avions tout : un pays en état de marche au départ des Français, une main-d'œuvre de qualité, une population dynamique, si nous avions su garder une partie des pieds-noirs… Un pays magnifique : la mer, la montagne, le désert, les ruines romaines… Des ressources incroyables : du pétrole, du gaz, des mines. Nous étions le pays le plus riche, le plus dynamique des pays méditerranéens. Quel gâchis !

D'un très long monologue, Antoine retint que Djebbari considérait le mensonge initial porteur des drames à venir. L'Algérie avait été fondée sur le mythe de la victoire de la guerre d'indépendance. La vérité était que l'armée française avait en fait gagné la guerre : les combats étaient devenus insignifiants en 1962, le FLN était exsangue. C'était le choix des politiques français et du général de Gaulle de quitter l'Algérie qui avait permis de rendre le pays indépendant. Le credo des dirigeants fut alors ce qu'il était toujours : « Le peuple algérien et ses martyrs ont gagné la guerre, tirons les conséquences de notre victoire. L'armée et le parti sont les fondements de notre nation. »

Tout devenait donc permis à ces grands victorieux et ce mythe, soixante ans après, perdurait comme celui des crimes des Français.

Dès les premières semaines, les premiers mois, l'engrenage de la violence, le choc des ambitions avaient commencé. Les troupes de l'extérieur, venant du Maroc et de Tunisie, bien équipées, avaient supplanté les katibas des moudjahidines de l'intérieur, qui s'étaient battus contre les Français, les écrasant si besoin était. Les chefs de ces troupes extérieures, qui avaient vécu dans le luxe au Maroc, en Tunisie ou au Caire, prirent le pouvoir au grand dam des valeureux combattants du djebel.

Puis les massacres avaient commencé : exécutions dans des conditions atroces de harkis et de civils ayant été proches des Français, de pieds-noirs puis d'opposants politiques. On avait beaucoup parlé des horreurs commises par l'armée française, elles ne furent rien comparées aux exactions commises pendant et après la guerre par les Algériens contre leurs patriotes. L'Histoire ensuite n'a plus été qu'une succession de violences, de luttes pour le pouvoir, de corruption, tout en vivant sur l'incroyable rente que représentait le pétrole et le gaz. Puis il y eut cette terrible guerre civile de 1991 à 2002, qui fit des morts dans la plupart des familles algériennes, jusqu'à ce que l'armée réussisse après ces années de plomb à stabiliser la situation par la force.

Une sorte de pacte implicite fut conclu avec la population qui permit d'assurer la paix : les militaires organisèrent un partage informel du pouvoir entre un président choisi par les généraux, totalement à leur botte et légitimé par un simulacre d'élections, un service de sécurité tout-puissant, tandis que lesdits militaires contrôlaient l'économie et les institutions.

Et bien sûr, dès que l'on soulignait la faiblesse du système, l'absence de démocratie, la corruption, c'était la faute du colonisateur. Soixante ans après la fin de la guerre de libération, l'Algérie refusait de reconnaître ses échecs et les attribuait toujours à la France. Un incroyable aveu de faiblesse. Le discours officiel était encore que l'armée avait gagné la guerre grâce à son courage et ses martyrs. L'Algérie payait encore l'oppression dont elle avait été victime pendant cent trente ans. Comment la population avait-elle pu accepter cette incurie et l'absence totale de démocratie ?

Au sortir de cette horrible période qui avait fait deux cent mille morts et vingt mille disparus, la plupart des civils acceptèrent ce système qui permettait enfin de satisfaire les demandes d'un peuple souhaitant une cohésion nationale et surtout la paix. Les gens n'en pouvaient plus de la violence. La chance voulut que la hausse des prix du pétrole permît aussi de consolider la position des dirigeants algériens, tandis que se développaient des réseaux de corruption et se formait une élite de copinage.

Djebbari avait souri tristement à Antoine :

— Voilà le panorama d'un système qui a fonctionné vaille que vaille !

Il prit l'air sérieux, baissa sa voix encore d'un ton :

— Aujourd'hui, la population n'accepte pas que Bouteflika veuille faire un cinquième mandat alors qu'il est notoirement devenu incapable de quoi que ce soit ! Ce n'est plus qu'une loque, une marionnette sénile dont les militaires et un clan de profiteurs tirent les ficelles. C'est une honte, un simulacre de démocratie qui ne trompe personne et fait de nous la risée de l'étranger !

Il s'arrêta un instant et son ton devint encore plus confidentiel :

— Antoine, si je peux vous appeler par votre prénom vu notre différence d'âge, soyez très prudent… Je sais de source sûre que des démocrates, des partis d'opposition, des associations de femmes préparent de grandes manifestations. La première aura lieu ce vendredi-ci dans le quartier de la Grande Poste. Évitez de vous trouver pris dans ces manifestations. Je ne sais pas quelle sera la réaction du pouvoir… La répression sans doute ! Mais les initiateurs de ce mouvement sont fermes : ils ne veulent plus de Bouteflika et de cette fausse démocratie. Je connais quelques-uns de leurs leaders et je les sais déterminés. Les militaires joueront-ils la force ou accepteront-ils de négocier ? C'est tout le problème… Vous avez été très gentil avec mon neveu Brahim et je voulais vous engager à être prudent, les jours à venir seront cruciaux. Mais gardez pour vous ce que je viens de vous dire. Ne me citez surtout pas !

Antoine, un peu étonné par ces confidences, se demanda si les critiques formulées par Djebbari à l'encontre de son pays n'étaient pas excessives. Il resta silencieux quelques instants, méditatif, avant de lui demander en baissant la voix :

— Et l'islamisme en Algérie, qu'en est-il aujourd'hui ?

Le vieil homme jeta des regards discrets à droite à gauche avant de lâcher, *mezzo voce* :

— L'islamisme politique en Algérie a une longue histoire marquée par l'émergence et l'ascension du Front islamique du salut, le FIS, dans les années 1990. Aujourd'hui ce parti est marginalisé car le gouvernement algérien a, depuis la guerre civile, sévèrement réprimé les groupes islamistes. La violence a considérablement diminué. Des incidents isolés ont continué à se produire dans les régions montagneuses et retirées, le groupe le plus actif étant Al-Qaïda au Maghreb islamique, bien que son influence soit très réduite, il faut le souligner, grâce à l'action des forces de sécurité. Cela dit, il demeure sans doute des cellules dormantes ou des membres isolés d'Al-Qaïda prêts à se réactiver éventuellement ! Comme un feu couvant qui pourrait se rallumer si les conditions de sécurité se relâchaient ou si ces gens trouvaient de nouvelles opportunités d'exploitation de tensions locales ou régionales. C'est pourquoi je crois que les services de sécurité restent très vigilants, ce qui est important.

Antoine hocha la tête avant de reprendre :

— Merci de cet éclairage. En France, nous craignons de plus en plus les islamistes, tant leurs attentats que des revendications parfois violentes comme le port du voile pour les femmes ou la critique des enseignants qui défendent la laïcité républicaine…

— Oui, je le sais bien, cela me frappe chaque fois que je me rends dans votre pays. Tout cela rend éprouvante la situation des musulmans modérés, vite soupçonnés d'islamisme ! Il y a deux choses bien différentes : la violence terroriste d'une part qui est dans l'ensemble bien combattue par vos forces de sécurité, et d'autre part le comportement de nombreux jeunes qui sont en recherche d'identité, car ils ont du mal à se situer dans une société française où ils se sentent peu intégrés. C'est le rôle que la religion et ses signes – le voile, le jeûne – jouent pour eux ! J'ajouterais que les musulmans ont du mal à comprendre votre laïcité, l'islam englobant le droit, les prescriptions alimentaires, etc. Le discours de vos politiques ou des enseignants est vite perçu comme blasphématoire !

Djebbari regarda sa montre et sourit, se levant :

— Mon Dieu, il est tard ! Nous allons peut-être en rester là.

— Oui, mille mercis pour ce bon dîner et cet échange très instructif !

23

Déclaration et engagements politiques

20, 21 février 2019

Houria arriva le lendemain cette fois bien à l'heure. Elle portait une jupe noire assez courte et un haut d'un bleu tirant sur l'indigo. Antoine la trouva ravissante, terriblement désirable. Mais il se rendait compte qu'au-delà du désir, ses sentiments à son égard avaient bien évolué au fil des jours. Dans les premiers temps, il avait eu une approche de mâle conquérant – un macho rêvant de séduire une belle proie… Mais peu à peu, la personnalité complexe et riche d'Houria, la tendresse qu'elle lui manifestait, transformaient la vision qu'il avait d'elle et la lui rendait de plus en plus précieuse. Il se sentait bêtement sentimental et s'efforçait de lutter contre des émotions qui ne lui étaient pas habituelles et qu'il prenait presque pour de la faiblesse. Mais c'était plus fort que lui ! Il en oubliait complètement Sophie…

Quand ils se virent, les deux amoureux eurent du mal à ne pas se précipiter dans les bras l'un de l'autre devant le personnel d'El Djazair. Ils s'embrassèrent chastement sur les deux joues. Antoine avait retenu deux couverts dans un petit restaurant à dix minutes de voiture de l'hôtel et ils purent échanger un long et sensuel baiser dans la petite Peugeot de la Kabyle, une fois celle-ci garée à proximité du bistro Les Grillades.

Houria s'était serrée contre Antoine puis lui avait murmuré à l'oreille, tout en lui caressant le visage :

— Tu sais que je t'aime, *habibi* ! C'est la première fois que cela m'arrive. Tu m'as plu dès notre première rencontre et je sais maintenant que je t'aime.

Un temps de silence, avant qu'elle ne demande d'une petite voix :

— Et toi, tu m'aimes un peu ?

Pris de court, il eut un instant d'hésitation. Elle réagit vivement :

— Pour toi, je ne suis qu'un jeu ? Une passade avant que tu ne rentres en France ?

Et comme il demeurait silencieux, elle s'écria :

— Tu as quelqu'un d'autre à Paris ? Dis-moi la vérité !

Antoine la regarda, pensant fugitivement à Sophie à laquelle il n'avait pas téléphoné ni écrit depuis une semaine. Il répondit, après une hésitation :

— Pour moi, à ce stade de notre relation, c'est un peu prématuré de te dire que je t'aime…

Se sentant maladroit, il s'arrêta un instant avant de reprendre :

— Oui, j'avais en France une copine, quelqu'un dans ma vie… Depuis que je t'ai rencontrée et que nous nous sommes rapprochés, je me suis beaucoup éloigné d'elle.

Houria le coupa sèchement :

— Je ne veux pas être une briseuse de couple. Si tu aimes cette fille, reste avec elle et oublie-moi.

Il la dévisagea : comme elle était belle, ses yeux indigo brillant de passion ! Elle portait ce soir-là des boucles d'oreilles, un collier et un bracelet – des bijoux kabyles anciens, qui accentuaient son côté primitif, presque barbare.

Il répondit avec douceur, voulant calmer le jeu :

— Ma chérie, les choses ne sont pas simples pour moi. J'étais attaché à cette fille – elle s'appelle Sophie – par habitude, par confort social… Mais je ne l'aimais pas vraiment. Depuis que je t'ai rencontrée, c'est triste à dire, elle ne compte plus pour moi. J'ai un peu honte, car j'ai le sentiment de l'avoir utilisée…

Il s'arrêta, la regardant dans les yeux :

— Je veux être honnête avec toi, être sûr de mes sentiments avant de m'engager. Je suis déjà très amoureux de toi, tu le sens bien… Dans l'amour, il y a d'une part l'attirance, la violence du désir, mais aussi ce que l'on construit à deux, le fait d'être bien ensemble, de bâtir un projet commun… C'est comme cela que je vois un amour durable et non une liaison, par nature éphémère. Alors, ma chérie, attends un peu, ne précipite pas les étapes… Laisse-moi un peu de temps !

Houria resta un instant silencieuse avant de répondre :

— J'attendrai le temps qu'il faudra pour que monsieur voie clair dans ses sentiments !

— J'y vois presque clair, mais je ne veux pas te faire marcher et la situation n'est pas simple… Tu es musulmane, pratiquante et algérienne. Je suis français et catholique ! Se lier est difficile… J'ai vu les drames qu'a connus mon cousin François quand il a voulu épouser Soraya. Tu les as rencontrés : c'est un couple heureux mais ils ont vécu un véritable parcours du combattant avant que leur environnement ne se stabilise. Et ils ont tous les deux dû abandonner leur religion… Tu vois, Houria, c'est un grand saut dans l'inconnu ! Je te dirai que je t'aime le jour où je serai assez sûr de moi, de nous, pour faire ce grand saut ! C'est compliqué, il faut que tu le comprennes...

Elle l'attira vers lui et murmura :

— Je comprends bien, mais moi je n'ai pas d'hésitation. Je t'aime, *habibi*, et je ne te demande pas de m'épouser !

Il chercha ses lèvres et l'embrassa longuement. Quand il s'écarta d'elle, il lui dit seulement :

— Houria, ma belle Kabyle, ma belle chérie, il faut savoir laisser du temps au temps...

— Promis, mon chéri ! Mais sois honnête avec moi.

Comme ils se rendaient au restaurant, Houria lui donna le bras. Il en fut ému et la serra contre lui.

Ils dînèrent rapidement, ayant hâte de se retrouver seuls. Comme ils finissaient leur dessert, Antoine, se rappelant la conversation qu'il avait eue la veille avec Djebbari, lui demanda :

— Tu es au courant de la manifestation qui doit avoir lieu à Alger demain ?

— Bien sûr ! On l'appelle le *hirak*, ce qui veut dire mouvement... Comme vous dites en France, cette manifestation de demain, c'est un secret de polichinelle ! Tout le monde à Alger et dans la banlieue en parle sous le manteau. Je compte y aller moi-même avec un groupe de femmes qui militent pour la démocratie. Et mon père, lui, y sera avec une délégation de Kabyles militant, eux, pour l'autonomie de la Kabylie. Je pense qu'il devrait y avoir beaucoup de monde : on en a marre des militaires, de ce Bouteflika gâteux, de sa clique et de ces élections truquées.

— Tu seras prudente, ma chérie. Tu sais que tu comptes beaucoup pour moi. Quelle va être la réaction de la police et de l'armée ? Elle risque d'être brutale !

— C'est toute la question… Mais ne t'inquiète pas, je serai très prudente, en pensant à mon Français que j'aime !

Ils regagnèrent la voiture, de nouveau bras dessus, bras dessous. Il faisait très doux et l'air avait le goût du sel de la mer poussé par un léger vent du nord. La Peugeot d'Houria était garée dans un coin sombre, sous un grand eucalyptus. Ils s'enlacèrent. Houria, pour la première fois, accepta des caresses plus entreprenantes d'Antoine, réagissant avec passion, faisant preuve d'une sensualité qu'il n'imaginait pas. Il lui demanda à l'oreille :

— Dis-moi, ma chérie, tu es vierge ?

Elle se dégagea presque brutalement et le regarda dans les yeux :

— Bien sûr, *habibi* ! Et je n'ai été embrassée qu'une fois à dix-huit ans par un garçon qui ne comptait pas pour moi. J'ai toujours voulu me garder pour l'homme que j'aimerai un jour.

Il la reprit de nouveau dans ses bras, la serra très fort et, avant de chercher de nouveau ses lèvres, il lui dit :

— Houria chérie, je crois que je t'aime. Attends un peu que j'en sois totalement sûr…

Elle répondit en l'embrassant passionnément.

24

Le *hirak*

Vendredi 22 février 2019

— *Salam Alaykum !*

Le jeune Arabe dans le lobby d'El Djazair ne semblait pas intimidé. Il salua Antoine la main sur le cœur. Celui-ci, bien au courant maintenant de la politesse locale, répondit aussitôt, la main droite également sur la poitrine :

— *Alaykum Salam !* Tu es Saïd ?

Le garçon sourit et acquiesça de la tête :

— *Na'am*[1] *!*

Puis il ajouta en français :

— Oui, c'est moi !

Ils se serrèrent la main. Saïd, le frère cadet d'Ali – le chauffeur de taxi – était venu à la demande d'Antoine lui servir de guide en cette journée du 22 février. Ali, comme l'avant-veille Abdelkader Djebbari, avait déconseillé au Français de participer à la manifestation prévue à la Grande Poste, trouvant cela imprudent. Mais Antoine était conscient de vivre un moment historique, peut-être l'éveil de la démocratie en Algérie, après soixante ans de régime militaire. Il avait décidé

1. *Na'am* : « oui » en arabe algérien.

d'aller se rendre compte par lui-même de l'ampleur du mouvement et de sa signification. Le fait de savoir qu'Houria y participait avait joué aussi dans sa décision. Il voulait partager son enthousiasme.

Ali lui avait alors suggéré de se faire accompagner par Saïd – un « minot[1] malin » qui saurait l'aider à se diriger dans la foule et surtout à fuir par de petites rues si le régime jouait la répression et que la police chargeait.

Antoine examinait le jeune Saïd, lui trouvant l'air sympathique et débrouillard. Comme souvent les adolescents au Maghreb, il était plutôt beau, le teint bistre, de grands yeux noirs aux longs cils qui lui mangeaient le visage et des cheveux bouclés, noirs également, descendant sur le haut du front. Il avait surtout un charmant sourire qui découvrait des dents bien blanches. Un bel enfant, propre de surcroît – ce qui n'était pas toujours le cas des jeunes de son âge en Algérie !

Ils discutèrent un instant et Antoine fut étonné de découvrir qu'il parlait à peu près le français. Avec les quelques notions d'arabe que lui-même avait apprises ces derniers temps, il s'aperçut qu'ils n'auraient pas de problème pour se comprendre mutuellement.

Il expliqua au garçon son objectif : voir la manifestation de près, mais sans jamais être au cœur des cortèges s'il devait y en avoir… et garder toujours la possibilité de filer rapidement si les choses devaient se gâter. Courageux mais pas téméraire !

Saïd fit un clin d'œil complice :

1. Ali, qui a travaillé à Marseille, emploie ce mot abusivement, Saïd ayant quinze ans passés !

— *Labess*[1] !

Et Antoine de répondre :

— *Hamdoulilah*[2] !

La fine équipe était prête à partir. Antoine s'était habillé en conséquence : il avait mis une vieille chemise Lacoste bleu marine, un jean noir, avait des sneakers aux pieds… et surtout une casquette beige qui cachait ses cheveux trop blonds ! Il était méconnaissable, se voulant passe-partout.

À peine avaient-ils quitté les abords de l'hôtel qu'ils rencontrèrent la foule de gens qui prenaient le même chemin qu'eux : la direction de la Grande Poste. Au fur et à mesure qu'ils avançaient, ils tombaient sur d'autres groupes. Les voitures avaient disparu et les rues étaient maintenant livrées aux piétons. Bientôt, ils eurent du mal à avancer tant l'affluence était grande. Antoine se dit que c'était le métro à six heures du soir ! La mobilisation était à l'évidence énorme. Elle avait en même temps un côté bon enfant, festif – un peu comme une kermesse. Le choix d'Antoine de ne pas trop se mélanger à la foule et de pouvoir se dégager en cas de panique apparut complètement illusoire. Il s'efforçait de rester collé à Saïd pour ne pas le perdre, mais avançait serré par ses voisins et porté par le courant. La progression était lente, formant une immense chenille.

Au bout d'une heure, ils finirent par gagner la rue Larbi-Ben-M'hidi, l'ancienne rue d'Isly. Un lieu chargé d'histoire au cœur de la capitale algérienne. Le grand-père d'Antoine lui en avait parlé, évoquant les souvenirs douloureux de la fin de l'époque coloniale. Une rue où s'étaient rassemblés les partisans de

1. *Labess* : ça va.
2. *Hamdoulilah* : louange à Allah.

l'Algérie française avant que l'armée n'ouvre le feu sur ses propres compatriotes, faisant quatre-vingts morts et de nombreux blessés. Un drame sanglant et honteux que les pieds-noirs, trahis, avaient tant reproché à de Gaulle !

Soixante ans après, une foule immense était de nouveau là, débouchant de la rue Larbi-Ben-M'hidi sur la place de la Grande Poste. Le bâtiment était de taille impressionnante. De style néo-mauresque, il avait une beauté indéniable. Il dominait impérieusement, de sa masse imposante, cette place noire de monde.

La foule était joyeuse certes, mais on la sentait déterminée à obtenir le non-renouvellement du mandat de Bouteflika à la présidence de la République et une évolution démocratique du régime. Les pancartes brandies par les manifestants, souvent rédigées en français, les slogans assénés par les haut-parleurs en témoignaient. Dans ce pays du Maghreb, cette terre de violence, cette gigantesque manifestation pacifique levait un immense espoir – celui de voir l'Algérie devenir un pays moderne comme les démocraties européennes ou américaines. Cela se lisait sur les visages enthousiastes et fiers des gens. On sentait une liberté nouvelle, à peine crédible, se faire jour. Une naissance !

Le bruit était assourdissant entre les voix des uns, les cris des autres, le tout principalement en arabe, une langue gutturale que chacun forçait pour se faire entendre. Tandis que par moments, des haut-parleurs hurlaient des slogans, vite couverts par le son des tambours ou des sifflets. Une incroyable cacophonie !

Mais le plus spectaculaire aux yeux d'Antoine était encore l'image qu'offrait la place : une marée humaine verte et blanche aux couleurs de l'Algérie – ce vert et ce blanc que faisaient chanter le rouge de l'étoile et du croissant sur les drapeaux, sur les fichus dont certaines femmes avaient couvert leur chevelure, tandis que d'autres des deux sexes portaient ce même drapeau en guise de châle sur les épaules.

La manifestation était une vraie réussite, songeait Antoine, conscient de vivre un moment historique. Les autorités pourraient-elles ne pas en tenir compte ? Cela paraissait difficile, tant on avait l'impression de voir un peuple, toutes les classes sociales confondues, se lever, se mettre en marche ! Le garçon se disait qu'Houria devait être folle de joie devant ce succès indéniable. Tout le long du trajet, il avait pensé à elle, espérant la voir. Et maintenant, il rêvait de la repérer au milieu de son groupe de femmes activistes. Il l'imaginait, belle et sauvage, indomptée, criant des slogans. Il avait beau scruter inlassablement la foule, il ne parvenait pas à la repérer, alors qu'elle était sûrement là, quelque part sur cette place. Mais, comme disait sa mère, autant chercher une aiguille dans une botte de foin ! Il renonça à la retrouver et, soudain fatigué par cette longue station debout, ce bruit… ou plutôt ce tintamarre, cette foule oppressante, il décida de rentrer. Frustré aussi : sa Kabyle lui manquait. Saïd s'était un peu éloigné, pris par l'enthousiasme général. Il s'époumonnait lui aussi à crier, à scander les slogans.

Profitant d'un petit instant de silence, il hurla :

— Saïd !

Le garçon ne l'entendit pas. Ce n'est que lors de son second appel qu'il se retourna et, jouant des coudes, parvint à le rejoindre. Il était rouge d'excitation. Antoine eut honte de l'arracher à cette ambiance folle, cette naissance de la démocratie qu'il n'oublierait sans doute jamais, mais il était trop fatigué, ne tenant plus debout.

— Saïd, on rentre… Tu me ramènes à l'hôtel.

— *Labess!*

Il avait l'air déçu mais ne dit rien et obtempéra. Il prit sans façon la main d'Antoine et se mit à fendre la foule, criant d'une voix forte :

— *Belek, belek*[1] !

Il y avait tellement de monde, même dans les rues adjacentes, qu'ils mirent une heure à rejoindre El Djazair. Antoine, après l'avoir payé, davantage même qu'il avait été convenu, ayant vraiment apprécié ses services, lui serra la main. Puis il regagna sa suite et, sans même déjeuner, s'écroula sur son lit. Il s'endormit comme une masse.

1. *Belek* : attention !

25

Le cœur a ses raisons

Vendredi 22 et samedi 23 février 2019

Il le redoutait, cet appel ! Il arriva vers dix-sept heures alors qu'Antoine, vaseux, se réveillait de méchante humeur au terme d'une sieste prolongée. Sophie lui téléphonait et allait lui faire des reproches. Avec le décalage horaire, il était pour elle dix-huit heures. Elle avait dû rentrer tôt du bureau et lui passait un coup de fil à l'orée du week-end. Il ne lui avait pas écrit depuis plusieurs jours et se sentait coupable – coupable de ne pas l'avoir fait, mais surtout de la tromper. Il lui était déjà arrivé dans le passé de connaître un petit flirt d'un soir ou deux auquel il mettait vite fin. Après tout, ils n'étaient pas fiancés et il ne s'était jamais engagé clairement à lui être totalement fidèle… Mais maintenant, il ne s'agissait plus d'une aventure passagère, d'un petit coup de cœur ou d'un petit coup de queue, comme il se disait vulgairement, dans sa logique de garçon volage qui avait toujours connu les succès auprès de la gent féminine. Sa relation avec Houria était quelque chose de plus profond, plus engageant : ils s'avançaient tous deux vers une liaison sans doute durable, peut-être définitive. Ce qui n'avait jamais été le cas de sa part avec Sophie, malgré les pressions familiales ou sociales.

Il pensait sans cesse à Houria, ce qui n'avait jamais été le cas avec Sophie. Sa Kabyle l'excitait incroyablement. Il se dégageait de son corps, de ses yeux, de sa voix, de ses attitudes, même de ses phrases, une sensualité permanente. Elle était très belle, bien sûr, mais le désir qu'elle inspirait à Antoine n'était pas lié à sa seule beauté. Il sentait quand ils étaient ensemble un dialogue inconscient de leurs corps, une attirance mutuelle, un désir primitif, presque violent. Chose qu'il n'avait jamais connue auparavant, avec aucune femme !

Au-delà de cet aspect sensuel, physique de leur relation, elle le fascinait. Le brio intellectuel, notamment littéraire, que lui avaient donné de bonnes études, le réalisme opérationnel dont elle faisait preuve à Air Mag, ne l'empêchaient pas d'avoir une foi profonde teintée de spiritualité, ni de faire preuve de générosité : Antoine avait découvert qu'elle participait avec d'autres femmes à une association secourant les sans-abri, les pauvres d'Alger... si nombreux !

Seul défaut, peut-être le revers de la médaille, elle était très sentimentale et sa sensibilité devenait vite de la susceptibilité dès qu'une attitude d'Antoine lui faisait penser qu'il l'aimait moins ou critiquait tel ou tel élément de sa vie. Ce qui n'était pas le cas, mais le jeune homme, souvent trop rapide, trop direct, pouvait effectivement parfois la choquer, ne prenant pas garde à cette fierté très maghrébine.

Bref, s'il ne se l'avouait pas, Antoine était vraiment amoureux de la belle Houria et malheureux comme les pierres à l'idée de devoir dialoguer au téléphone avec Sophie.

Dès le début, la conversation s'engagea mal. Comme il lui racontait cette journée de manifestation, ce *hirak* incroyable, ce moment historique, elle lui prêcha la prudence avec tous ces « Arabes excités », ce qui l'irrita au plus haut point. Il tenta de lui expliquer les enjeux démocratiques du mouvement, son caractère paisible, festif, mais il sentit qu'il l'ennuyait. Ils n'étaient absolument plus sur la même longueur d'onde. De son côté, elle évoquait sa vie privilégiée, ses projets de week-ends aux environs de Paris, dans une propriété divine, avec des amis très lancés... Plus elle parlait, plus le décalage de leurs vies lui apparaissait. Au bout d'un moment, elle lui reprocha son manque d'intérêt pour ce qu'elle faisait, son absence de gentillesse. Il se défendit en prétextant sa fatigue après ces heures de déambulation. Ils se quittèrent un peu froidement. Antoine se dit qu'il devrait être honnête, rompre cette liaison qui n'avait plus de sens pour lui. Mais il avait du mal à passer aux actes. Il détestait faire de la peine – notamment à Sophie, qui avait toujours été très droite avec lui et avec laquelle il avait de bons souvenirs... Et puis, dans la vie, il était toujours plus dans la conciliation que l'affrontement, le rapprochement plus que la rupture. Il préférait laisser les choses se déliter doucement plutôt qu'une séparation franche, brutale... et douloureuse. C'était un habile négociateur, mais dont l'habileté pouvait parfois être empreinte de lâcheté.

*

La matinée du samedi fila vite, dans l'attente de la soirée avec Houria. Antoine écouta dès huit heures les commentaires politiques locaux et, grâce aux chaînes de télé de sa chambre d'hôtel, les réactions internationales. L'impression unanime, sauf en Algérie, était que ce mouvement populaire avait été très important et ne resterait pas sans suite. Les choses allaient enfin bouger dans le pays !

À l'heure du déjeuner, il alla à son club de tennis où il retrouva Brahim. Le jeune cadre, oubliant toute prudence, le battit sèchement : 6/2, 6/3. Mais Antoine, sur un petit nuage, ne lui en tint pas rigueur. Il l'invita même à partager son repas au snack de Ben Aknoun où ils avalèrent une grillade trop cuite et des frites molles. Mais l'ambiance était sympathique et ils passèrent un bon moment, évoquant tous les deux les événements de la veille. Brahim était enthousiaste à l'idée de peut-être voir la situation évoluer dans son pays.

De retour à El Djazair, Antoine essaya de faire la sieste mais il était trop excité à l'idée de retrouver Houria pour réussir à dormir. L'après-midi lui parut infini et il commença à se préparer dès dix-huit heures, afin de tromper le temps.

À vingt heures, Houria, ponctuelle comme toujours, arriva, faisant sensation dans le lobby d'El Djazair. Contrairement à son habitude, elle ne portait pas de pantalon mais une robe courte d'un vert soutenu. Un clin d'œil, peut-être, au *hirak*, pensa Antoine. L'accord entre son abondante chevelure auburn tirant sur le roux et la couleur du vêtement plut à Antoine : un classique, se dit-il, prêt à tout admirer venant de son égérie.

Pour la première fois, elle l'embrassa sur les deux joues – un geste en public difficile pour une musulmane pudique et qu'il apprécia. Il la teint serrée contre lui, un peu plus longtemps que nécessaire. Il sentit cette fois encore, ou du moins le crut-il, le regard d'envie de tous les hommes dans la pièce.

Ayant hâte d'être ensemble, ils décidèrent de dîner de nouveau sur place. À peine étaient-ils installés qu'Houria évoqua avec enthousiasme les manifestations de la veille.

— Un énorme succès pour un pays comme l'Algérie, muselé depuis des décennies! s'était-elle écriée. Et ce n'est qu'un début: nous allons renouveler ces manifestations tous les vendredis. Tu verras, *habibi*, il y aura de plus en plus de monde! Je suis sûre que cela va gagner les autres grandes villes du pays. On va les faire céder, ces pourris, ces profiteurs du parti et de l'armée! On va chasser ce vieux président gâteux, corrompu, virer la marionnette des généraux!

Antoine se réjouissait de son excitation. L'œil enflammé, volubile, appuyant sa parole de gestes de sa main, elle était la passion même. Elle arborait de nouveau ses bijoux kabyles anciens – boucles d'oreilles, collier, bracelet – qui renforçaient le contraste entre sa tenue très occidentale et ce je-ne-sais-quoi d'originel, d'archaïque, que l'on devinait en elle.

Antoine la coupa:

— Tu es très belle, mon Houria! Il faut que je te dise que j'ai voulu participer moi aussi à cette manifestation, exprimer mon soutien personnel au mouvement de démocratisation de l'Algérie. J'ai souhaité te montrer que j'étais à tes côtés… tout *roumi* que je suis!

Elle lui prit la main:

— Ce que tu as fait compte beaucoup pour moi…

Elle le regarda de ses yeux au violet sombre:

— Je t'aime, tu sais!

Il lui sourit et lui fit une pression de la main. Elle continua de plus belle, lui confiant qu'un comité allait se créer, auquel participeraient son père d'abord et elle par la suite. Elle voulait s'engager, se battre pour réussir la modernisation politique de l'Algérie, mais aussi obtenir une forme d'autonomie pour la Kabylie, la reconnaissance de sa langue – le tamazight – et de son drapeau.

Plus tard, comme il la sentait un peu plus détendue, il lui demanda, souhaitant avoir une réponse à une question qu'il se posait depuis qu'il la connaissait :

— Tu es algérienne, musulmane pratiquante, mais tu ne portes pas de voile, tu conduis ta voiture, agis en femme d'affaires, parles en public... Cela ne te pose pas de problème avec ton père, ton frère, les hommes en général ?

Elle prit l'air sérieux :

— Oui et non ! Parfois cela me vaut des remarques désobligeantes des hommes, surtout en banlieue et en province. Mais ce n'est pas le cas à Alger et je suis totalement soutenue par mon père. Seul mon frère me critique, mais je m'en fous !

Elle marqua une pause et, comme il levait un sourcil interrogatif, elle poursuivit :

— En fait, tout vient de l'histoire personnelle de Khaled, mon père. Ses études secondaires terminées, comme je te l'ai dit, il est parti sur le conseil de ses parents à Marseille où nous avions des cousins kabyles. Il y a d'abord trouvé du travail au port comme docker. J'ai vu des photos de lui à cette époque, il était très beau – un vrai acteur de cinéma ! Il a rencontré une femme, une Française, une certaine Anne-Marie Belleveine. C'était une enseignante de dix ans son aînée. Elle est tombée éperdument amoureuse de lui. Une veuve libre, capable, qui lui a trouvé du travail dans son école privée. Et ils se sont mariés civilement. Convaincue de son intelligence, elle persuada son mari de reprendre ses études et de devenir enseignant comme elle. Mais la malchance voulut qu'un an et demi après leur mariage, elle fût emportée en très peu de temps par un cancer foudroyant du pancréas. Mon père se retrouva veuf, désemparé en France, mais financièrement à l'aise, car il avait hérité de sa femme un gros pécule.

Antoine la coupa, caustique :

— C'est une belle histoire d'amour et de gros sous !

Houria ne put s'empêcher de rire :

— Mon chéri, ne te moque pas de mon père. C'est un homme très sincère.

— Je ne me moque pas, je constate !

Elle reprit :

— Meurtri, il prit le parti de rentrer en Algérie. Selon le vœu de sa femme, il décida de reprendre ses études à Alger. Et trois ans plus tard, il était enseignant. Il avait entre-temps rencontré à la fac d'Alger ma mère, Aïcha, et il l'épousa à la fin de la troisième année. Ayant demandé à être affecté en Kabylie dont il était originaire et où vivaient encore ses parents, il fut nommé instituteur dans le Djurdjura, où je fus élevée. C'était durant ce qu'on a appelé la décennie noire : la guerre civile entre divers groupes islamistes et l'armée. Presque toutes les familles comptèrent des morts pendant ces années de plomb : Kahled mon père, après avoir perdu un oncle et un cousin, décida de mettre à l'abri sa femme et ses deux enfants à Alger chez ses beaux-parents. Un abri tout relatif, puisque à cette époque, les attentats étaient fréquents même à Alger, mais au moins, nous étions plus anonymes qu'en Kabylie. C'est comme cela que j'ai grandi dans la capitale.

Elle s'arrêta et, après avoir vérifié qu'elle n'ennuyait pas Antoine, elle poursuivit :

— Mon père ayant été marié à une enseignante française, libérale et plutôt de gauche, remarié ensuite à une étudiante algérienne, avait pris l'habitude de vivre avec des femmes indépendantes. Il dit souvent que seules des femmes brillantes et autonomes peuvent donner une éducation appropriée à des enfants et les préparer au monde ouvert, complexe, évolutif où ils seront appelés à vivre ! C'est pourquoi il m'a toujours soutenue, comme mes amis, dans ma volonté d'être de mon temps. Toutefois, mon père et mes amis sont religieux, pratiquants, et ne transigent pas sur l'observation sérieuse du Coran. Mais ils ont une pratique réfléchie, ne se limitant pas à l'application de règles traditionnelles, comme le port obligatoire du voile qui, je crois, n'a jamais été exigé par le Prophète !

Elle se tut un instant et son visage se rembrunit. Elle reprit :

— Mon seul problème est mon jeune frère Djilali. Il s'est brouillé avec mon père, a quitté la maison et, influencé par un imam, est devenu un musulman très traditionnel. Il me considère comme une impie, refuse de nous voir mon père et moi… c'est triste ! Mais c'est souvent comme cela en Algérie, où les familles peuvent être divisées, les garçons refusant l'évolution, la modernité de leurs sœurs !

Antoine hocha la tête :

— Oui, c'est difficile… Mais quel parcours ton père a connu ! J'aimerais que tu me le présentes. Ce serait possible ?

— Bien sûr ! Je suis convaincue qu'il t'appréciera : tu es le genre de Français qu'il aime. Il compte venir à Alger tous les vendredis pour participer au *hirak*. On en profitera pour déjeuner un jour ensemble, tous les trois.

Ils se sourirent et se prirent la main avant qu'Antoine ne lui demande :

— Et au bureau, cela n'a pas été trop difficile pour toi d'arriver à ce poste de responsabilités ? Je n'imaginais pas qu'en Algérie, dans un pays si musulman, une femme puisse arriver à un tel niveau aussi jeune !

Le visage d'Houria devint grave :

— Oui, cela a été difficile et je t'avouerais que, pendant longtemps, j'avais un peu le sentiment d'être une usurpatrice, d'occuper la place qui aurait dû revenir à un homme... J'avais un énorme complexe et j'ai travaillé sans doute deux fois plus que ne l'aurait fait un cadre masculin à ma place.

— Mais Yasmina, ta DRH, avait déjà réussi avant toi à occuper un poste de direction !

Un éclair traversa les yeux d'Houria :

— Je vais te confier un secret d'Air Maghreb. Comme vous dites en français, c'est un secret de polichinelle...

Elle se mit à rire :

— *Habibi*, tu vois aujourd'hui une mémé d'un certain âge, mais il y a vingt ans, quand Air Maghreb a été créé, Yasmina était une jolie fille... et le président de l'époque, Ahmed Larbi, un bel homme de cinquante ans, l'a trouvée tout à fait à son goût et lui a fait sa carrière ! Elle était intelligente, capable, elle a su saisir l'opportunité et se montrer à la hauteur. Et quand Larbi est mort – qu'Allah le miséricordieux lui pardonne –, elle a gagné la confiance de son successeur et a su rester en place... en tout bien tout honneur !

— C'est ce que nous appelons la promotion canapé !

— Une jolie expression que je ne connaissais pas...

Cette évocation du passé, cette histoire galante les ayant rapprochés, ils échangèrent ensuite à bâtons rompus, heureux.

Le repas terminé, Antoine proposa alors de retourner comme la fois précédente au Pacha Club, la boîte de nuit de l'hôtel. La belle Kabyle le regarda avec tendresse mais secoua négativement la tête. Le garçon, surpris et déçu, réagit vivement :

— Tu ne veux pas venir danser avec moi, être dans mes bras ?

— Non, mon chéri..., murmura-t-elle.

Désemparé, il lui demanda :

— Que veux-tu faire alors ?

Elle resta silencieuse un instant avant de lâcher tout bas :

— Monter dans ta chambre et passer la nuit avec toi.

Il la dévisagea, ne croyant pas ce qu'il venait d'entendre.

— Tu es sûre, ma chérie, tu veux dormir avec moi ?

— Oui, *habibi* ! Je veux être à toi et dormir dans tes bras.

— Oh ! Ma chérie...

Il se pencha au travers de la table et lui posa un baiser rapide sur les lèvres, sous l'œil choqué des notables algériens de la table voisine. Mais il n'en avait cure, tout à ce bonheur imprévu et fou !

*

Quand Houria sortit de la salle de bains, Antoine eut l'impression de voir une antique déesse se dirigeant vers lui. Elle avait voulu éteindre les lumières de la chambre et ne laisser allumée qu'une faible lampe de chevet.

— Les femmes du Maghreb sont pudiques, lui avait-elle murmuré, nous nous donnons de nuit. Nous disons que les enfants des Occidentaux sont des enfants de la lumière !

Elle s'était sauvée en riant dans la salle de bains pour s'y déshabiller et s'y laver, tandis qu'un Antoine fou d'impatience l'attendait, étendu sur le lit.

Quand elle en sortit lentement, s'avançant dans la pénombre vers lui, il fut frappé de voir combien elle était sculpturale. Il se redressa, fasciné, lui tendit les bras et elle s'y jeta. Et Antoine sut à cet instant qu'elle allait se donner à lui, bien sûr avec un fort désir mêlé d'appréhension, mais que c'était de sa part un acte d'amour.

Il s'entendit murmurer, tandis qu'il la serrait très fort :

— Je t'aime, Houria, mon amour !

Malgré la tornade passionnelle qui s'emparait de lui, il comprit en un instant qu'il venait de s'engager définitivement avec cette femme ! Ce sentiment de folie, d'amour partagé, de communion, augmenta encore un désir où il sombra corps et âme. Elle réagit à l'unisson.

*

Ils étaient étendus, nus, après s'être aimés, soudés l'un à l'autre, leurs jambes entremêlées, Houria la tête lovée dans le cou de son amant, lui la serrant dans ses bras. Il eut soudain le sentiment qu'elle pleurait. Il s'écarta et la dévisagea. Effectivement, une larme glissait sur sa joue.

— Qu'y a-t-il, mon amour ?

Elle eut un joli sourire :

— Je pleure d'émotion, de joie de m'être donnée à toi, d'être si heureuse !

Il resta un instant silencieux, ému, finissant par murmurer :

— Merci, ma chérie, quel bonheur ! Cela semble incroyable qu'une femme de ton âge, belle, séduisante, n'ait pas connu d'amant avant ce soir !

Elle leva doucement la tête :

— *Habibi*, je te l'ai dit, je suis une personne passionnée, idéaliste et un peu vieux jeu. J'ai toujours été convaincue que je rencontrerais un jour l'homme de ma vie. Je me suis gardée pour lui.

Elle ajouta avec un petit rire :

— Il a seulement un peu tardé… et je ne l'imaginais certainement pas français et chrétien !

Il l'étreignit un peu plus :

— Ma chérie, je t'aime ! Très fort ! J'ai toujours su, ou plutôt j'ai très vite découvert que sous tes dehors de femme efficace, moderne, tu étais entière et passionnée. Et je connais bien maintenant tes principales passions : l'islam bien sûr, mais aussi la politique avec le *hirak*, et ton rêve d'autonomie de la Kabylie. Mais je n'imaginais pas que tu aurais préservé si farouchement ta vertu !

Elle se mit à rire :

— Ça, c'est la surprise du chef !

Puis elle ajouta, et il devina à son ton qu'elle était redevenue sérieuse :

— Qu'Allah le miséricordieux me pardonne de m'être donnée à toi hors mariage…

Elle s'arrêta un instant avant de reprendre :

— Et toi, *habibi*, tu verras, tu découvriras que ce n'est pas toujours facile de vivre avec moi ! Mes passions peuvent me rendre très excessive, jalouse, rigide, parfois à la limite de l'imprudence ou de l'inconscience. Et donc *habibi*, au-delà du raisonnable !

Il se mit à rire, insouciant :

— *Inch'Allah !*

Mais ce qu'elle disait devait s'avérer prophétique…

26

Le bonheur dans l'œil du cyclone

1er trimestre 2019

Les mois qui suivirent furent idylliques : Antoine et Houria connurent une période de grand bonheur. Tout semblait leur réussir. Leur relation, faite d'amour, de gaieté, de complicité aussi, s'approfondissait au fil des semaines. Après cette première nuit torride et passionnée, leurs corps apprenaient à se connaître et à toujours mieux s'accorder. Houria s'avérait une femme très sensuelle, aimant donner et prendre du plaisir sans aucune inhibition – mais toujours en sachant mélanger intimement le désir et les sentiments. Antoine adorait faire l'amour avec elle, et à peine l'avait-il quittée qu'il rêvait de la retrouver.

Dans les premiers temps, il avait un peu redouté de la voir tomber enceinte. Sans se l'avouer, sa morgue inconsciente d'Occidental lui faisait craindre qu'une Maghrébine ne sache pas pratiquer une contraception sûre. Il avait fini par s'en ouvrir auprès de sa partenaire qui lui avait ri au nez : la pilule n'avait pas de secret pour elle ! Elle s'était fait initier récemment par une gynécologue.

Deux à trois fois par semaine, ils se retrouvaient à El Djazair et y passaient la nuit. Houria préférait aller à l'hôtel plutôt que ramener Antoine dans son petit studio d'El Biar : la société algérienne restait très rigoriste et ses voisins auraient vite fait de la considérer comme une femme de mauvaise vie, accueillant un homme chez elle alors qu'elle était célibataire ! Une société hypocrite car les mœurs des dirigeants et des élites étaient en fait aussi libres qu'ailleurs, mais dissimulées au bon peuple... qui ne se faisait guère d'illusions.

Les deux tourtereaux considéraient El Djazair comme leur nid d'amour et le personnel les avait peu à peu catalogués comme un couple légitime : Houria, belle et gentille, savait se faire apprécier et respecter des petites gens, notamment du service en chambre, qui la soignaient particulièrement. Cette main-d'œuvre habituée aux clients internationaux du palace était beaucoup moins bégueule que l'Algérien moyen, mais très sensible à la gentillesse et au respect que leur témoignait Houria.

En revanche, pas question d'afficher au bureau leurs sentiments et leur liaison. Ils s'efforçaient à une neutralité dans leurs rapports qui n'excluaient pas de temps à autre un baiser passionné volé entre deux portes ou deux réunions ! Ils voulaient, à la fois par nécessité et par intérêt pour leurs jobs, rester toujours l'un et l'autre très professionnels.

La mission d'EBC touchait à sa fin. Les recommandations préconisées par l'équipe d'Antoine avaient été adoptées par Daoud, le président d'Air Maghreb, et leur mise en place progressive bien acceptée par le personnel. Edward Bradley devait venir à Alger faire le point avec Daoud sur la suite à donner à l'intervention de son cabinet. Une réunion était envisagée à la fin du mois de mars.

*

Tandis que les deux amants filaient le parfait amour, la situation politique algérienne évoluait à une vitesse que nul n'avait espérée aussi rapide. Houria, à la fois spectatrice et actrice, s'efforçait d'expliquer à Antoine ce qui se passait : les enjeux, les hommes impliqués – le monde du pouvoir, les références historiques, les clans, étant difficiles à comprendre pour qui n'était pas algérien, d'autant qu'une grande confusion régnait. La première manifestation, celle du 22 février qui avait, dit-on, rassemblé jusqu'à huit cent mille personnes, avait réclamé le non-renouvellement du cinquième mandat du président Bouteflika. Le mouvement s'étendit bientôt à l'ensemble de l'Algérie et, le 1er mars, ce furent trois millions de personnes qui se retrouvèrent dans les rues, refusant de plus en plus fort une nouvelle candidature de Bouteflika – lequel essayait désespérément de se maintenir au pouvoir, confirmant sa candidature le 3 mars. Cela entraîna un appel à la grève générale et l'annonce d'une nouvelle manifestation le 8 mars, qui rassembla cinq millions de manifestants, tandis que de nombreuses défections se produisaient dans l'entourage du président.

Le 10 mars, Ahmed Gaïd Salah, chef d'état-major et vice-ministre de la Défense nationale, fit une déclaration proclamant que l'armée et le peuple algérien partageaient les mêmes valeurs et principes, et qu'ils avaient une vision commune du futur du pays. Un soutien quasi officiel de l'armée aux manifestants !

Le 11 mars, Bouteflika, rentré la veille de Suisse où il était hospitalisé, annonça qu'il renonçait à briguer ce cinquième mandat si contesté… mais s'engageait à organiser une conférence nationale chargée de promulguer d'ici la fin de l'année une nouvelle constitution. Une façon de prolonger de quelques mois son quatrième mandat, lequel devait s'arrêter le 27 avril 2019 ! Cette décision fut perçue comme une ruse pour rester au pouvoir et, dès le lendemain de son annonce, les manifestations reprirent. Le 15 mars, quatorze millions de personnes défilaient dans tout le pays pour exprimer leur opposition.

Cependant, les déclarations, les débats hostiles au pouvoir, les démissions se multipliaient les jours suivants. Étudiants, enseignants, médecins et des cadres du FLN eux-mêmes rejoignaient le mouvement, pour ne citer qu'eux !

Le 26 mars, le général Gaïd Salah finit par appeler à déclarer l'empêchement d'Abdelaziz Bouteflika en utilisant l'article 102 de la Constitution. Le président du Conseil de la nation, Abdelkader Bensalah, prit le pouvoir par intérim pour une période de quarante-cinq jours, selon ladite Constitution. Le soir même, le Conseil constitutionnel se réunissait.

La proposition d'actionner l'article 102 devait être approuvée par plusieurs alliés du pouvoir, alors que Saïd Bouteflika – le frère du président – et quelques proches tentaient une ultime manœuvre consistant à renvoyer le chef de l'armée et à nommer un nouveau Premier ministre.

Des millions de manifestants, le 29 mars, descendirent alors dans la rue pour exprimer leur refus… dont un million pour la seule ville d'Alger ! Des oligarques sentant le vent tourner décidèrent de fuir, mais furent empêchés de quitter le pays et arrêtés.

Le 2 avril, après une nouvelle réunion de l'état-major exhortant le chef d'État au départ, Abdelaziz Bouteflika finit par démissionner. Et le 9 avril, l'Assemblée populaire et le Conseil de la nation désignèrent Abdelkader Bensalah chef d'État par intérim, chargé de préparer l'élection.

Contrairement à ce que l'on aurait pu espérer, cette nomination ne calma pas le jeu et une confusion croissante se développa. Les opposants au régime continuèrent à manifester, tandis que la police se mettait à intervenir brutalement, multipliant les arrestations tant de militants, de journalistes, d'avocats, que de caciques de l'ancien régime accusés de corruption. Et bien sûr, aussi des partisans de la Kabylie dont le seul fait de brandir un drapeau était un délit durement réprimé. Nul ne savait où allait le pays. Même l'Europe s'inquiétait, dont le Parlement adopta fin novembre une résolution où il condamnait vivement l'arrestation arbitraire et illégale, la détention, les intimidations et les attaques de journalistes, de syndicalistes, d'avocats, d'étudiants, de défenseurs des droits de l'homme ainsi que de tous les manifestants non violents qui participaient aux manifestations pacifiques du *hirak*.

*

Quand Edward Bradley débarqua à Alger début avril, Antoine, questionné sur la situation politique, répondit qu'il ne comprenait pas grand-chose à ces histoires d'Arabes. Son patron américain lui répondit en riant que les histoires françaises, vues d'outre-Atlantique, étaient tout aussi incompréhensibles ! Et d'évoquer pêle-mêle mai 1958, mai 1968, la gauche au pouvoir, les Gilets jaunes… pour ne citer que les meilleures. Antoine, se sentant morveux, ne lui répondit pas, pensant qu'il avait au fond assez raison.

À vrai dire, il était moins ignorant de la situation qu'il ne le prétendait, Houria s'efforçant de lui expliquer les événements. Il prêtait une oreille distraite à l'évolution hebdomadaire, parfois quotidienne, de la politique algérienne. Il avait renoncé à participer lui-même aux grandes manifestations du *hirak* : une fois lui avait suffi pour comprendre leur déroulement. La télévision et surtout Houria palliaient son manque de curiosité et le tenaient informé.

Seule l'implication de sa douce et de son père l'intéressait éventuellement, et même l'inquiétait. Sa belle avait défilé dans les toutes premières manifestations, une militante parmi d'autres… mais dès le 16 mars, ayant rejoint le réseau Wassila et un groupe d'une vingtaine de femmes, elle souscrivit à une déclaration qui soutenait les femmes algériennes pour un changement en faveur de l'égalité pleine et entière entre citoyennes et citoyens. Ces militantes annonçaient la création d'un carré féministe qui se positionnerait chaque vendredi au niveau du portail de la faculté centrale d'Alger à partir de treize heures, appelant à prendre en compte la représentation paritaire des femmes dans toute initiative citoyenne.

Le soir du 16 mars, Houria retrouva Antoine à l'hôtel, les yeux brillants d'enthousiasme. Elle lui raconta les espoirs de ce groupe d'amies dynamiques qui avaient le sentiment d'écrire l'histoire de la démocratie en Algérie. Antoine la regardait avec admiration, fier de son engagement mais un peu inquiet de cet affichage féministe dans une terre d'islam peu portée sur le sujet ! Mais Dieu qu'elle était belle et désirable dans ce rôle de pasionaria méditerranéenne !

Ses craintes, hélas, s'avérèrent fondées : le 29 mars, les militantes du carré féministe étaient agressées verbalement et molestées physiquement par des machos : leurs banderoles, leurs affiches furent déchirées et certaines d'entre elles frappées ou jetées à terre. Houria retrouva Antoine très choquée. Elle avait le visage tuméfié et son corsage était partiellement déchiré. Elle avait le sentiment d'avoir évité le pire, des bagarres ayant éclaté entre de violents assaillants et des manifestants défendant les malheureuses femmes. Des policiers avaient fini par demander aux militantes de Wassila d'évacuer les lieux.

Houria avait les larmes aux yeux en relatant ces moments difficiles. Antoine l'avait écoutée avec émotion, puis il l'avait emmenée dans la salle de bains et lui avait fait couler un bain. Puis, après l'avoir tendrement séchée, il lui avait fait l'amour – un moment particulièrement intense qu'il n'était pas près d'oublier.

Après cet incident malheureux, Houria promit à Antoine de se montrer plus prudente. Elle continua cependant à participer à toutes les manifestations du *hirak* et à militer au sein de Wassila, mais avec plus de discrétion.

*

Edward Bradley était donc arrivé à Alger pour discuter de l'avenir d'EBC en Algérie, répondant ainsi à une préoccupation d'Antoine : celui-ci considérait que sa mission auprès d'Air Maghreb touchait à sa fin, les principaux objectifs étant atteints. Il se posait la question de son avenir et surtout celui de sa liaison avec Houria. Il ne pouvait parler de ce dernier point avec Bradley et n'osait pas non plus l'aborder avec Houria, craignant de l'inquiéter. Mais elle était suffisamment intelligente pour elle-même s'interroger : elle était bien placée pour juger de l'avancement de la mission d'EBC et se demander ce qu'il adviendrait d'Antoine au terme de celle-ci. Resterait-il en Algérie ? Sinon, serait-ce la fin de leur amour ? Elle en était bouleversée mais, par pudeur, n'osait pas lui en parler. C'était un non-dit qui pesait entre eux.

Cette crainte de l'avenir était d'autant plus forte qu'Houria vivait un grand bonheur : elle n'aurait jamais pu rêver une telle passion entre elle, une petite Kabyle musulmane, et un Français, chrétien, appartenant aux classes dirigeantes de son pays. Et le sentiment de précarité de leur union renforçait encore sa passion – une passion qu'elle vivait en outre dans un contexte politique exaltant où elle participait à une révolution populaire totalement inattendue et tellement prometteuse ! L'Algérie semblait enfin pouvoir devenir une démocratie et sa chère Kabylie gagner cette autonomie que son père, sa famille et elle-même appelaient de leurs vœux depuis si longtemps !

Entre cette merveilleuse relation avec Antoine et ce *hirak* prometteur, Houria connaissait des heures inoubliables qu'elle n'aurait jamais pu imaginer. Un bonheur insensé ! Et Antoine, aussi épris qu'elle, se réjouissait de la sentir si heureuse, malgré un environnement professionnel et surtout politique incertain. Il préférait ne pas penser aux problèmes que risquait de poser à terme dans sa famille, dans son milieu, sa pratique d'un islam même modéré. Dans l'immédiat, il s'en accommodait, Houria se montrant dans ce domaine d'une grande discrétion et lui évitant d'aborder le sujet.

Troisième partie

Antoine et Houria

LE BONHEUR

« Le bonheur a les yeux fermés. »
Paul Valéry

27

LES « TROMPETTES » D'*AÏDA*

Avril 2019

Edward Bradley était arrivé à Alger au début du mois d'avril. Après un premier contact aimable avec Antoine, il n'avait pas cherché à le voir seul à seul. Ils se croisaient dans les couloirs d'Air Maghreb, échangeaient quelques mots amicaux, point barre!

Antoine se perdait en conjectures sur le sens, le pourquoi de cette situation. Son patron lui reprochait-il quelque chose ou lui cachait-il une décision prochaine peut-être douloureuse? Bradley était pourtant très aimable quand il lui adressait la parole. L'Américain, dès le lendemain de son arrivée, avait passé son temps avec Daoud, le président d'Air Mag. Ils s'enfermaient ensemble de longues heures dans le bureau du chef d'entreprise. On leur apportait des dossiers, des visiteurs extérieurs venaient les voir... Les deux hommes s'absentaient des après-midi entiers et, par deux fois, ils partirent même d'Alger pour la journée.

Ce n'est qu'au bout de presque deux semaines que la situation s'éclaircit enfin. Le mardi 16 avril, Antoine fut invité à déjeuner par son patron au restaurant du Sofitel où Bradley séjournait depuis le début du mois. En se rendant à El Mordjane, cet établissement qu'il appréciait, Antoine était partagé entre l'excitation et l'inquiétude. Il avait conscience d'avoir réussi sa mission et le comportement chaleureux à son égard d'Edward Bradley lui laissait supposer la satisfaction de son boss. Mais il redoutait d'être muté par exemple au Maroc, voire plus loin, et de risquer d'être séparé d'Houria. Devrait-il alors démissionner et chercher du travail en Algérie ou Houria accepterait-elle de le suivre et d'abandonner un combat politique dans lequel elle s'était tant investie ? Rien n'était moins sûr !

Ce n'est qu'après les entrées que Bradley aborda les sujets professionnels. Il avait depuis le début du repas évoqué les derniers soubresauts de la vie publique algérienne, notamment la démission le matin même de Tayeb Belaïz, le président du Conseil constitutionnel. Antoine était sur des charbons ardents mais s'efforçait de ne pas le montrer, tandis que son patron commentait cette ultime péripétie. Il finit par regarder son jeune collaborateur et lui sourit :

— Cher Antoine, ces aléas politiques imprévus ne vous ont pas empêché de faire un sans-faute ! Un grand bravo. Daoud est enchanté de la réussite de votre mission, il me l'a dit et redit. D'autant que vous avez su accompagner habilement ces modifications de structure, aidant la direction à les mettre en place avec souplesse et doigté, ce qui lui a évité des problèmes de personnels. Oui, Daoud est vraiment content et je vous en félicite.

Antoine frémissait de plaisir comme le chien sous la caresse de son maître, mais il attendait la suite qui ne tarda pas. Bradley le dévisagea, prenant l'air sérieux :

— Et maintenant, il y a la question de l'après !

Antoine hocha la tête affirmativement, plein d'appréhension. Bradley le sentit et reprit gentiment :

— Ne vous inquiétez pas ! Et tout d'abord, Air Maghreb ! Daoud souhaiterait que nous l'accompagnions encore quelques mois pour s'assurer que tout fonctionne bien, que nous mettions de l'huile dans les rouages. Nous avons convenu d'un contrat allégé : une mission de six mois avec un consultant d'EBC passant en moyenne deux jours par semaine chez Air Mag. Mais ce n'est pas tout !

Il s'arrêta pour boire une longue rasade de Koutoubia. Antoine avait remarqué depuis longtemps que Bradley, comme souvent les Anglo-Saxons, avait selon son expression une bonne descente et qu'il appréciait ces vins algériens, notamment ceux des côteaux de Mascara. Lui-même, voulant avoir les idées claires, avait préféré s'abstenir.

Cependant, son patron reprenait :

— Il faut vous dire, vous le savez peut-être, que Daoud, outre la présidence d'Air Maghreb, s'occupe de plusieurs sociétés d'économie mixte, et qu'il a mis dans quelques-unes des capitaux personnels. Il s'est spécialisé dans le transport – routier, maritime, aérien… Comme il est content, pour ne pas dire enchanté de notre intervention, il souhaite maintenant que nous fassions un audit de certaines compagnies qu'il préside, avec l'accord bien sûr des conseils de ces sociétés et des managers. Mais d'après lui, ce sera une simple formalité, car il a interrogé discrètement tout ce beau monde et a obtenu un assentiment de principe. La mission concernerait dans un premier temps deux affaires : un transporteur basé à Alger qui couvre tout le territoire national et une affaire de taxis sur le modèle de G7, en cours de lancement à Alger et Oran. Par la suite, il pourrait nous confier également d'autres projets, mais il est prématuré d'en parler à ce stade.

Antoine s'écria, enthousiaste :

— C'est formidable que vous ayez pu obtenir cela de Daoud ! Et ces missions débuteraient quand ?

— Pour Air Maghreb, on continue sur notre lancée, on affecte à ce job Yves Maprineau et le jeune Brahim sous votre supervision. Concernant les deux nouvelles affaires, Daoud souhaite que nous commencions début septembre, soit dans cinq mois. J'ai essayé d'évaluer le travail avec Daoud et le besoin en hommes qui en découle. Nous l'avons estimé à la louche à cinq ou six consultants, vous y compris. Pour des raisons politiques, Daoud souhaiterait que nous recrutions des cadres locaux.

Antoine le coupa vivement :

— Pas simple ! Trouver des Algériens capables de faire de bons consultants, ce n'est pas évident… Ce n'est pas une question d'intelligence mais de formation !

— Je sais, mon vieux. Il faudra sans doute aller débaucher de bons éléments chez nos grands concurrents internationaux, en y mettant le prix !

Il s'arrêta un instant, sourit et ajouta :

— Et bien sûr Antoine, c'est vous qui prenez la tête de cet ensemble. EBC va devenir ici un cabinet important avec sept ou huit collaborateurs – un cabinet appelé à se développer au-delà de, si je puis dire, la mouvance Daoud. Vous serez aussi en charge du développement dans les mois qui viennent.

Antoine rougit de plaisir. Cette promotion inattendue répondait à tous ses vœux. C'était en outre une aventure passionnante. Puis il se rappela Houria et, de façon impulsive, se lança :

— Merci Ted de me faire confiance. Je suis hyper motivé et je ferai tout pour réussir cette nouvelle mission. Vous le savez ! Il y a un point que je voudrais ajouter : pour le travail que j'ai effectué chez Air Mag, je me suis beaucoup appuyé sur l'adjointe de la DRH, Houria Ameziane. C'est une Kabyle très brillante, intelligente, efficace, pragmatique, ayant un excellent contact. Serait-il possible que Daoud me la détache pour ces prochaines missions ? Cela m'aiderait grandement, entre autres pour recruter cette équipe locale. Le fait qu'elle soit algérienne et sympathique serait de nature à rassurer les candidats que nous souhaiterions débaucher. Et bien sûr, elle parle arabe !

Bradley ne parut pas choqué par cette demande. Il acquiesça de la tête :

— Cela me semble effectivement une bonne idée. Je vais en parler à Daoud, je pense qu'il sera d'accord.

Il se tut un instant avant de reprendre :

— Autre question, Antoine : votre logement ! Vous êtes installé depuis trois mois à El Djazair. C'était dans le cadre d'une intervention limitée dans le temps. Nous entrons dans une nouvelle phase de votre activité qui peut durer un bon moment, un an, deux ans, voire plus. Je crois qu'il serait sage maintenant que vous louiez un petit appartement. Cela coûterait moins cher et je pense que vous seriez heureux d'être chez vous. Au bout d'un moment, l'hôtel finit par être impersonnel !

Un flash traversa fugitivement le cerveau d'Antoine. Il s'imagina dans un super studio ayant vue sur la baie d'Alger, et Houria vivant avec lui… le rêve !

Il répondit vivement :

— Je serais ravi d'avoir un chez-moi. Comme vous le dites très justement, l'hôtel, au bout d'un moment, on s'en lasse.

Bradley lui sourit avec une certaine affection :

— Cher Antoine, vu vos excellents résultats et vos nouvelles fonctions, EBC va vous donner une belle prime pour le succès de votre première mission. Et compte tenu de vos nouvelles responsabilités, j'augmente votre fixe de quinze pour cent !

Antoine resta sans voix. Ce n'était pas un homme d'argent : l'argent était pour lui un moyen, non une finalité. Il n'avait pas anticipé que la satisfaction de son groupe pourrait se concrétiser en de tels termes financiers ! Il répondit, presque gêné :

— Comment vous remercier, Ted ! Je n'ai fait que mon travail. Je m'efforcerai encore plus à l'avenir de justifier votre générosité. Vous pouvez compter sur moi.

— Je le sais, Antoine ! Un dernier point : Daoud était proche du clan Bouteflika. Il s'inquiète des événements actuels. Évitez de près ou de loin le *hirak*, cela lui donne des boutons !

Antoine se contenta d'acquiescer de la tête. Il était soudain anxieux : l'engagement d'Houria dans le réseau Wassila n'allait-il pas poser un problème ?

*

Dans le courant de l'après-midi et aussi le lendemain matin, Antoine croisa à plusieurs reprises Houria au siège d'Air Mag, mais il n'eut pas l'occasion de se retrouver seul avec elle. Il se contenta de lui faire entre deux portes un petit clin d'œil et de lever le pouce en signe de victoire. Comme elle était au courant de son déjeuner avec Bradley, il pensa qu'elle avait compris le message. Il ne lui restait qu'à attendre avec impatience la soirée qu'ils avaient prévu de passer ensemble le mercredi soir pour lui annoncer ces bonnes nouvelles – des nouvelles d'autant plus réjouissantes que Bradley avait passé la tête dans son bureau le mercredi en fin de matinée :

— Antoine, je viens de voir Daoud. Il est d'accord pour nous détacher aussi longtemps que nécessaire Houria. Il sait qu'elle est compétente et pense que c'est effectivement une bonne idée de l'intégrer à votre équipe. Un gage de succès, m'a-t-il dit ! Vous pouvez donc l'en informer. Daoud se chargera lui de prévenir la DRH, sa patronne.

Le soir venu, c'est un Antoine très joyeux qui, comme d'habitude, attendait dans le lobby d'El Djazair la venue de son égérie. Si l'argent n'était pas sa motivation de base, il était en revanche ambitieux : cet élargissement de ses fonctions, cette augmentation de ses responsabilités l'excitaient au plus haut point. Il fredonnait inconsciemment son air fétiche : « La marche des trompettes » d'*Aïda* ! Et il se réjouissait d'avance en pensant à la joie d'Houria quand elle apprendrait qu'il resterait à Alger durant au moins deux ans, qu'il allait s'installer dans un appartement et surtout qu'elle intégrerait son équipe d'ici la fin du mois ! Que peut-elle rêver de plus, se disait-il en bon macho !

La belle arriva avec de nouveau un quart d'heure de retard, ayant une fois de plus rencontré des embouteillages. Elle était comme toujours ravissante : vêtue d'un haut et d'un pantalon noirs où se détachaient ses bijoux berbères, un collier et une broche en or que lui avait offerts Antoine… et des bagues à tous ses doigts. Plus que jamais, elle lui faisait penser à une divinité barbare. Elle lui sauta au cou sans plus aucune pudeur :

— Alors, *habibi*, je devine que tu as de bonnes nouvelles à m'annoncer ! Je l'ai compris à ton petit signe hier et je le devine à ta mine réjouie !

Antoine la serra dans ses bras :

— Quelle perspicacité ! Oui, mon amour, que des bonnes nouvelles ! La première : je t'emmène dîner au Taj Mahal pour fêter cela !

— Au Taj Mahal ? Tu es fou ! J'ai toujours rêvé d'y aller… Pas dans mes moyens !

— On va se faire une soirée maharajah, une soirée princière pour fêter toutes les bonnes nouvelles que je vais t'annoncer…

Elle se mit à rire, de ce rire de gorge si sensuel qui à chaque fois excitait le garçon. S'en rendait-elle compte ? En jouait-elle ou était-ce naturel ? Elle se pencha en avant, découvrant involontairement le début de la vallée entre ses deux seins, ce qui accrut le désir d'Antoine.

Elle secoua la tête de façon négative en souriant :

— *La, habibi*[1], tu n'es pas un maharajah, même en m'emmenant au Taj Mahal ! Tu es pour moi, mon émir[2]… mon émir des *Mille et Une Nuits* !

Et elle ajouta en riant encore plus :

— Des *Mille et Une nuits* d'El Djazair !

Elle redevint sérieuse et se redressa :

— Mais dis-moi, quelles sont tes bonnes nouvelles ?

— Je te raconterai tout à table. Partons vite au Taj Mahal !

De l'ensemble des informations qu'Antoine lui livra en début de repas, deux lui causèrent une grande joie : le maintien de son homme à Alger pour au moins deux ans, ce qui assurait une certaine pérennité à leurs amours, et son propre détachement dans la nouvelle

1. *La, habibi* : non, mon chéri.

2. Émir : titre honorifique donné jadis à des princes ou des chefs militaires. D'où vient le mot « amiral » : *Emir al-bahr*, le chef de la mer !

équipe d'EBC. L'installation d'Antoine dans un appartement ne parut guère l'intéresser et l'amena même à décréter tout de suite qu'elle ne pourrait pas venir l'habiter. Pas question vis-à-vis de sa famille, de ses proches, de partager le domicile d'un homme sans être mariée ! Quant à l'évolution des émoluments d'Antoine, ce dernier ne l'avait pas évoquée, ne voulant pas se vanter ni écraser de son argent la femme qu'il aimait. Le sujet d'ailleurs n'intéressait guère une Houria tout à son bonheur à l'idée de travailler avec lui, de vivre son amour ! Il ne lui avait pas dit non plus qu'il comptait bien l'augmenter généreusement quand il serait devenu le patron du nouveau EBC Algérie et maître des finances de ce cabinet !

L'avenir leur semblait à tous deux radieux. Ils oubliaient que la vie n'est jamais un long fleuve tranquille, pour reprendre une citation chère à Antoine, et surtout que la parole d'Allah est droite, mais qu'elle s'écrit en lettres courbes !

28

Audaces fortuna juvat[1]

Mai 2019

Cette période de mai à septembre fut sans conteste la plus passionnante, la plus difficile, la plus *successfull* qu'Antoine connut en Algérie. Bradley lui avait confié d'importantes responsabilités, mais c'était un challenge délicat à relever : en partant de rien, il allait lui falloir se faire accepter par des clients algériens qu'il ne connaissait pas, bâtir ensuite de toutes pièces une équipe dans un pays où il ne devait pas y avoir pléthore de consultants, réussir enfin les missions d'audit. *Last but not least* : préparer de surcroît le développement futur du cabinet. Le tout dans un contexte politique algérien pour le moins incertain… et changeant !

Mais Antoine avait compris qu'il tenait la chance de sa vie et que son rêve d'aventures, sa volonté de sortir des chemins tout tracés de son milieu allaient pouvoir se réaliser. À lui de relever le défi !

Houria de son côté était transportée de bonheur en sachant son homme fixé en Algérie pour deux ans. Elle comptait bien d'ici-là avoir noué des liens suffisamment forts avec lui pour pérenniser d'une façon ou

1. *Audaces fortuna juvat* : la fortune sourit aux audacieux.

d'une autre leur relation. La perspective de travailler ensemble l'enchantait, comme l'intérêt des missions prévues. Antoine l'avait cependant prévenue des hostilités de Daoud à l'égard du *hirak* et mise en garde sur une participation trop voyante, tant à son groupe Wassila qu'aux manifestations de rue. Elle avait compris le message, s'était engagée à être prudente, mais avait refusé de cesser son activité militante. Antoine, sans oser le lui dire, en avait été contrarié et inquiet.

Huit jours après le déjeuner du Sofitel, une réunion formelle fut organisée pour lancer l'opération par Daoud et Bradley. Antoine avait été convié ainsi que les dirigeants des deux sociétés concernées par la nouvelle mission – l'affaire de transports les Routiers d'Algérie et la compagnie de taxis les Taxis verts. Antoine, dès le début des échanges, eut le sentiment que ces cadres n'étaient pas particulièrement enthousiastes à l'idée d'être audités par des consultants dirigés par un Français, ce qui n'augurait pas d'un accueil agréable de l'équipe d'EBC et du succès de l'opération ! Daoud était à l'évidence le grand manitou qui avait tout pensé, tout organisé, tout décidé. Ce fut lui aussi qui, au cours de la réunion, décréta que les frais de recrutement qu'EBC allait devoir engager pour trouver des consultants nécessaires à l'opération seraient pris en charge par la holding détenant les participations des deux affaires, dont il était le président.

Antoine nota que Bradley, contrairement à son habitude, observait une réserve prudente, se contentant de demander quelques précisions ou de répondre aux questions posées. Il en conclut que le dossier était très politique et s'en inquiéta. Un accord général fut conclu en fin de réunion : l'équipe d'EBC fut autorisée à lancer les recrutements à partir du jeudi 2 mai.

Bradley repartit en France le samedi 27 avril et Antoine, dès le lundi 29, commença à préparer son plan d'action. Mais auparavant, il profita d'un dernier week-end de liberté pour se détendre avec Houria : le temps était déjà presque estival et ils purent aller à la plage, se baigner ensemble, rester étendus au soleil… et le soir, s'aimer longuement. La perspective de travailler ensemble et d'avoir environ deux ans de vie commune assurés les enchantait. Cela rendait leur bonheur, si l'on peut dire, plus léger. Et avec l'insouciance heureuse de la jeunesse, ils étaient convaincus de la réussite de leurs actions futures.

Les jours suivants devaient être chargés – organisation du suivi de la mise en place des recommandations d'EBC chez Air Maghreb, recherche d'un appartement pour Antoine, prise de rendez-vous avec les dirigeants des Routiers d'Algérie et des Taxis verts, sélection d'un chasseur de têtes pour le recrutement des consultants…

Cependant, la religion d'Houria, malgré sa discrétion dans sa pratique, vint se rappeler à Antoine : le 5 mai, les autorités musulmanes annoncèrent le début du ramadan. Du lever au coucher du soleil, la belle Kabyle ne devait ni boire ni manger. Il lui était aussi interdit d'avoir des rapports sexuels au cours de la journée. En revanche, durant la période des règles, les femmes étaient dispensées du jeûne à condition d'opérer un rattrapage des jours de jeûne manqués à la fin du mois de ramadan.

Antoine comprit immédiatement que sa compagne allait appliquer de façon stricte les prescriptions coraniques. Il ne s'agissait pas de rigoler ! D'ailleurs, en y réfléchissant, ses propres arrière-grands-parents pratiquaient un carême rigoureux et faisaient maigre tous les vendredis ! C'était peut-être l'Occident, après tout, qui était décadent, oubliant ses traditions !

Deux jours plus tard, comme il passait à proximité de cette église catholique où il s'était déjà rendu, il éprouva le besoin d'y retourner. Le sanctuaire, en ce début d'après-midi, était vide. Il s'installa dans le fond et s'assit, éprouvant un sentiment d'apaisement, immobile, au calme, laissant libre cours à ses pensées. Il n'aurait su dire s'il s'agissait d'une sorte de vagabondage intellectuel ou d'une espèce de prière très éloignée des formules toutes faites de son enfance où l'on récitait des *Pater* et des *Ave*. Il pensait à ce Dieu commun aux juifs, aux musulmans, aux chrétiens, lui demandant de donner de la tolérance et de la bienveillance aux religions des uns et des autres. Ces haines religieuses lui semblaient absurdes. Houria priait dans son contexte culturel, sa famille et lui-même dans le leur. C'était respectable. Pourquoi tant d'hostilité, pourquoi si souvent de la violence ? Antoine, qui était peu porté sur la métaphysique, ne prenait pas en compte la foi des croyants, ne voyant que leur pratique. Chrétiens et musulmans s'opposaient sur les dogmes de leur religion – la divinité du Christ et sa résurrection pour les uns, la prééminence du Prophète pour les autres. Des oppositions inconciliables. À cela s'ajoutait l'activisme de chacun : la volonté d'évangélisation des chrétiens, le prosélytisme actif des musulmans d'aujourd'hui… Cela rendait difficile la bienveillance mutuelle dont rêvait Antoine ! Concernant sa chérie et lui-même, il pria pour que chacun ait la force de respecter les rites formels de leur religion. N'avaient-ils pas tous les deux, catholique et musulmane, le même Dieu qu'ils appelaient Père ? se disait-il en évoquant le début du *Pater*…

Il resta un bon moment sur son prie-Dieu, heureux, confiant dans les capacités d'Houria et de lui-même à dépasser le formalisme de leur religion. C'était surtout à lui, songeait-il, de faire l'effort de surmonter sa légère condescendance d'Occidental à l'égard de cette religion moyen-orientale et de ses pratiques formalistes. Lesquelles, lors de ce ramadan, s'avérèrent plus faciles qu'il ne pouvait le craindre. Par chance, les règles d'Houria coïncidèrent pile-poil avec le début du ramadan, la dispensant de jeûne pour la première semaine – ce qui laissa un peu de temps à Antoine pour s'adapter. Il prit l'habitude de se rendre seul, discrètement à midi, dans un petit restaurant européen où il prenait un plat léger qui lui permettait de tenir jusqu'au soir… et de ne pas choquer son environnement musulman. À la tombée de la nuit, il faisait bombance avec sa belle – ce qui avait un côté festif ! Après, ils avaient le droit de faire l'amour… et ne s'en privaient pas ! Il devait étonnamment garder un excellent souvenir de ce premier ramadan partagé avec Houria.

Autre effet induit de ce carême musulman, l'évolution de sa propre pratique religieuse. Devant la ferveur de sa douce, il eut un peu honte de sa propre tiédeur et prit la résolution de retourner dorénavant tous les dimanches à la messe. Une démarche qu'une Houria fine mouche constata et dont elle s'amusa.

29

Business et politique

Mai – juin 2019

Malgré la fatigue occasionnée par le ramadan, Houria suivait avec énergie tous les dossiers. Elle avait déjà présélectionné trois cabinets de chasseurs de têtes et aidait par ailleurs Antoine dans sa recherche immobilière.

Tout semblait aller dans le bon sens, même si des difficultés pouvaient survenir : Antoine eut un certain mal à obtenir un rendez-vous avec l'entreprise de taxis oranaise. En revanche, le contact avec l'affaire de transports à Alger s'avéra peu chaleureux mais professionnel et efficace. Antoine et Houria purent arrêter un plan de travail avec les principaux collaborateurs, leur permettant de préciser le profil des consultants dont ils auraient besoin en septembre pour débuter la mission.

Ne réussissant pas à rencontrer le patron des taxis oranais, ils finirent par avoir recours à Daoud qui leur obtint un rendez-vous début juin. Après avoir soulevé tous les prétextes possibles pour ne pas voir Antoine ni travailler avec l'équipe d'EBC, le dirigeant des Taxis verts accepta à contrecœur de les recevoir. Oran devait apporter à Antoine une surprise…

Les deux tourtereaux s'étaient donc rendus dans la grande et belle ville de l'ouest algérien, surnommée d'ailleurs la Radieuse. Ils descendirent au Méridien Oran Hôtel et s'octroyèrent une journée de vacances avant de passer aux choses sérieuses, pour ne pas dire difficiles. Profitant de cette parenthèse de liberté, ils visitèrent le fort de Santa Cruz, la mosquée Hassan Pacha… Un tourisme au pas de course où la culture d'Houria épata Antoine. Il découvrait une facette de plus de la personnalité de son amie : elle connaissait tout du passé de la ville et de l'histoire de ses monuments… une vraie encyclopédie !

Ils terminèrent la soirée dans un bistro de fruits de mer, avant de passer la nuit dans les bras l'un de l'autre. Un petit voyage de noces, se dit Antoine, de plus en plus épris de sa Kabyle… d'autant que le test de cette escapade à deux se révéla très positif : ils s'entendaient parfaitement. Houria était une merveilleuse partenaire dans tous les domaines, mais Antoine, qui avait au fond un côté un peu macho, appréciait la préséance qu'une Houria de culture musulmane accordait instinctivement à l'homme. Il n'en était pas vraiment conscient mais leur relation lui paraissait parfaite.

Comme le lui avait souvent dit son grand-père, la vie n'est pas une éternelle partie de *pinochard*[1] : les choses sérieuses devaient commencer le lendemain matin. Ils se rendirent tous deux un peu inquiets au siège de la compagnie de taxis. Le patron, un certain Ali Taraoui, les fit attendre une heure – ce qui n'était pas très bon signe… Et effectivement, quand ils furent introduits dans le bureau directorial, l'homme n'offrit pas un visage véritablement accueillant. Et

1. Pinochard : poker en vieil argot français.

c'est là que la magie d'Houria opéra. À l'étonnement d'Antoine, elle engagea la conversation en arabe avant qu'il n'eût lui-même le temps de placer un mot – ce qui au début l'irrita. En tant que patron et surtout en tant qu'homme, il lui paraissait évident qu'il lui revenait d'attaquer la conversation. A fortiori en pays arabe ! Mais il n'eut pas d'autre choix que d'assister au spectacle d'une Houria très différente, véritablement déchaînée, sortant le grand jeu. Elle était incroyable ! Elle riait, agitait les mains, battait des cils tout en parlant de façon volubile. Elle était à la fois drôle et très séduisante. Le client la regarda d'abord fasciné, peut-être choqué, avant de ne pouvoir s'empêcher de sourire puis de rire et d'échanger gaiement avec elle. La glace étant rompue, elle se tourna vers Antoine avec la mine contrite et le ton convenu d'une collaboratrice en faute :

— Excusez-moi, monsieur, j'évoquais avec M. Taraoui des souvenirs amusants de sa ville où mon père m'avait emmenée adolescente et des mésaventures qui m'étaient alors arrivées ! Et j'ai oublié que vous ne parliez pas notre langue…

Antoine, magnanime, ne put s'empêcher de sourire, admirant la prestation d'Houria qui avait désarmé le client. La suite de l'entretien se passa bien. Antoine découvrit que cet Ali Taraoui était plutôt un brave type, qui ne souhaitait pas que des gens extérieurs fouillent dans son affaire. Mais le bon climat créé par les collaborateurs d'EBC l'avait détendu et amené à mieux comprendre que leur mission pourrait rendre son entreprise plus efficace. Ces deux jeunes allaient travailler à mieux organiser les structures et les procédures à partir de septembre… et en aucun cas poser des questions indiscrètes sur la gestion financière de la société ! Il était évident que le monsieur travaillait en partie au noir et trichait dans les comptes rendus qu'il envoyait au groupe de Daoud, actionnaire minoritaire de son affaire. Antoine avait assez vite perçu ses craintes et l'avait rassuré à demi-mot : le *black* ne l'intéressait pas !

Ils travaillèrent sérieusement tous les trois durant la matinée. Taraoui, content de ce contact qu'il avait beaucoup redouté, les invita à déjeuner et après un excellent repas, ils se quittèrent bons amis.

Dans les quinze jours qui suivirent, les principales questions qui se posaient purent être réglées. Ils proposèrent à Daoud un budget qui fut accepté. Houria, après avoir sélectionné trois chasseurs de têtes, en retint un qu'Antoine jugea efficace et comprenant bien leur problématique. Le cabinet assura être capable de trouver cinq consultants ayant le bon profil d'ici septembre.

Enfin, l'agence immobilière que lui avait recommandée son ami Djebbari proposa vite à Antoine un studio d'une trentaine de mètres carrés. Il n'avait pas la vue espérée sur la baie d'Alger mais il était situé dans un quartier agréable et donnait sur les arbres du parc de la Liberté – l'ancien parc de Galland des Français. Le loyer était raisonnable et Antoine, enchanté, signa. Il s'installa rapidement, l'appartement étant libre. Houria le trouva bien, l'aida à le meubler et à le décorer. Cependant, malgré les pressions d'Antoine, elle persista dans son refus de venir s'y installer, s'engageant toutefois à venir y dormir parfois les week-ends.

Tout baigne, se disait Antoine un peu présomptueux, à qui il restait cependant à rompre définitivement avec Sophie. Il avait du mal à le faire, ce qui n'était pas très élégant de sa part. Il avait espacé les appels, ne lui téléphonait plus qu'une fois par semaine. C'est elle qui mit un point final à leur relation en lui annonçant qu'elle avait quelqu'un d'autre dans sa vie. Il fut à la fois soulagé et au fond de lui un peu vexé : il n'appréciait pas d'être largué ! Mais comme il filait le parfait amour avec Houria, il oublia vite cette petite blessure narcissique !

*

Alors que nos deux jeunes se lançaient avec enthousiasme et efficacité dans leur mission, la tourmente politique s'amplifia, secouant la société algérienne. Un vent de contestation balayait les caciques de l'ancien régime, vent que les autorités s'efforçaient de contenir ou de canaliser.

Le 9 avril 2019, Abdelkader Bensalah avait donc été désigné comme chef d'État par intérim, en charge d'organiser une élection présidentielle dans un délai de quatre-vingt-dix jours. Mais cette nomination fut aussitôt contestée par la rue, ce qui provoqua des interventions musclées de la police. Le pouvoir aux abois, voulant quand même donner des gages aux contestataires, multiplia les arrestations d'anciens membres du régime Bouteflika : Saïd, le frère, et plusieurs proches furent écroués, comme les responsables des services de renseignement… tandis que Bensalah procédait lui à de nombreux limogeages de hauts responsables de l'administration, dont les procureurs d'Alger ! Une exigence des manifestants, pour beaucoup des étudiants qui voulaient la mise en place d'institutions démocratiques. Cette épuration ne suffit cependant pas à calmer le jeu.

Par ailleurs, le 19 juin, le chef de l'armée exhorta la population à ne pas hisser le drapeau kabyle et, dès le

23, des manifestants furent placés en détention pour avoir passé outre cette injonction, risquant dix ans de prison. Les mouvements de rue continuant, le 28 juin, un fort dispositif fut déployé, comprenant des canons à eau et des bulldozers anti-barricades. La répression montait en puissance face à la contestation. Et le 9 juillet, Abdelkader Bensalah démissionna de la présidence, ouvrant la voie à de nouvelles élections présidentielles. Malgré tout, les manifestants, contestant ce processus électoral qui ne permettait pas à leurs yeux des élections libres et équitables, continuèrent à s'y opposer et à appeler à la mise en place d'une véritable transition démocratique avant toute consultation électorale.

Durant cette période d'intense et confuse agitation politique, Houria, durement chapitrée par Antoine et prise par sa mission, se limita à participer avec prudence chaque vendredi aux manifestations. Elle avait sans doute été traumatisée par cette journée du 29 mars où elle avait été agressée par des islamistes et s'inquiétait beaucoup pour son père qu'elle trouvait imprudent. Il s'affichait avec les militants kabyles et avait manqué le 23 juin de se faire arrêter avec ceux qui brandissaient des drapeaux berbères. Mais il ne voulait pas écouter les sages conseils de sa fille, considérant qu'il était de son devoir de promouvoir l'identité de sa province et d'aller vers son autonomie. Il ne se rendait pas compte qu'il faisait également courir des risques à sa fille ! Le régime policier algérien fichait tous les membres de la famille des militants berbères : de dangereux sécessionnistes…

Un incident contraria également Houria durant cette période heureuse – la rencontre imprévue avec son frère Djilali. Comme elle se rendait à la mosquée pour la prière du vendredi, elle tomba sur lui. Elle mit un instant à reconnaître son petit frère, jadis charmant, dans ce barbu enveloppé dans une djellaba sombre, qui l'aborda, hostile, et commença à lui reprocher son mode de vie, ses fréquentations, son travail, devenant même agressif. Toute discussion sensée s'avérant impossible, elle s'éloigna rapidement et gagna la mosquée où elle retrouva son imam auprès duquel elle se réfugia. Djilali n'insista pas et s'éloigna en proférant des menaces.

Elle relata le soir venu cette rencontre déplaisante à Antoine, lequel comprit combien le chemin que suivait Houria était difficile – être fidèle à sa religion, vivre sa vie de femme moderne et gérer l'extrémisme de certains membres de sa communauté ou de sa famille. La condition de la femme d'affaires dans les pays d'Islam n'était pas simple !

Quatrième partie

Coup de tonnerre dans un ciel bleu

30

Rencontres familiales

Juin – juillet 2019

Houria avait souhaité qu'Antoine fît la connaissance de son père. Elle voulait rapprocher les deux hommes de sa vie, peut-être espérait-elle aussi que son amant français, au regard extérieur, saurait donner de sages conseils de prudence au militant kabyle.

La rencontre eut lieu lors d'un repas à la mi-juin dans un restaurant de Bab el-Oued. Elle ne fut pas un succès. Antoine avait retenu trois couverts chez Mustapha, un bistro sympa et branché. Kahled, le père d'Houria, bien qu'ancien enseignant et financièrement à l'aise, était resté un homme simple, le docker de ses débuts à Marseille. Dès son arrivée, Antoine le sentit peu à l'aise dans le décor trop luxueux de l'établissement. Cela ne facilita pas leur relation. Houria avait vanté à Antoine le physique de son père et on devinait effectivement, à la régularité de ses traits, à ses yeux bleus, qu'il avait dû être un bel homme. Mais les ans, les chagrins, les soucis l'avaient marqué. La chevelure auburn de jadis avait disparu au profit d'une calvitie prononcée. Ses traits s'étaient affaissés et sa peau avait pris une teinte grisâtre. Tel que, il semblait fatigué. Un vieil ouvrier un peu las, se dit Antoine. Il s'en voulut aussitôt de ce réflexe de classe. Mais il était déçu : la distinction naturelle d'Houria, son port, sa façon de se coiffer, de s'habiller, son style moderne et fonctionnel au bureau, élégante et désirable à la ville, son français toujours châtié lui avaient fait idéaliser son géniteur. Il avait inconsciemment imaginé un bel intellectuel engagé, au physique proche de celui de sa fille… et il trouvait devant lui un type usé, mal rasé, un Maghrébin fatigué et qui plus est radotant. Durant tout le repas, le vieux Kabyle avait rabâché des slogans éculés sur l'indépendance de sa région. Antoine tenta d'évoquer l'exemple de la Catalogne, de l'Écosse, pour lui montrer que les processus de sécession étaient toujours longs, dangereux et qu'ils le seraient particulièrement en Algérie : face à des militaires qui s'étaient battus pour l'indépendance et avaient refusé toute partition, face à un régime policier, les simples et braves autonomistes kabyles faisaient figure de traîtres et couraient les plus grands risques… pour eux, mais aussi pour leurs proches !

Mais le vieux militant ne voulait rien entendre et, devant une Houria catastrophée, les deux hommes développèrent un dialogue de sourds… et se quittèrent fraîchement.

Cet épisode perturba Antoine. Il avait envisagé de faire sa vie avec Houria, l'envisageait toujours. Le fait qu'elle soit musulmane et pratiquante posait déjà un problème à un chrétien même peu engagé. La découverte de ses origines familiales, de la simplicité de son milieu en soulevait d'autres ! Une union sur des bases si différentes serait-elle viable ? Il ne pouvait en parler bien sûr à Houria, mais il devinait qu'elle-même avait aussi été troublée par cette rencontre ratée.

*

Ce mois de juin devait être fertile en événements. Le dimanche 23 au soir, Philippe, le grand-père d'Antoine, lui téléphona pour lui annoncer qu'il allait venir le voir à Alger et y passer quelques jours. Il envisageait aussi de faire éventuellement un saut à Aïn el Bab où était jadis basé son poste militaire. Ses nombreux échanges avec Antoine lui avaient peu à peu donné une forte nostalgie de ce pays et de ses lointaines années de jeunesse, du temps où il était officier de cavalerie. Il comptait arriver le samedi 13 juillet, voulant éviter les manifestations du vendredi dont il était au courant. Antoine était ravi et amusé : son grand-père avait tout prévu ! Il avait réservé une chambre à El Djazair, qu'il avait connu du temps où on l'appelait l'hôtel Saint-Georges. Il avait même pensé à se commander un taxi à l'arrivée. Antoine lui dit qu'il risquait de se faire arnaquer et lui suggéra d'emprunter les services d'Ali, ce qu'il accepta. Ils se mirent d'accord pour déjeuner ensemble le jour même, Antoine ayant voulu garder sa soirée du samedi avec Houria ! Comme le garçon lui demandait pourquoi il venait seul, il perçut dans le téléphone une hésitation, une note de tristesse quand son grand-père lui répondit :

— Oui, j'aurais aimé que ta grand-mère m'accompagne. Elle a refusé en invoquant son âge et sa fatigue, surtout à cette période de l'année où il fait très chaud en Algérie.

Il resta silencieux un instant avant de reprendre :

— Je crois qu'en fait c'est un prétexte. Ta grand-mère était pied-noir, elle est née à Alger et y a été élevée. Sa famille était en Algérie depuis trois générations. Son père, comme tu le sais, était officier dans la Légion étrangère et a été tué en opération. Elle a connu la fin de l'Algérie française, l'exode en France.

Je pense qu'elle n'a pas eu envie de revivre tout cela. Pas envie non plus de voir son cher Alger, si je puis dire, dégradé aux mains des Arabes…

Antoine le coupa :

— Dégradé, le mot est excessif ! Alger est une jolie ville et les Algériens ont aussi fait de belles choses !

— Oui, tu as certainement raison… Mais je pense qu'elle ne le voit pas comme cela. J'aurais souhaité qu'elle m'accompagne car, sans trahir nos secrets, Alger, c'est la ville où nous nous sommes connus… et aimés ! Mais je respecte son choix et le comprends. En tout cas, merci de m'accueillir et de me servir de guide dans cette ville qui a dû bien changer en près de soixante ans !

Les retrouvailles du grand-père et du petit-fils furent extrêmement chaleureuses, même émouvantes. Antoine attendait dans le lobby d'El Djazair l'arrivée de Philippe et, quand il le vit, il se précipita pour l'embrasser. Il fut à nouveau frappé de le trouver d'une apparence très jeune pour ses quatre-vingt-trois ans. Il tenait une forme étonnante pour quelqu'un qui venait de faire un long voyage. Il se demanda si le fait de se retrouver sur les lieux de son passé ne le dopait pas ! Il en eut vite la confirmation en l'entendant s'écrier :

— C'est étonnant de voir cet aéroport Houari-Boumédiène ultramoderne ! Lors de mon premier séjour en Algérie, quand j'étais simple seconde *pompe*[1] au camp du Lido, j'ai fait partie du piquet d'honneur qui a présenté les armes au départ de je ne sais plus quel général en chef qui quittait définitivement l'Algérie. Cela devait être en janvier ou février 1961. Mais tout à l'heure, en sortant de l'avion, j'avais l'impression

1. Seconde pompe : seconde classe en argot militaire.

que c'était hier, même si les installations de l'aéroport actuel n'ont plus rien à voir avec celles de l'ancien !

Ce fut ainsi pendant toute la première semaine que passa le grand-père d'Antoine à Alger. Ce dernier, en dehors des heures de bureau, l'accompagna partout dans ce pèlerinage à la saveur douce-amère. Ils refirent ensemble le parcours des hauts lieux de l'Algérie française : le palais du Gouvernement, le café Otomatic, le tunnel des Facultés, la rue d'Isly, la Grande Poste, Bab el-Oued, la Casbah, etc. À chaque station de ce chemin de croix si sensible et douloureux pour Philippe, le grand-père évoquait ses souvenirs pour le petit-fils, lui faisant un cours d'histoire tout en essayant d'être honnête et lucide sur le déroulement des événements qui conduisirent à l'indépendance de la plus belle colonie française. Philippe ne remettait pas en cause la volonté du général de Gaulle de partir de l'Algérie. Il lui reprochait d'avoir menti aux pieds-noirs et surtout d'avoir très mal géré le départ de la France. Se trouvant un soir place du Gouvernement, il s'emballa :

— Je ne critique pas le général d'avoir donné l'indépendance aux Algériens : c'était sage et inéluctable... Mais nous sommes dramatiquement mal partis ! De Gaulle avait signé les accords d'Évian avec le FLN mais, dès les premiers jours, ils ne furent ni appliqués ni respectés ! Nous avions gagné la guerre sur le terrain et nous sommes partis comme des rats, la queue entre les pattes, abandonnant à la vindicte du FLN les pieds-noirs qui ont dû fuir et les harkis qui ont été massacrés, sauf ceux que nous avons ramenés en métropole ! Une tache indélébile dans l'histoire de la France !

— Je sais, bon-papa... murmura Antoine d'un ton conciliant, et pour qui tout cela était maintenant de l'histoire ancienne et qui avait appris à aimer l'Algérie nouvelle. Philippe le comprit et n'insista pas, gardant pour lui sa rancœur, avec un peu de tristesse.

Il connut une autre déconvenue : comme il l'avait annoncé au téléphone à son petit-fils, il comptait se rendre à Aïn el Bab, un gros douar au pied de l'Ouarsenis, cette chaîne de montagnes au sud-est d'Alger. Il y avait passé un an en 1960 comme sous-lieutenant à la tête d'une harka puis du commando de chasse du régiment. Son poste dominait le douar et servait de base aux opérations qu'il menait dans l'Ouarsenis. En dehors de faire la guerre, il gérait la population locale – plus de deux mille personnes ! Il rendait la justice, scolarisait les enfants, soignait les malades… Il avait beaucoup aimé ce côté humanitaire de sa mission. Comme il n'avait rien à se reprocher, ayant interdit à ses hommes tout acte répréhensible, il pensait pouvoir revoir ces lieux sans connaître de problème… ce en quoi il se trompait sans doute !

Au cours d'un dîner où Antoine lui avait fait rencontrer Djebbari, l'homme d'affaires algérien lui avait vivement déconseillé cette expédition :

— Soixante ans ont passé, mais les plaies restent vives… Vous savez, il suffirait qu'un excité, un islamiste antifrançais vous repère et il pourrait monter la population contre vous… Ne prenez pas ce risque inutile…

Philippe avait écouté à contrecœur ce sage conseil mais avait été choqué quand Djebbari, voulant illustrer son propos, avait ajouté :

— C'est un peu comme si un officier allemand avait voulu, après la Seconde Guerre mondiale, venir voir la petite ville française qu'il aurait occupée avec ses troupes. Il aurait probablement été mal reçu.

Philippe n'avait rien dit, trouvant la comparaison odieuse, mais il avait retenu la leçon et décidé de renoncer à son projet.

*

Comme le séjour de son grand-père approchait de sa fin, Antoine voulut lui présenter Houria, même si au fond de lui il redoutait un jugement négatif sur sa Kabyle chérie. Il avait renforcé au cours des derniers mois des liens forts avec Philippe, lui écrivant souvent, lui téléphonant parfois. Ce sage aïeul lui apportait écoute et conseils empreints d'une bienveillance et d'un libéralisme assez rare pour sa génération.

Antoine organisa un dîner au restaurant d'El Djazair le samedi 27 juillet, veille du départ de son grand-père pour la France. Le repas fut une réussite. Philippe, ayant toujours aimé les femmes, tomba sous le charme de la belle Houria. Elle s'était habillée d'une robe noire très décente, et avait limité le nombre de bijoux. Elle aurait eu un look très BCBG, s'était dit Antoine en la voyant arriver, n'eût été ses yeux bleu violet, cet indigo étonnant, et sa chevelure flamboyante. Telle que, elle était très belle… et Philippe fut totalement séduit ! D'autant que, fine mouche, elle sut faire preuve de réserve et d'éducation tout en répondant avec habileté aux questions qu'il lui posait. Elle réussit à montrer son intelligence, sa culture, sans en faire trop. Et bien sûr, elle sourit, battit des cils et approuva tout ce que disait le grand-père d'Antoine !

Houria prétexta de la fatigue pour partir tôt et les deux hommes se retrouvèrent seuls à table. Bien qu'ils fussent en terre d'islam, ils réussirent à se faire servir de l'armagnac. Ils restèrent silencieux un moment, tandis que Philippe, pensif, faisait tourner la liqueur dorée dans son verre, portant ce dernier à son nez et le humant, avant de recommencer la manœuvre.

Il sourit à Antoine :

— Elle est étonnante… tant par son physique que son caractère. Une sacrée panthère !

Antoine ne répondit pas, attendant la suite, fixant son grand-père qui, à l'évidence, cherchait ses mots. Il finit par demander à son petit-fils, probablement de façon plus directe qu'il ne l'aurait souhaité :

— Entre vous, c'est une aventure ou c'est du sérieux ?

Antoine n'hésita pas :

— Du sérieux, bon-papa Philippe.

Philippe hocha la tête, restant de nouveau silencieux un bon moment. Il était embarrassé. Il comprenait que son petit-fils ait pu se lever, selon son expression, cette femme exceptionnelle. Il l'admirait même presque, en tant qu'homme et ancien coureur, de l'avoir fait… De là à bâtir une relation peut-être définitive avec une telle femme, c'était une autre affaire ! En oubliant d'abord le contexte social, cette femme pouvait-elle le rendre heureux, serait-elle fidèle à long terme ? Il avait perçu certains signes qui ne trompaient pas : elle était amoureuse d'Antoine, il avait eu l'impression que c'était sincère. Serait-ce durable ? Tant de choses les séparaient : leur nationalité, leur religion, car elle avait évoqué durant le repas son attachement à l'islam et au Coran… Au-delà de cela, à quelques remarques de sa part, quelques allusions, il avait deviné qu'elle appartenait à un milieu plus simple, si éloigné du milieu aristocratique alsacien de son petit-fils. Cela pourrait-il fonctionner entre eux ?

Il se racla la gorge et regarda Antoine dans les yeux :

— Mon petit vieux, je ne vais pas évoquer tous les problèmes, toutes les difficultés qu'une telle relation, si elle devait être définitive, soulèverait. Tu sais ce qu'ont connu ton cousin François et sa femme Soraya. Je pense que, pour toi, ce serait pire : tes parents, ton père surtout, sont beaucoup plus conformistes encore que les parents de ton cousin ! Ta Kabyle, cette magnifique Houria, même avec ses yeux bleus, est plus typée que Soraya. Elle est musulmane pratiquante et elle sort, je crois, si tu me permets l'expression, d'un petit milieu du Djurdjura. Ce qui bien sûr n'est pas honteux, mais à des années-lumière de ton milieu familial. Alors ce n'est pas un chemin facile que tu envisages de prendre si tu veux bâtir avec elle quelque chose de durable.

Antoine le coupa :

— Je sais tout cela, bon-papa, mais je l'aime, je l'ai dans la peau, et c'est réciproque !

De nouveau un silence, avant que Philippe ne reprenne :

— Je te comprends et je comprends aussi que l'on puisse aimer une telle femme. Si tu me demandais mon avis, je te conseillerais, je vous conseillerais à tous les deux la prudence ! Vivez ensemble, soyez heureux, profitez de ce cadeau unique qu'est l'amour, mais ne vous précipitez pas à créer des liens formels entre vous. Laissez du temps au temps, comme disait cette vieille crapule de Mitterrand ! Si au bout de trois, quatre ans de vie commune, et ayant chacun mieux connu l'autre avec ses forces et ses faiblesses, ses qualités et ses défauts, vous constatez que l'alchimie fonctionne toujours entre vous, que vous vous acceptez chacun avec vos personnalités, vos paramètres propres si je puis dire, il sera alors bien temps de vous lier institutionnellement. Tu le sais sans doute, mais je vais te le confirmer. J'ai été longtemps l'amant de ta grand-mère… qui était mariée ! C'est seulement à la mort de son mari que nous avons pu régulariser notre relation devant le maire et le curé. Mais quand nous l'avons fait, après avoir vécu dans le péché, comme disait l'Église, et avoir été très heureux, nous nous sommes engagés en étant sûrs de nous ! Voilà donc mon conseil : aimez-vous, mais sachez attendre. Et de nos jours, avoir une compagne sans être marié, cela ne pose aucun problème.

Antoine sourit, heureux de ce conseil qui rejoignait son analyse. Mais Houria accepterait-elle d'attendre ?

31

L'avenir compromis ?

Juillet – août 2019

Malgré leur charge de travail, Antoine et Houria prirent quinze jours de vacances durant la deuxième quinzaine de juillet. Antoine en avait demandé l'autorisation à Edward Bradley, qui l'avait vivement encouragé à le faire, ignorant bien sûr que la belle Kabyle serait de la partie. L'Américain, tenu au courant de l'avancement de la mission, était enchanté du travail de l'équipe d'EBC Algérie et souhaitait qu'Antoine soit en forme pour attaquer une année qui serait rude, lui avait-il dit.

C'est donc le cœur léger que le couple partit pour la Grèce. Les deux tourtereaux, désireux de filer le parfait amour en toute tranquillité, avaient retenu un bungalow au bord de la mer sur une petite île relativement peu fréquentée par les hordes touristiques. Ils coulèrent des jours merveilleux entre sable, mer et soleil. La patronne du *resort*, une femme d'une quarantaine d'années, une vraie mamma méditerranéenne, attendrie par ce beau couple, leur réserva un accueil chaleureux. Elle parut étonnée quand Houria lui précisa ses interdits alimentaires et la pensa juive. La Kabyle, fière de sa religion, déclara être musulmane. La

Grecque ne fit pas de commentaire mais Houria sentit la femme se fermer : l'hostilité historique des Hellènes vis-à-vis des Turcs musulmans ? Malgré cela, les deux jeunes furent heureux, inconscients des orages qui se levaient, tant en France qu'en Algérie…

Ils regagnèrent Alger le mercredi 31 juillet, Houria couleur de pain d'épice, Antoine avec sa peau de blond rougie au soleil. Il avait l'air d'un Anglais, ce qui faisait rire sa compagne. Elle le taquinait gentiment dans un anglais scolaire :

— *Habibi, you look like a lobster!*

Et lui de répondre, mi-figue, mi-raisin :

— *Habiba*, avec ton accent maghrébin et ton bronzage, tu ferais mieux d'éviter la langue de Shakespeare et de te cantonner au français, à l'arabe et même au tamazight !

Elle riait en le bourrant de coups de poing :

— Snob ! Raciste !

Ils reprirent le travail le jeudi 1er août et furent contents d'apprendre que le chasseur de têtes avait bien avancé, sélectionnant une dizaine de candidats pouvant éventuellement faire l'affaire et les contactant. Comme EBC Algérie avait besoin de quatre consultants, Antoine se montra optimiste, convaincu de trouver son bonheur dans le choix du chasseur.

Dès le vendredi 2 août, Houria avait été à la mosquée, la pratique religieuse lui ayant manqué pendant ces vacances. Elle avait aussi participé aux manifestations du *hirak*. En ce vingt-quatrième vendredi consécutif, la foule restait importante, même si les vacances scolaires et la forte chaleur avaient quand même un peu diminué l'engagement de la population.

Tout semblait donc aller dans le bon sens quand, le jeudi 8 août au soir, on apprit l'arrestation par les pouvoirs publics de Slimane Daoud, le président d'Air Maghreb, et son inculpation pour corruption, blanchiment, etc. Il allait rejoindre en prison la cohorte des dirigeants ayant été proches du clan Bouteflika. Il avait été appréhendé le matin même, alors qu'il s'apprêtait à fuir le pays, ayant été prévenu discrètement par un ami magistrat de son interpellation imminente. Comme le sont souvent les coups politiques, cette opération, menée dans le plus grand secret, était intervenue une veille de week-end : Daoud était populaire, notamment au sein de son univers professionnel où l'on reconnaissait sa compétence, même si beaucoup se doutaient de certaines faiblesses éthiques dans la conduite de ses affaires. Et comme c'était pratique courante à cette époque dans ce milieu, aucun de ses pairs ne le critiquait. On pouvait craindre quelques réactions, il n'y en eut pas.

La disgrâce d'un cacique de l'ancien régime annoncée un jeudi, la veille du vingt-cinquième vendredi de manifestations, était supposée calmer les revendications du *hirak* : cette opération montrait au bon peuple que les dirigeants actuels continuaient à nettoyer les écuries d'Augias. Une nouvelle qui avait fait l'effet d'une bombe au sein d'Air Maghreb, mais également chez EBC Algérie et dans les diverses affaires du groupe pilotées par Daoud, dont les deux sociétés auditées par Antoine. Ce dernier, à la fois dérouté et inquiet, appela immédiatement Edward Bradley. Celui-ci, catastrophé et triste car il avait de l'amitié pour Daoud, décida de venir au plus vite à Alger. Mais il avait des engagements et des contraintes personnelles et ne put débarquer dans la capitale algérienne que le lundi 20 août. Antoine et Houria vécurent donc une douzaine de jours angoissants et incertains. Bradley leur avait prêché la prudence et donné la règle à suivre : *business as usual*[1] ! Plus facile à dire qu'à faire ! Que ce soit au sein d'Air Maghreb ou dans les deux affaires qu'ils devaient auditer, l'ambiance n'était guère au travail. C'était le flottement généralisé, la panne décisionnelle, les bavardages : les spéculations sur le remplacement de Daoud allaient bon train !

Antoine et Houria, démoralisés, se demandaient quel serait l'avenir de leur mission et leur propre sort. Ils durent poursuivre leur travail avec des interlocuteurs peu motivés dans l'immédiat. Ils décidèrent de mettre la pression sur le chasseur de têtes pour avoir au moins trois ou quatre consultants à la fin du mois et être prêts pour démarrer au 1er septembre. Cela semblait possible, malgré l'hésitation perceptible des candidats à rejoindre un cabinet dont le principal client venait d'être privé de son président.

Quand Bradley arriva enfin, ils purent au moins le rassurer sur l'avancement de leur mission. L'Américain était à l'évidence assez choqué par l'éviction de son ami Daoud, dont on était sans nouvelle et qui allait certainement, à l'instar des autres dirigeants proches de Bouteflika, être lourdement condamné à plusieurs années de prison. Bradley sollicita un rendez-vous avec le ministre des Transports, ayant eu dans le passé un bon contact avec lui. On le fit lanterner quelques jours puis il apprit par la presse que le ministre en question venait d'être démis de ses fonctions et remplacé par un haut fonctionnaire, un certain Ahmed Saïdi qui avait autre chose à faire que de recevoir le président d'un petit cabinet de conseil franco-américain. Bradley repartit sans avoir pu rencontrer un quelconque

1. *Business as usual* : les affaires comme d'habitude.

responsable et laissa de nouveau la consigne à Antoine de pratiquer le *business as usual*.

Le dimanche 1er septembre, comme il était convenu, EBC Algérie commença la mission d'audit des Routiers d'Algérie et des Taxis verts. Antoine et Houria avaient décidé d'attaquer le travail seuls. Deux nouveaux consultants débauchés chez Mac Kimmey Algérie devaient les rejoindre dans les quinze jours, un troisième arriverait lui à la fin du mois, ayant un préavis à faire.

La première semaine se passa plutôt bien compte tenu des circonstances, quoique la hiérarchie des deux clients ne parût guère motivée. Daoud leur avait imposé cet audit. La donne ayant changé, leur attitude était compréhensible ! Le bon climat qu'avaient su créer Antoine et Houria avec les patrons de ces affaires permettait quand même d'avancer.

Le mardi 10, on apprenait que le président Daoud venait d'être remplacé par un certain Dhamani – un haut fonctionnaire ayant travaillé dans des entreprises d'État mais connaissant mal le monde de la libre entreprise ou les sociétés d'économie mixte. Antoine et Houria ne le rencontrèrent pas tout de suite mais les anciens collègues de cette dernière chez Air Mag le lui décrivirent comme raide, assez peu aimable et, semblait-il, indécis.

Edward Bradley, informé de cet élément nouveau, décida de revenir à Alger. Il atterrit le 17 et, le jour même, tint une réunion avec Antoine et Houria. Ceux-ci l'informèrent des difficultés croissantes qu'ils rencontraient. Ils se demandaient aussi comment les nouveaux consultants qu'ils venaient d'embaucher allaient être accueillis chez les clients. Ils s'inquiétaient surtout de l'avenir de la mission elle-même ! Bradley décida de prendre les choses en main.

Dès le lendemain, il essaya d'avoir un rendez-vous avec le Dahmani en question… qu'il obtint étonnamment vite. Trois jours plus tard, il était dans le bureau du nouveau président qui le reçut froidement, lui expliquant qu'il ne voyait pas d'intérêt dans ces missions confiées à EBC grâce à une forme de copinage entre Bradley et Daoud. Il remettait en cause sur le fond l'intérêt de cette mission et, sur la forme, l'absence d'appel d'offres dans son attribution. En conclusion, Dahmani demanda à Bradley d'arrêter immédiatement les travaux en cours et de surseoir à toute action en attendant une décision de sa part. Bradley tenta de lui expliquer que la mission était en cours et qu'il était compliqué voire impossible de l'arrêter brutalement. Il souligna que c'était à la demande de son prédécesseur qu'EBC avait engagé des coûts, débauché des cadres qui venaient d'arriver dans l'affaire et devaient commencer leur travail dès la semaine suivante. Dahmani secouait silencieusement la tête, l'air contrarié et agacé, tandis que Bradley tentait de lui expliquer dans quelle situation délicate un arrêt même momentané des opérations en cours allait mettre EBC. L'Algérien finit par lâcher d'un ton cassant :

— Il s'agit d'une pause de quelques semaines ou de quelques mois, le temps de statuer sur la poursuite ou l'arrêt de cette mission.

Bradley s'emporta :

— Mais enfin, monsieur le président, nous avons un contrat signé en bonne et due forme ! Vous devez le respecter. Vous ne pouvez pas le rompre unilatéralement, nous causant un grave préjudice financier !

L'homme haussa les épaules, méprisant :

— Vous avez fait suffisamment d'argent avec votre ami Daoud, lors de votre mission pour Air Maghreb, pour assumer un petit manque à gagner. Vous êtes encore dans une mentalité coloniale où l'on fait « suer le burnous » ! Ce n'est plus l'Algérie française !

Bradley, exaspéré, se leva :

— S'il le faut, j'irai exiger le respect des contrats auprès des tribunaux...

Le haut fonctionnaire esquissa un sourire moqueur :

— Je vous souhaite bonne chance auprès de nos tribunaux !

Bradley se leva et tourna les talons sans serrer la main de cet homme de mauvaise foi. Il eut tort de le dévisager avant de quitter la pièce et de lâcher, blême de colère :

— Vous aurez de mes nouvelles !

L'Algérien eut un méchant rictus :

— Et vous des miennes...

Bradley partit en claquant la porte. Il était brillant mais colérique. Il aurait dû savoir qu'il ne faut jamais humilier les Méditerranéens et a fortiori les Arabes...

32

Fruits amers

Fin août – septembre 2019

La colère retombée, Bradley regagna penaud le petit siège d'EBC Algérie. Il y trouva Antoine qui y travaillait seul. Houria était à Oran, lançant la mission aux Taxis verts. À la mine déconfite de son patron, il comprit que les choses s'étaient envenimées. Bradley, qui était honnête et lucide, lâcha d'entrée de jeu :

— Antoine, j'ai merdé…

Malgré l'inquiétude qu'il éprouvait, le garçon ne put s'empêcher de sourire en entendant la vulgarité franchouillarde de l'expression, prononcée avec un fort accent américain. Cela avait un côté un peu surréaliste mais plutôt sympathique. Il regarda Bradley et leva les sourcils :

— Oui, Ted ?

L'Américain lui résuma l'entretien avec Dahmani et la façon brutale dont il s'était terminé. Il était convaincu que le budget était perdu, ce qui était évident, mais qu'EBC ne pouvait espérer aucun dédommagement pour le travail fait et les frais engagés. Après un temps de silence, il reprit, le visage soucieux :

— En espérant que cette espèce de salopard ne cherchera pas à nous accuser de je ne sais quoi…

par exemple de corruption avec Daoud ou de délit de favoritisme… Ce type est un haut fonctionnaire, idéologue, visiblement antifrançais et même anti-occidental…

Antoine était catastrophé. Il pensait bien sûr à Houria et à lui-même, à cette mission qui les passionnait, à leurs projets d'avenir… Mais au-delà de leur propre cas, il pensait à ces malheureux qu'ils avaient fait démissionner de leurs jobs et qu'il allait falloir licencier d'EBC Algérie…

Bradley dut deviner les pensées de son collaborateur, car il s'écria :

— Quelle que soit l'issue de tout cela, quoi que cela coûte au siège d'EBC, je suis décidé à être correct et à dédommager tous les membres de votre équipe, ou à les reclasser.

Antoine objecta :

— Merci Ted, mais avant de s'avouer vaincus, on ne peut pas tenter une action, que sais-je, judiciaire ou politique ? Pour essayer de sauver la mission avant de fermer boutique…

— Je n'y crois pas beaucoup. Je vais effectivement consulter notre avocat, Me Ahmed Lamri, pour voir les recours possibles. Mais on n'est pas vraiment dans un État de droit !

— Et le ministre des Transports ? Le précédent était très chaleureux !

— Malheureusement, je n'ai eu aucun contact avec l'actuel. J'ai demandé un rendez-vous, en vain.

— On pourrait se faire appuyer par l'ambassade de France ?

— Oui, c'est une bonne idée. Je vais essayer. J'avais rencontré il y a deux ans le conseiller économique et je l'avais trouvé efficace. Je vais le rappeler.

Ces différentes actions s'avérèrent infructueuses. L'avocat leur confirma la solidité de leurs contrats avec Air Maghreb et les deux autres clients. Mais il leur déconseilla toute action judiciaire dans le contexte politique actuel de chasse aux sorcières : EBC était notoirement proche de Daoud, lequel était accusé de corruption, de favoritisme, de transferts de capitaux à l'étranger et autres turpitudes ! Les menaces de Dahmani son successeur n'étaient pas vaines et l'on pouvait reprocher à EBC de s'être fait attribuer des marchés sans appel d'offres. Me Lamri était un professionnel compétent, connaissant bien le monde politique algérien. Bradley considéra qu'il fallait l'écouter et renonça à tout recours.

Appuyé par le conseiller économique de l'ambassade de France, l'Américain finit par obtenir un rendez-vous avec le ministre des Transports. L'homme était au courant du dossier, informé à l'évidence par Dahmani. Il fut froid, courtois mais ferme, défendant la position de ce dernier. Il ne parla pas d'arrêt de la mission mais de suspension de celle-ci pour vérifier l'intérêt de ses objectifs. Bradley tenta d'expliquer qu'EBC Algérie était un petit cabinet sans grands moyens et ne pouvait pas payer ses consultants plusieurs mois à ne rien faire, que tout cela allait le conduire au dépôt de bilan et au licenciement du personnel. Le ministre prit l'air navré et partit dans une longue diatribe contre Daoud qui confiait des missions à des entreprises étrangères sans étude préalable et un appel d'offres où auraient pu concourir des entreprises algériennes moins chères et aussi efficaces.

Après avoir subi pendant trois quarts d'heure la logorrhée ministérielle, Bradley battit en retraite, ayant compris qu'il n'y avait rien à attendre de ce politicien verbeux… ni d'aucun officiel algérien. Il ne restait plus, comme disait Antoine, qu'à fermer boutique.

*

Quand Houria, à son retour d'Oran, apprit de la bouche d'Antoine la situation, elle éclata en sanglots. Le rêve qu'elle avait fait de développer avec lui EBC Algérie, de bâtir une belle affaire de conseil puis un jour de se marier, venait de se briser. Son cœur se serrait aussi en pensant à ces garçons brillants qu'elle avait convaincus de quitter leur entreprise pour rejoindre leur cabinet et connaître une passionnante aventure professionnelle – un vrai challenge, leur avait-elle vendu ! Et il allait falloir les licencier…

Antoine, qui n'était pas habitué à l'émotivité des femmes du Maghreb et encore moins à celle d'Houria, en apparence toujours maîtresse d'elle-même, fut étonné de cette réaction violente. Ils étaient seuls au bureau, et il put la prendre dans ses bras et peu à peu la calmer. Puis il lui prépara un *kawa*[1] et la fit asseoir. Elle prit un mouchoir, essuya ses larmes et esquissa un sourire, un peu honteuse de s'être laissé aller. Ils purent commencer à tirer des plans d'action pour les jours à venir. Tout d'abord, il convenait de rencontrer Bradley et de cerner ses intentions. Antoine lui téléphona à son hôtel et les deux hommes convinrent de se retrouver le lendemain matin pour un petit déjeuner matinal au Sofitel. Dès son arrivée dans la salle à manger, le garçon vit que Bradley avait recouvré son optimisme naturel – ou plutôt son dynamisme, car l'avenir d'EBC Algérie était sombre. Il serra vigoureusement la main

1. *Kawa* : café.

d'Antoine, lui fit servir un café et lui proposa des croissants avant d'attaquer aussitôt, selon son habitude :

— Je voudrais tout de suite vous rassurer : en ce qui vous concerne, je considère que vous avez fourni un travail formidable et vous revenez dès qu'on aura fini ici au sein du groupe. Soit en France, soit dans un autre pays comme le Maroc. Donc pas d'inquiétude à avoir de votre côté. Je tiens à vous !

— Merci, Ted, vous me rassurez effectivement. Mais on parlera de moi plus tard. Je voudrais d'abord évoquer le sort de mes équipes, en priorité celui d'Houria que vous connaissez bien. On ne peut pas la laisser tomber comme une vieille chaussette. C'est une fille remarquable et elle a fait un excellent travail.

Bradley le coupa, un sourire fin aux lèvres :

— Je sais, Antoine, que vous l'appréciez…

Le garçon se demanda si son patron avait compris que la belle Kabyle était sa maîtresse. Il n'en laissa rien paraître et reprit :

— Oui, c'est une femme intelligente, professionnelle et très pragmatique. Elle a en plus un excellent contact.

— C'est le sentiment que j'ai eu. Je vais donc suivre votre recommandation : on la garde et on verra où l'affecter. Elle est mobile ?

— Je le lui demanderai, mais je pense que oui. Elle peut très bien s'adapter en métropole ou au Maroc si vous déployez votre filiale.

Antoine était soulagé. Il lui resterait à convaincre Houria de quitter l'Algérie et de le suivre. Il était sûr d'y arriver. Restait tous les autres :

— Il y a encore une secrétaire. Elle était trilingue arabe, français et anglais. On peut la licencier, elle retrouvera vite du travail. Le seul problème, et il est compliqué, c'est celui des trois consultants que nous venons d'embaucher…

— Vous avez une idée, Antoine ?

— Oui, je pense qu'il faut d'abord les dédommager financièrement. Et si vous en êtes d'accord, payer le chasseur de têtes pour qu'il les aide à retrouver un job. Ce sera coûteux, mais je vous recommande de le faire. On ne peut pas filer à l'anglaise !

Bradley se mit à rire :

— Filer à l'anglaise ! Je reconnais bien l'hostilité héréditaire des Français pour les Britishs !

Antoine rit à son tour :

— Les Anglais sont brillants mais ont toujours été déloyaux. Nous préférons clairement les Américains…

— Merci ! Pour revenir à vos trois consultants, je suis d'accord sur le principe. Avant de finaliser et d'officialiser les décisions, je voudrais savoir ce que cela pourrait nous coûter. OK?

— OK!

*

Les semaines qui suivirent furent malaisées, mais moins qu'on aurait pu le penser. Houria fut triste à l'idée de devoir quitter l'Algérie et le combat du *hirak*, mais elle était prête à suivre Antoine à l'autre bout du monde. Le fait qu'il lui propose, avec l'accord de Bradley, de l'accompagner en France ou au Maroc, lui avait fait chaud au cœur. C'était le signe qu'il tenait vraiment à elle et ne s'apprêtait pas à la laisser tomber. Le signe aussi qu'il serait peut-être prêt à l'épouser à terme, quelle que soit la forme que puisse prendre un mariage entre eux, compte tenu de leurs différences religieuses.

Les trois consultants furent bien sûr catastrophés quand ils apprirent la situation : on leur avait fait abandonner leurs entreprises et miroiter de nouveaux jobs… et ils se retrouvaient le bec dans l'eau. Étant Algériens et connaissant l'équation actuelle du pays, ils n'en voulurent pas à EBC, comprenant que l'entreprise était victime de jeux politiques. Ils appréciaient grandement d'être coachés par le chasseur de têtes qui pensait pouvoir leur trouver rapidement des postes adéquats : une main-d'œuvre qualifiée de ce niveau était rare au Maghreb et de nombreux groupes internationaux se montrèrent intéressés par leur profil, dont Danone et BNP Paribas.

Quant à la secrétaire, elle avait pris les devants : c'est elle qui vint annoncer à Antoine qu'elle venait de se faire embaucher dans le groupe Nestlé. Bradley, bon prince, lui versa quand même les indemnités auxquelles elle aurait eu droit si elle avait été licenciée.

Fin septembre, le plan, pour douloureux qu'il fût, semblait se dérouler comme prévu. Il restait encore à régler la liquidation de l'entreprise et toute une série de questions matérielles. Antoine et Houria n'avaient pas chômé. Bradley, revenu à Alger, leur exprima sa reconnaissance. Il leur confirma par écrit sa décision de les garder dans le groupe EBC et leur laissa entrevoir sa volonté de les envoyer rejoindre la filiale marocaine. Entre-temps, il prévoyait pour eux dans le courant du mois d'octobre une remise à niveau au siège parisien.

L'adversité avait rapproché les deux jeunes, qui n'avaient jamais été aussi épris l'un de l'autre. La possibilité de cette nouvelle aventure qui se dessinait à Casablanca les enthousiasmait. La charge de travail s'allégeant de jour en jour, ils purent aller à la plage et vécurent des moments heureux, bâtissant aussi de nombreux projets à réaliser ensemble. L'avenir cette fois semblait vraiment s'éclairer !

33

LE DESTIN FRAPPE À LA PORTE

Octobre 2019

En ce vendredi 25 octobre, Antoine était plutôt de bonne humeur. Il songeait que dans quinze jours, il quitterait ce guêpier algérien et regagnerait la métropole avec en perspective une nouvelle aventure, marocaine sans doute, dans un pays moins complexe… et ce, avec Houria !

Ils avaient prévu de passer tous les deux la journée à Tipaza. La ville très touristique n'était qu'à une petite heure de voiture d'Alger. Antoine s'y était rendu à plusieurs reprises et, chaque fois, avait adoré les lieux. Il comptait prendre Houria à huit heures du matin pour visiter à la fraîche les célèbres ruines – des vestiges des époques puniques, romaines et chrétiennes. Puis, après un tour dans les rues piétonnes, ils iraient pique-niquer à la plage. Un programme qui enchantait le garçon, mêlant tourisme, culture et baignade. Tout ce qu'il aimait partager avec sa belle Kabyle !

Il avait fini sa journée et, assis dans sa petite cuisine, il regardait par la fenêtre grande ouverte les beaux arbres du parc de la Liberté que les Européens continuaient d'appeler le parc de Galland. Il sirotait doucement son café. À huit heures du soir, la ville, si bruyante d'habitude, était silencieuse et il humait l'odeur qu'un léger vent du nord apportait de la mer.

Un coup de sonnette violent le fit sursauter. Qui cela pouvait-il bien être ? Il ne voyait pas qui se permettrait de venir sonner chez lui de façon si péremptoire. Comme il enfilait un tee-shirt, un deuxième coup de sonnette, plus impératif encore, le surprit à nouveau. Il se dirigea, inquiet, vers la porte, prenant au passage un couteau de cuisine comme arme, au cas où. Alger était une ville dangereuse et les nombreux chômeurs constituaient un vivier pour la petite délinquance. La porte de l'appartement n'avait pas d'œilleton et il était impossible de savoir qui sonnait avec insistance.

Antoine ouvrit la porte prudemment pour découvrir une Houria visiblement perturbée, portant une grosse valise. Elle s'engouffra dans le studio et claqua la porte derrière elle. Le cheveu en bataille, le visage défait, elle avait l'air traquée.

— Qu'est-ce qui se passe, mon Houria ? s'exclama Antoine inquiet.

Elle prit une longue respiration, cherchant visiblement à retrouver son souffle et se calmer, avant de lâcher :

— Je suis recherchée par les forces de sécurité. Ils veulent m'arrêter. Ils ont un mandat d'arrêt contre moi.

Elle ne put continuer et éclata en sanglots. Antoine la serra dans ses bras, anxieux :

— Calme-toi, raconte-moi ce qui t'arrive, pourquoi la sûreté veut-elle t'arrêter ? Qu'est-ce que tu as fait, ma chérie ?

Mais elle ne pouvait répondre, secouée de sanglots. Il la prit par la main et la conduisit jusqu'au grand canapé du living où elle s'écroula. Puis il alla chercher une serviette dans la salle de bains, qu'il humidifia et, revenant auprès d'elle, lui essuya doucement le visage. Le froid de l'eau l'apaisa et elle parut reprendre un peu ses esprits. Il s'assit à côté d'elle, lui passa le bras sur les épaules et attendit qu'elle soit capable de parler normalement. Il était rongé d'inquiétude, se demandant ce qu'elle avait bien pu faire pour être sous le coup d'un mandat d'arrêt. Il avait confiance en elle et ne la croyait pas capable d'un acte criminel. Il pensait qu'il s'agissait d'un terrible malentendu. Voyant qu'elle commençait à aller mieux, il lui proposa d'aller lui faire une tasse de café. Elle acquiesça à peine de la tête, murmurant :

— Oh, oui *habibi*...

Son appartement n'étant pas équipé d'une machine à café, il mit un certain temps à faire bouillir l'eau, à retrouver le pot de Nescafé... Quand il revint, elle avait repris un visage à peu près normal, malgré ses cheveux en bataille et ses yeux rougis par les larmes. Elle but lentement la boisson chaude puis elle posa la tasse sur la table basse et commença lentement à parler.

*

Elle avait participé comme tous les vendredis à la manifestation du *hirak*. Les rues du centre étaient noires de monde : le président par intérim Abdelkader Bensalah ayant déclaré, lors d'une rencontre vidéo avec Vladimir Poutine, que la situation en Algérie était sous contrôle, les réseaux sociaux s'étaient enflammés. La foule avait vigoureusement manifesté son désaccord et le refus des élections pour lesquelles des candidatures devaient être déposées d'ici le lendemain. Quelques arrestations avaient eu lieu mais on n'avait constaté que peu d'incidents majeurs, les forces de l'ordre faisant profil bas devant l'importance du nombre de manifestants.

Houria avait terminé la soirée en prenant un thé à la menthe chez Aïcha, une amie d'enfance, avant de se rendre chez son père à El Biar. Comme elle s'approchait du domicile de ce dernier, elle avait été frappée de voir plusieurs voitures et fourgons de police garés à proximité. Elle s'était arrêtée, prise d'une soudaine inquiétude, quand on l'avait discrètement tirée par la manche : le gardien de l'immeuble de son père lui faisant signe de le suivre tout en mettant un doigt sur sa bouche. Elle comprit aussitôt qu'il y avait un problème et suivit l'homme qu'elle connaissait depuis toujours. Il la conduisit dans un petit café maure où ils purent parler sans risque. Il était lui-même kabyle et avait de l'affection pour la famille d'Houria. Il lui raconta que les forces de sécurité algériennes avaient débarqué une heure auparavant et arrêté son père à son retour de la manifestation. Le gardien avait pu discuter avec un des hommes qui montait la garde devant l'entrée de l'immeuble : les faits reprochés au père d'Houria étaient graves et liés à son activité clandestine en faveur de l'autonomie de la Kabylie.

À ce moment de son récit, Houria s'était arrêtée et avait redemandé du café à Antoine. Ayant bu quelques gorgées, elle avait tenu à lui expliquer :

— J'ai senti que tu n'avais pas beaucoup apprécié mon père… et il est vrai qu'en ta présence, il a fait profil bas : une forme de timidité ou de discrétion, je ne sais pas. C'est en fait un homme remarquable, un leader naturel qui a dirigé clandestinement depuis trois ans un réseau de Kabyles, des Berbères militant pour la démocratie et l'autonomie de notre région. Aux yeux du FLN, de l'armée, des pouvoirs publics, lui et ses compagnons sont des dissidents, des séparatistes, des traîtres, des ennemis de la patrie. Je pense qu'il a été trahi par un habitant de l'immeuble qui l'a signalé à la sûreté, les réunions se tenant dans son appartement. Il était souvent imprudent, je lui avais dit, mais il n'en tenait pas compte. Il provoquait le régime en manifestant en tête des Kabyles avec notre drapeau. Je craignais depuis longtemps que tout cela ne se termine mal tôt ou tard…

Elle s'arrêta un instant, essuyant une larme.

— Il va en prendre au moins pour dix ans, en espérant que ces salauds ne le torturent pas pour le faire parler et livrer son réseau !

Antoine se pencha pour poser un baiser rapide sur ses lèvres, la trouvant très émouvante, avant de lui demander :

— Et toi, qu'as-tu à voir là-dedans, en dehors d'être la fille de ton père ?

Elle haussa les épaules :

— Pas grand-chose, mais suffisamment pour être inculpée de complicité et en prendre pour quelques années…

— Mais qu'as-tu fait précisément ?

— À la demande de papa, j'ai tiré ou photocopié des tracts. Et j'ai parfois assisté aux réunions de son groupe quand il souhaitait que je fasse des comptes rendus. Il m'est arrivé une ou deux fois de manifester à ses côtés. J'ai dû être dénoncée. Le régime a suffisamment de charges contre moi pour m'écrouer si un membre du groupe a parlé.

— Tu as été imprudente !

— Oui, je le reconnais… Mais comment refuser de l'aide à un père que tu aimes, que tu admires et qui te demande de le soutenir ? Alors que tu aspires simplement à la démocratie et au droit de parler la langue de ta région !

Antoine pensa fugitivement à son père qu'il n'admirait pas beaucoup. Mais il reconnut que si son grand-père lui demandait une aide présentant quelques risques, il n'hésiterait pas un instant à la lui donner ! Il murmura :

— Je te comprends, chérie. Ce régime est tellement injuste !

Elle lui sourit faiblement, les yeux encore embués de larmes :

— Je rêve de démocratie et de liberté ! Cela fait près de soixante ans que la France a quitté l'Algérie et nous sommes toujours incapables de vivre en paix dans une démocratie juste, avec des élus honnêtement désignés par le peuple et incorruptibles... Avec une armée qui retourne enfin dans ses casernes et ne prétend plus diriger le pays...

Antoine, oubliant la gravité de la situation, se mit à rire :

— Tu crois au Père Noël, *habiba* !

Elle hocha la tête tristement :

— Je veux croire que, sur le long terme, l'humanité, le bon sens finiront par progresser. Regarde, en Occident, la montée en puissance des femmes, le refus des violences à leur égard !

Antoine la coupa :

— Ma chérie, c'est bien de disserter sur tous ces beaux sujets, mais revenons-en aux choses concrètes. Tu es recherchée par la sûreté, il faut agir !

— Excuse-moi, tu as raison...

— OK. Tout d'abord, où as-tu laissé ta voiture ?

— En bas de chez toi...

— Trop dangereux ! Je vais aller l'abandonner loin d'ici, près de la gare par exemple, pour que l'on puisse penser que tu as pris le train. Autre question : connaît-on ton adresse ? La mienne ?

— Non ! À l'état civil, je suis toujours logée chez mon père. Seule la DRH d'Air Maghreb sait que j'ai loué un studio. Elle m'a toujours appréciée, je ne crois pas qu'elle dira quoi que ce soit à la police ou à la sûreté.

— Bien ! Tu vas t'installer ici pour quelque temps avant que l'on réussisse à te faire quitter l'Algérie. Tu vas me faire une liste de ce que tu souhaites emporter à l'étranger et que tu n'as sans doute pas pu prendre quand tu t'es sauvée. Je vais aller prudemment chez toi et je te ramènerai ce dont tu as besoin ou dont tu ne désires pas te séparer. J'irai auparavant acheter une grosse valise bon marché.

Elle lui sauta au cou et l'embrassa :

— *Habibi*, je t'aime trop ! Grâce à toi, on va peut-être réussir à sortir de cet enfer. Si Dieu le veut ! *Inch'Allah*…

Il se dégagea de son étreinte :

— Mon amour, ne perdons pas de temps. Donne-moi les clés de ta voiture, je vais tout de suite la déplacer, c'est trop dangereux de la laisser devant l'immeuble.

Elle lui tendit les clés et il fila rapidement, descendant en courant les escaliers. Une heure plus tard, il était de retour, ayant abandonné le véhicule dans un parking public, tout proche de la gare. Le plus dur restait à faire !

Cinquième partie

LA FUITE

« La fuite est permise à qui fuit ses tyrans. »
Racine, *Phèdre*

34

Comment exfiltrer Houria ?

Fin octobre 2019

Après une nuit tendre qu'ils avaient passée dans les bras l'un de l'autre, ce qui avait permis de rassurer un peu Houria, Antoine avait pris les choses en main, à son habitude, de façon rapide et efficace. Il avait obtenu d'Houria l'engagement qu'elle ne bougerait pas de son studio. Pour la première fois, il eut la surprise de la voir faire ses prières, tournée vers La Mecque. Elle n'avait jamais eu l'occasion de pratiquer devant lui sa religion ni de se livrer à un quelconque prosélytisme, se contentant parfois d'échanger avec lui dans des domaines concernant la spiritualité – des discussions intellectuelles où elle se référait presque toujours à un de ses oncles adepte du soufisme et dont le mysticisme était assez proche des grands mystiques chrétiens. Antoine, par ailleurs, avait observé avec bienveillance sa discipline alimentaire, prescrivant de refuser de boire de l'alcool ou de manger du porc et, quand elle faisait ses courses, de se rendre toujours dans des boucheries halal.

Mais la voir à quatre pattes, tournée vers l'Orient, marmonnant des prières en arabe, l'avait profondément perturbé. Il touchait du doigt le fossé culturel, religieux, sociologique qui les séparait. Ce n'était plus la femme d'affaires ou la vamp moderne et sexy qu'il aimait, mais une indigène socialement, idéologiquement à des années-lumière des Waldbrunner! François son cousin et Soraya avaient choisi la solution de facilité : ils avaient très vite abandonné tous les deux leur pratique religieuse. Il était conscient que, s'il épousait Houria, il n'en serait pas de même. L'islam était une part importante de sa vie. Elle aurait la délicatesse, il en était sûr, de ne pas chercher à lui imposer sa foi, mais n'accepterait jamais d'abandonner sa religion. Pourrait-il, lui, vivre auprès d'une musulmane pratiquante ? Accepter cette différence essentielle ? Qu'en serait-il de leurs enfants ? Dans quelle religion seraient-ils élevés ?

Mais l'heure n'était vraiment pas à ce type de réflexions ! Dès qu'il pensa que l'étude de Me Lamri, l'avocat d'EBC, pouvait être ouverte, il l'appela. L'homme lui avait inspiré confiance. Il l'eut en direct et lui dit qu'il avait un problème majeur et urgent. À sa grande surprise, il obtint un rendez-vous immédiat. Il partit aussitôt, non sans avoir obtenu à nouveau la promesse d'Houria qu'elle resterait sagement toute la journée dans le studio. Il redoutait que, sur un coup de tête, elle sorte faire une course ou retourne chez elle chercher des affaires.

Arrivé chez Me Lamri, il hésita un instant avant d'évoquer la situation d'Houria. Mais d'emblée, l'avocat lui parut si droit, si sympathique, qu'il décida de prendre le risque de lui livrer intégralement la vérité. Le juriste prit un air soucieux et lui confirma que la situation était grave : il était indispensable qu'Houria quitte aussitôt l'Algérie. Elle ne pouvait y rester ! Son dossier n'était pas défendable dans l'état actuel du pays et du blocage des autorités, tant politiques que militaires, à l'égard de toute idée d'autonomie de la Kabylie – le pouvoir faisant une véritable fixation sur le sujet.

Me Lamri souleva plusieurs points auxquels ni Houria ni lui n'avaient pensé. Ils avaient prévu de tenter l'exfiltration de la Kabyle en Tunisie par la route, la frontière étant plus poreuse, notamment en raison des travailleurs transfrontaliers. Il était évident qu'un départ en avion ou en bateau n'était pas envisageable, son nom ayant certainement été déjà communiqué à la police des frontières. C'était donc une bonne idée, mais en revanche ils n'avaient ni l'un ni l'autre réalisé que, pour se rendre de Tunisie en France, Houria allait sans doute avoir besoin d'un visa – ce qui ne s'obtenait pas en vingt-quatre heures ! Tout cela était compliqué, allait prendre du temps… et le temps ne travaillait pas pour eux. La sûreté algérienne était redoutablement efficace ! Une véritable course contre la montre était engagée…

*

La préparation de l'exfiltration d'Houria prit ainsi quelques jours, durant lesquels les deux amoureux mesurèrent peu à peu les risques et les difficultés d'une telle opération : non seulement pour Houria, mais pour Antoine aussi qui, l'aidant à fuir la justice de son pays, encourait de lourdes peines – ce que lui avait souligné l'avocat, et qui le stressait. Mais comment faire autrement ? Lui seul pouvait aider Houria.

À peine était-il sorti de son rendez-vous chez Me Lamri qu'il appela l'ambassade de France et demanda à parler au jeune diplomate qui avait aidé Bradley à rencontrer le ministre des Transports – un certain Francis

Lebescond, qui par chance était là. Ce dernier se montra aimable et accepta de le recevoir immédiatement.

Leur rencontre s'avéra agréable et efficace. Un garçon à peine plus âgé que lui, intelligent et chaleureux, auquel il fut bien obligé de dire la vérité. Cela faisait la deuxième fois de la journée qu'il livrait son secret et il commençait à sérieusement s'inquiéter des risques de fuite. Après avoir échangé un moment et examiné les différentes solutions possibles, les deux hommes se mirent d'accord sur une procédure : malgré les risques, Antoine emmènerait Houria en voiture à l'ambassade le lendemain, où elle serait reçue, compte tenu des circonstances, un dimanche matin par Lebescond lui-même. Ce dernier s'arrangerait pour faire les formalités administratives. « Il est vraiment sympa ! », se dit Antoine. Le diplomate réunirait les informations nécessaires à l'obtention d'un visa, prendrait Houria en photo et contacterait son collègue de l'ambassade de France à Tunis. Par chance, les deux diplomates se connaissaient bien, s'appréciaient, et les choses étaient censées se passer facilement, le précieux visa devant être prêt quand Houria arriverait à Tunis. Lebescond prendrait toutes les informations nécessaires auprès de cette dernière et préparerait le document final. Cependant, comme il craignait l'efficacité des services secrets algériens, il fut décidé que ces éléments seraient confiés à un membre de l'ambassade qui devait se rendre lundi à Tunis. Restait à faire venir Houria à ladite ambassade.

Puis, comme il l'avait promis à la Kabyle, Antoine se rendit encore en voiture à son domicile. Il fit un premier passage pour s'assurer que tout semblait normal. A priori, la sûreté algérienne ne connaissait pas l'adresse de la fugitive. Après avoir garé son véhicule à proximité, il prit avec lui la grosse valise bon marché qu'il avait achetée auparavant. L'appartement, vide de tout occupant, sentait le renfermé. Il faisait encore chaud et les fenêtres n'avaient pas été ouvertes depuis deux jours. Houria, toujours efficace, lui avait préparé une liste de choses à prendre et leur emplacement dans le studio. Elle avait particulièrement insisté pour qu'il lui ramène un dossier marqué « état civil et documents divers ». Et bien sûr, des produits de beauté qu'elle avait oubliés, dans la panique du départ.

Le travail fut moins long qu'il ne le craignait et il fut vite de retour à son appartement. Après l'avoir remercié, embrassé, la belle Kabyle se mit à fouiller dans les affaires qu'il avait rapportées et notamment à consulter le fameux dossier. Elle poussa soudain un cri joyeux, brandissant deux documents :

— Regarde, *habibi*, regarde ce que j'ai trouvé !

Antoine s'approcha et vit deux pièces officielles sales et très usagées. Il leva les sourcils, l'interrogeant du regard. Elle lui sourit, triomphante :

— J'espérais bien retrouver ces deux documents, ils sont là ! C'est la carte d'identité et le passeport de ma mère. Elle est décédée il y a deux ans, à l'âge de cinquante-cinq ans. Je lui ressemble : voilée, avec un maquillage me vieillissant, je pense pouvoir franchir la frontière tunisienne sans trop de problème en me faisant passer pour elle.

Le lendemain matin fut l'occasion de tester le subterfuge. Quand Houria sortit de la salle de bains, maquillée et voilée, elle était méconnaissable. Elle avait habilement créé des poches sous ses yeux, accentué les rides de part et d'autre de la bouche. Antoine ne put s'empêcher de rire :

— On te dirait sortie du bled, une vieille fatma !

Elle minauda, malgré les circonstances :

— Tu m'aimes encore ? Tu m'aimeras toujours quand je serai devenue vieille et moche ?

— Tu sais bien que je t'aime pour la vie !

Il voulut l'embrasser mais elle le repoussa en riant :

— Attention, chéri, mon maquillage !

Ils se rendirent sans encombre à l'ambassade de France qui venait d'ouvrir. Le planton, prévenu, les fit tout de suite entrer et ils furent accueillis par un Lebescond visiblement amusé par l'opération.

Quand Houria eut retiré ses voiles et apparut, belle malgré le maquillage, le diplomate lança à Antoine un clin d'œil appréciateur. En une heure, les informations nécessaires à l'établissement du visa, notamment des photos, furent réunies et prêtes à partir pour Tunis. Ils prirent ensuite tous les trois un café et devisèrent un moment, Lebescond semblant aimer la conversation de la belle Kabyle. Ils se quittèrent, espérant se revoir plus tard en France.

Le lendemain, lundi, Antoine se rendit à son bureau. Chaque fois qu'il y retournait, son cœur se serrait devant les pièces vides et les cartons de déménagement en attente de départ. Quelle tristesse d'avoir dû arrêter cette opération si bien commencée ! Seule présence humaine : la secrétaire, encore là pour un mois. Antoine, jouant l'air soucieux, lui demanda :

— Amina, toujours pas de nouvelles d'Houria ?

— Non, aucune ! J'ai téléphoné hier chez son père mais personne n'a décroché. C'est bizarre… J'espère qu'il ne lui est rien arrivé ! Elle est si sympathique. Et ce n'est vraiment pas son genre de disparaître comme cela, sans prévenir ! C'est inquiétant…

— Je suis bien d'accord avec vous. Je vais me renseigner auprès de la DRH d'Air Maghreb. Elle saura peut-être ce qu'il en est ! Vous pouvez me la passer ?

Il alla s'asseoir à son bureau et, deux minutes plus tard, il était en liaison avec ladite DRH.

— Yasmina, *labess* ?

Un silence avant qu'elle ne réponde :

— Cela pourrait aller mieux. Le nouveau patron n'est pas facile, il remet tout en cause, ne décide pas... et il n'est pas très aimable. Cela nous change, vous l'imaginez ! Et puis il y a cette histoire d'Houria qui m'a flanqué un coup !

Antoine la coupa :

— Vous avez des nouvelles ? Que lui est-il arrivé ?

— Figurez-vous, Antoine, que la sûreté algérienne est venue hier soir au bureau, me demandant si je savais où elle était. Je suis tombée des nues et je leur ai demandé pourquoi. Ils m'ont montré un mandat d'arrêt la concernant pour soi-disant des faits de trahison, de terrorisme, je ne sais quoi. J'imagine que c'est en rapport avec l'engagement de sa famille en faveur de la Kabylie. Ils m'ont demandé si je savais où elle habitait, où elle travaillait. Je n'ai pas donné son adresse, mais j'ai été obligée de dire où elle travaillait. De toute façon, ils l'auraient su en interrogeant la direction. Vous risquez donc de les voir débarquer sous peu.

Antoine se dit que l'étau se resserrait et qu'il allait falloir exfiltrer Houria plus vite qu'il ne l'avait prévu. Un début de panique commença à s'emparer de lui. Il s'efforça au calme et alla déjeuner d'un sandwich qu'il avala en réfléchissant à la suite de l'opération. Restait à régler la question du déplacement d'Houria jusqu'à la frontière tunisienne. Il ne pourrait le faire lui-même : trop dangereux ! Ce Français avec une belle voiture transportant une musulmane voilée attirerait l'attention de la police des frontières. Et lui-même pourrait courir le risque d'être arrêté et de passer des années dans les geôles algériennes ! Il songea soudain à Ali, le chauffeur de taxi. Il était amical, discret, débrouillard. Peut-être accepterait-il d'emmener Houria ou pourrait-il lui trouver un conducteur, moyennant une somme d'argent ?

Revenu chez EBC, il composa le numéro de téléphone d'Ali, qui ne décrocha pas. Ne sachant quoi faire, il s'enferma dans son bureau et chercha le sommeil. Il avait besoin de se détendre, de garder l'esprit clair pour trouver une solution. Il dormait depuis un quart d'heure quand Amina vint le réveiller en sursaut :

— Monsieur Antoine, il y a deux hommes de la sûreté qui vous demandent.

Il se leva précipitamment, rajusta ses vêtements et tenta de prendre un air dégagé, ce qui était loin d'être le cas. Très inquiet, il afficha un sourire qui se voulait détendu en entrant dans le hall où se tenaient deux militaires. Le plus âgé, qui arborait des barrettes de lieutenant, se présenta :

— Lieutenant Brahim Bouziane.

Il avait un fort accent arabe et Antoine eut peur de mal le comprendre. Il se présenta à son tour :

— Antoine de Waldbrunner, gérant de la société EBC Algérie. Que puis-je pour vous, messieurs ?

Il avait l'impression que sa voix n'était pas naturelle, plus haute que d'habitude. L'officier ne parut pas le remarquer ou ne le montra pas.

— Monsieur, nous recherchons mademoiselle Houria Ameziane qui je crois travaille chez vous.

— Travaillait ! précisa Antoine.

Il ajouta :

— La société est en train d'être fermée. La personne que vous recherchez effectuait un préavis mais nous ne l'avons pas vue depuis deux jours. C'est étonnant car elle est toujours très ponctuelle…

L'officier hocha la tête en silence. Antoine reprit :

— Comme je m'inquiétais, j'ai téléphoné chez son père, mais personne n'a décroché. J'ai appelé tout à l'heure la directrice des relations humaines d'Air Maghreb qui était je crois une de ses amies et a été sa patronne. Elle non plus n'a aucune nouvelle de mademoiselle Ameziane. C'est étonnant car Houria est une femme sérieuse, très professionnelle. Ce n'est pas son genre de disparaître d'un coup sans prévenir. Je trouve cela très inquiétant. J'espère qu'il ne lui est rien arrivé de grave… C'est une jolie femme, pourvu qu'elle n'ait pas été enlevée par de sales types !

L'officier de la sûreté, qui avait le physique de l'emploi – des traits lourds, carrés et des petits yeux bruns scrutateurs –, hocha de nouveau la tête en silence. Il fixa Antoine, semblant le jauger, puis finit par lâcher :

— Bien, monsieur. Si vous avez des nouvelles, pouvez-vous m'en informer ? Voici ma carte. Je vais vous demander votre numéro de portable pour que je puisse vous joindre, le cas échéant.

Antoine lui tendit sa carte qui comportait son adresse mail et son numéro de portable. Puis l'homme le salua sans lui serrer la main et s'en alla, suivi de son adjoint qui n'avait pas dit un mot.

35

Les choses se précisent, les risques aussi

Fin octobre 2019

Après le départ des policiers, Antoine décida d'acheter immédiatement un nouveau portable. Il redoutait d'être mis sur écoute puis géolocalisé par la sûreté algérienne. Par chance, il trouva un magasin qui en vendait boulevard Krim-Belkacem. Et dès la sortie de la boutique, il appela Houria pour lui communiquer son nouveau numéro et lui enjoindre de ne plus l'appeler sur l'ancien. Puis il retourna au bureau et se servit de ce dernier pour effectuer quelques appels professionnels. Il joignit notamment ses deux principaux clients : les Routiers d'Algérie et les Taxis verts, pour les informer de son prochain retour en France. Il leur dit à chacun combien il avait apprécié de travailler avec eux, ce qui était vrai, et qu'il regrettait de devoir arrêter sa mission. Puis il coupa son portable, de peur qu'Ali ne le rappelle et soit à son tour surveillé par la sûreté. Il travailla calmement au bureau le reste de l'après-midi pour donner le change. C'était en outre utile : s'il devait partir d'Alger dans les jours à venir pour aller retrouver Houria à Tunis, puis regagner la France, il lui fallait avoir bouclé la cessation d'activité d'EBC Algérie.

Quand il quitta son bureau en fin d'après-midi, il examina longuement les parages avant de monter dans sa voiture, mais la rue où il avait garé sa Peugeot était absolument déserte. Je deviens complètement parano ! songea-t-il en démarrant.

À son retour, Houria lui sauta au cou. Très active de tempérament, elle tournait en rond dans l'appartement comme une panthère en cage. Antoine lui fit un compte rendu exhaustif des derniers développements de la situation. Mais quand il lui raconta la venue des hommes de la sûreté au siège d'EBC, il la vit pâlir. Elle se réfugia dans ses bras, se serrant contre lui :

— *Habibi*, j'ai si peur. On raconte des choses tellement horribles sur les services de la sûreté ! On dit qu'ils torturent les prisonniers pour les faire parler, violent les femmes… Je ne sais pas si c'est vrai, mais je suis terrifiée à l'idée de tomber entre leurs mains…

— Ma chérie, je comprends bien ta peur et je la partage. On va tout faire pour hâter ton départ. Il ne reste plus qu'à trouver le chauffeur qui t'emmènera en Tunisie. Je vais de nouveau appeler Ali. Après, à la grâce de Dieu ! *Inch'Allah !*

— *Inch'Allah !* C'est écrit…

Ils dînèrent sans appétit, une boule d'angoisse dans l'estomac. À la fin du repas, Antoine prit son nouveau téléphone et composa le numéro d'Ali. À son grand étonnement, ce fut une femme qui décrocha – l'épouse de son chauffeur. Antoine l'avait rencontrée quelques mois auparavant, un jour où Ali, venant le chercher, avait déposé sa femme à l'entrée d'El Djazair avant de prendre en charge son client. Antoine avait bavardé avec elle cinq minutes et l'avait alors trouvée sympathique. Une petite quarantaine, souriante, visiblement évoluée et débrouillarde, avenante.

Elle expliqua en deux mots à Antoine que c'était elle qui répondait parce que son mari avait eu un accident de voiture et était à l'hôpital depuis trois jours. Rien de très grave, mais une double fracture de la jambe – tibia et péroné. Il allait être immobilisé pour un bon moment.

Antoine était effondré. Triste bien sûr pour Ali, mais surtout pour Houria : il comptait sur son chauffeur, n'imaginant pas un instant qu'il ne puisse conduire. Il se retrouvait le bec dans l'eau avec la sûreté aux trousses d'Houria !

Après avoir entendu les encouragements d'Antoine, Aïcha – c'était son prénom – avait repris :

— Pourquoi aviez-vous besoin d'Ali, monsieur ?

Antoine avait hésité un instant avant de répondre :

— C'était pour demander à votre mari si une course importante pouvait l'intéresser. Un aller-retour Alger-Tunis. Je suis bien embêté car je comptais sur lui...

Après un silence, Aïcha Mansour reprit :

— On peut en parler, monsieur ?

— Oui, bien sûr ! Vous voulez qu'on se voie pour en discuter ?

— Avec plaisir, monsieur, où vous voulez.

— Demain matin à El Djazair ?

— Ça va !

— Sept heures et demie ?

— Ci bon, monsieur Waldbrunner !

Il s'amusa de la voir supprimer sa particule.

Le lendemain, mardi, Antoine arrivait devant l'hôtel avec un quart d'heure d'avance et trouva Aïcha déjà garée près de l'entrée du palace. Dès qu'elle le vit, elle descendit de sa voiture et s'approcha de la Peugeot d'Antoine, lequel baissa sa vitre.

— *Labess*, monsieur Waldbrunner ?

— *Labess*, Aïcha !

Il hésita un instant avant de lui proposer de monter s'asseoir à côté de lui. Il ne souhaitait pas être vu en sa compagnie et craignait les oreilles indiscrètes s'il l'avait invitée au bar de l'hôtel. Elle ne se fit pas prier et s'installa à la place avant. Il lui sourit et prit des nouvelles de son mari. La nuit avait été bonne, mais il en avait au mieux pour trois mois avant de pouvoir reprendre son métier de chauffeur. À ce stade de la conversation, la femme se mit à rire :

— Et ci moi qui fais le chauffeur !

— Aïcha, tu fais le chauffeur ?

Il était naturellement passé au tutoiement.

— Faut bien ! On n'est pas riches… Déjà avant, je faisais des courses à la place d'Ali quand c'étaient pas des gens importants comme vous, monsieur Waldbrunner.

Antoine se mit à rire et, ouvrant les mains à la musulmane, il lui dit en approuvant de la tête :

— Ci bien !

Il la regarda : elle respirait l'honnêteté, le courage et la droiture. Il prit sa décision :

— Aïcha, je vais te confier un secret. Un secret très important qui peut mettre en danger la vie de quelqu'un qui m'est proche si tu en parles !

Elle soutint son regard :

— *Akarabi*[1], je te jure par Allah, j'en parle à personne !

Il lui raconta alors toute l'histoire. Elle connaissait Houria, dont son mari lui avait parlé et qu'elle avait rencontrée une fois. Elle savait que c'était une musulmane pieuse, une femme bien et trouvait honteux

1. *Akarabi* : je te jure.

qu'on lui reproche de vouloir être kabyle, de parler la langue de son peuple.

— Quel malheur ! s'était-elle écriée, tout ça, ci la politique, monsieur Waldbrunner, rien que la politique !

Elle prononçait « bolitique » : si les circonstances n'avaient pas été graves, Antoine s'en serait amusé. Après l'avoir laissée maudire le FLN, l'armée, le président, il en revint à l'essentiel :

— Aïcha, pourrais-tu me trouver un chauffeur qui conduirait Houria à Tunis ? Pour ce trajet aller-retour Alger-Tunis, je suis prêt à payer cent vingt mille dinars[1] !

— Cent vingt mille dinars ? Ci beaucoup ! *Bézef flouze*[2]...

— Alger-Tunis, c'est huit cents kilomètres dans chaque sens, sans compter le passage de la frontière qui peut être risqué !

— Je te trouve sans problème le chauffeur, très sûr, très bien !

— Tu as déjà une idée ?

— Oui, bien sûr.

— Qui ?

Elle eut un large sourire et ouvrit les deux mains en un signe d'offrande :

— Ci moi ! Je t'emmène Houria sans problème, *kif-kif*[3] Ali ! En plus, ci plus sûr. Deux femmes, deux copines qui vont voir la famille à Tunis, la police dira rien !

1. Cent vingt mille dinars algériens : environ huit cent dix euros.
2. *Bézef flouze* : beaucoup d'argent.
3. *Kif-kif* : pareil, la même chose.

Antoine réfléchit un instant, mais la femme était tellement convaincante qu'il accepta.

— *Labess*, ça va. Départ après-demain matin à huit heures. Houria veut faire une étape à mi-chemin de la frontière, à Béjaïa[1]. Elle a des cousines kabyles qu'elle aime beaucoup et veut les revoir avant de quitter l'Algérie. Je te donne la moitié de la somme : soixante mille dinars au départ, et les autres soixante mille à l'arrivée à Tunis. Ça va ?

— *Labess ! Hamdoullah !*

— *Hamdoulilah !*

Ils se tapèrent la main, se sourirent, puis Aïcha quitta la voiture en promettant d'être bien à l'heure le surlendemain.

Antoine décida de repasser chez lui pour annoncer à Houria le sexe du chauffeur et vérifier qu'elle accepterait d'être conduite par une femme. Dans un pays macho comme l'Algérie, il était fréquent que les femmes le soient aussi ! Ce ne fut pas le cas d'Houria, ravie à l'idée de faire la route avec une femme, une compatriote. Il ne lui restait plus qu'à préparer le départ, faire un tri déchirant entre ce qu'elle allait emmener et ce qu'elle devait abandonner. Mais la perspective d'échapper à cette sourde angoisse qui la minait depuis plusieurs jours lui avait redonné le moral, et c'est le cœur joyeux qu'elle s'activa.

*

Antoine, après avoir prévenu Houria de l'organisation pour l'exfiltrer, fila à nouveau à son bureau. Il restait beaucoup à faire avant son départ pour la Tunisie,

1. Béjaïa : ancienne Bougie, un chef-lieu de Kabylie.

où il comptait retrouver sa Kabyle. Il avait prévu de n'y passer que quelques jours, le temps d'obtenir le fameux visa et d'avoir des billets d'avion pour Paris. Il ne voulait surtout pas s'y éterniser, sachant que les services secrets algériens et la sûreté avaient de nombreux agents à Tunis. S'ils repéraient Houria, ils étaient bien capables de l'enlever et de la ramener à Alger…

Son travail fait, comme il s'apprêtait à se rendre dans un bistro voisin pour y déjeuner, il entendit sonner à la porte. Deux minutes plus tard, Amina passa la tête dans son bureau :

— C'est le lieutenant Bouziane qui veut vous voir.

— Faites-le entrer !

Antoine, paniqué, réussit à se composer un visage détendu, du moins le croyait-il. Il se leva pour accueillir le policier et lui tendit la main :

— Bienvenue, mon lieutenant.

L'homme grimaça un semblant de sourire et lui serra la main, avant de s'asseoir sans façon dans un fauteuil faisant face au bureau d'Antoine. Il dévisagea ce dernier avant de lâcher d'un ton soupçonneux :

— On m'a dit que vous étiez proche de cette Houria que nous recherchons. Vous pourriez m'en dire plus ?

Antoine accusa le coup mais répondit calmement :

— Tout dépend de ce que vous entendez par proche. Oui, elle était mon adjointe directe et donc forcément très proche dans le travail : nous dirigions à deux cette petite affaire… Comme elle est algérienne et donc parlant arabe, elle me servait d'interprète auprès des clients quand il fallait expliquer des points sensibles. Nous formions une bonne équipe, très efficace…

— Vous connaissez ses habitudes ?

— Non, pas vraiment. C'était une femme vraiment professionnelle, assez secrète sur sa vie privée. Je la savais très croyante, très pieuse, allant à la mosquée, car un vendredi matin où je faisais du jogging, je l'ai rencontrée alors qu'elle allait prier à la mosquée du Pêcheur.

Le flic le coupa :

— La mosquée de la Pêcherie !

— Oui, excusez-moi, je ne suis pas un familier des lieux ! En dehors de cela, je sais qu'elle allait aux manifestations du *hirak* et j'ai cru comprendre qu'elle était attachée à ses racines kabyles : quand un jour je lui ai dit que j'étais d'origine alsacienne, une région particulière de France, elle m'a dit qu'elle était kabyle, une région aussi particulière ! Voilà, je n'en sais pas beaucoup plus…

— Vous n'avez aucune idée de l'endroit où elle pourrait se cacher ? À votre avis, est-elle toujours à Alger ou a-t-elle pu filer en Kabylie ?

— Je ne peux pas vous le dire. Elle ne m'a pas fait de confidences… Je sais qu'elle avait de la famille dans le massif du Djurdjura, car elle m'avait demandé l'autorisation de s'absenter du bureau pour aller à un mariage familial – des cousins, je crois, dans le Djurdjura…

Antoine se surprenait lui-même à mentir avec facilité. Son interlocuteur parut se satisfaire de ces réponses et se leva, lui demandant encore :

— Pourriez-vous me donner votre adresse ?

Antoine frémit. La tuile ! Il risquait une perquisition de son domicile. Comment refuser ? Il tendit sa carte personnelle à l'officier, qui hocha la tête :

— Merci, je vous tiens au courant s'il y a du nouveau. De votre côté, si vous apprenez quelque chose, prévenez-moi.

L'homme parti, Antoine quitta le bureau et se précipita pour regagner sa voiture. Comme la fois précédente, il vérifia qu'aucune force de police ne semblait être dans les environs, puis il prit un itinéraire inhabituel pour regagner son domicile, lui permettant de s'assurer de l'absence de toute filature. Rassuré, il se gara devant son immeuble et monta quatre à quatre les escaliers conduisant à son studio. Il expliqua succinctement à Houria la situation : elle devait quitter à l'instant les lieux, car une perquisition pourrait intervenir d'un moment à l'autre. Comme elle était terrorisée à l'idée de tomber entre les mains de la sûreté, elle ne demanda pas son reste et commença à enfourner dans deux valises toutes ses affaires, faisant un tri rapide entre l'indispensable et le superflu, qu'il fallait abandonner. En moins d'une demi-heure, l'opération était terminée. Antoine avait mis dans des sacs poubelles les choses à jeter – ce qu'il fit en partant, dans une décharge publique voisine.

Et maintenant, où aller ? Antoine se creusait la tête, s'efforçant de ne pas paniquer. Il alla garer la voiture dans une rue calme, peu fréquentée, et se mit à chercher une solution d'attente avec Houria. Ils évoquèrent plusieurs pistes auxquelles ils renoncèrent : la plupart des personnes envisagées n'étaient pas sûres ou vraisemblablement pas prêtes à prendre le risque d'héberger même momentanément une fugitive, une proscrite. Les peines en cas de découverte par les autorités étaient lourdes !

La bonne idée vint d'Houria : Brahim ! Le garçon s'était bien entendu avec Antoine et la Kabyle. Il était jeune et donc sans doute prêt à prendre des risques. Le côté aventureux de l'opération devrait lui plaire. Et il était gentil de surcroît, chaleureux et toujours disposé à rendre service. Restait à le joindre, en espérant qu'il soit à Alger. Éros, le dieu de l'Amour, leur vint en aide : après deux appels infructueux, ayant obtenu de Djebbari son oncle le numéro de son nouveau portable, Antoine réussit à le contacter. Le récent président d'Air Maghreb venait de le licencier et il était au chômage, à la recherche d'un job… et donc libre ! Antoine lui expliqua à mots couverts la situation, sans prononcer le nom d'Houria, de crainte des écoutes. Le garçon réagit immédiatement de façon positive.

Une heure après, le couple arrivait devant le domicile de Brahim – en banlieue, ce qui n'était pas plus mal. Joie du garçon, découvrant que la personne qu'il devait cacher n'était autre qu'Houria. Ils tombèrent dans les bras l'un de l'autre. L'appartement de Brahim était un petit deux-pièces, ce qui permit à la belle d'avoir une chambre pour elle – pudeur islamique oblige !

Tout semblait maintenant réglé. Il n'y avait plus qu'à attendre le départ, Aïcha ayant été informée de la nouvelle adresse où elle devait venir prendre Houria.

Antoine se sentait soulagé, priant le ciel que le voyage vers la Tunisie, et notamment le passage de la frontière, se passe sans encombre. Il restait encore un jour et demi à attendre… L'angoisse !

36

EN ROUTE VERS LA LIBERTÉ !

Fin octobre – début novembre 2019

Le lendemain, Antoine s'apprêtait à partir au bureau après avoir rangé l'appartement quand la sonnette de l'entrée retentit. Il alla ouvrir : le lieutenant Bouziane ! Il lui sourit malgré son inquiétude en le voyant :

— Décidément, mon lieutenant, nous ne nous quittons plus !

L'officier ne sembla pas apprécier l'humour de ce Français et sortit un document :

— J'ai un ordre de perquisition de votre logement.

— C'est toujours lié à votre recherche de ma collaboratrice Houria ? Aucun problème. Si c'est possible, faites votre travail rapidement.

Le flic grogna, l'air mécontent. Et, prenant son portable, il éructa quelques mots en arabe qui semblaient être des ordres. Cinq minutes plus tard, deux sbires le rejoignaient et commencèrent leur travail, chamboulant l'appartement de fond en comble. Exaspéré mais contenant sa rage, Antoine alla s'asseoir sur le canapé du living et attendit que le charivari se termine. La perquisition dura une heure et demie.

Deux incidents émaillèrent l'opération. Tout d'abord, Bouziane arriva triomphant en brandissant une sorte de peigne qu'Houria utilisait pour tenir ses cheveux quand elle les coiffait en chignon. Antoine se mit à rire en lui disant que l'objet appartenait à sa fiancée française, Sophie, qui l'avait oubliée lors de son récent séjour à Alger. Le flic alla ranger l'objet à contrecœur.

En revanche, ce fut Antoine qui protesta vigoureusement quand les sbires commencèrent à fouiller dans ses papiers. Il obtint gain de cause, arguant que ces documents étaient professionnels, et qu'en les lui prenant, on allait lui créer un grave préjudice dont il informerait la presse et les autorités légales.

Antoine pensait que l'exercice était terminé quand Bouziane revint vers lui, l'air méchant :

— Votre ordinateur ? On ne l'a pas vu…

— Je n'ai plus d'ordinateur…

— Comment, un dirigeant comme vous n'a pas d'ordinateur ?

— J'en avais un appartenant à la société. Je pars demain pour la Tunisie puis la France et j'ai rendu mon ordinateur qui a été revendu d'occasion lors de la liquidation de l'entreprise.

Le lieutenant le regarda, frustré, puis haussa les épaules et aboya de nouveau en direction de ses deux subordonnés. L'arabe, quand un chef donne des ordres, peut être très guttural. Et à dix heures et demie, les trois policiers quittaient les lieux, non sans avoir fait signer à Antoine une décharge officielle.

Après leur départ, il passa plus d'une heure à tout ranger : ces sympathiques policiers ayant laissé un capharnaüm incroyable ! Seul élément positif : le sieur Bouziane, dans sa frustration de ne pouvoir saisir son ordinateur, avait oublié d'examiner son portable… ou plutôt ses portables ! Ils eussent sonné pendant la perquisition que c'eût été la catastrophe ! Le dernier comportant tous les messages qu'il avait échangés avec Houria. Il en eut rétroactivement des sueurs froides : pas une fois, durant toute la fouille de l'appartement, lui-même n'avait pensé aux portables qu'il avait rangés dans la poche de sa veste !

Il lui fallait maintenant aller au bureau. Il était soulagé, mais nerveusement épuisé. Il avait hâte que tout cela s'achève. Il n'en pouvait plus de vivre sous cette tension permanente. Il devait encore tenir quelques heures. Si tout se passait bien, Houria arriverait à Tunis le surlendemain en fin d'après-midi. Il voulait bien sûr être là pour l'accueillir. Il lui fallait donc prévoir leur hébergement, si possible dans un bon hôtel, après toutes ces angoisses et ces tribulations ! Il appela depuis son nouveau mobile l'hôtel El Mouradi, situé à Tunis, avenue Habib-Bourguiba, au centre de la ville, où il put retenir une grande chambre à son nom. Compte tenu de l'omniprésence des services secrets algériens à Tunis, il ne fallait en aucun cas que le nom de famille d'Houria apparaisse et qu'elle puisse être ainsi repérée. Il réserva aussi une petite chambre pour Aïcha. Le reste de la journée traîna en longueur. Il rappela sur son ancien téléphone Yasmine, la DRH d'Air Maghreb, pour savoir si elle avait des nouvelles d'Houria : il souhaitait continuer à donner le change à la sûreté algérienne au cas vraisemblable où son portable serait sur écoute. Il trouva la DRH en question très inquiète sur le sort de son amie kabyle et l'entendit même pleurer. Il avait un peu honte d'abuser de la gentillesse de cette personne, mais à la guerre comme à la guerre, aurait dit son grand-père Philippe ! Peut-être plus tard auraient-ils l'occasion de dire à cette brave dame la vérité et de lui demander pardon. Il se promit de le faire.

Il lui fallut encore prévenir Aïcha du lieu où elle devait retrouver Houria le lendemain et s'assurer que tout était sous contrôle. Il fut totalement rassuré par son efficacité. Elle avait prévu pour cette expédition de laisser son taxi officiel et de prendre une voiture banalisée de milieu de gamme qu'elle avait fait rapidement réviser par son garagiste habituel. Le sentant stressé, elle avait précisé :

— Ci bon, monsieur Waldbrunner ! La pression des pneus, l'huile, l'essence, le moteur… Tout i marche et la voiture elle va vite !

Puis elle avait ajouté en rigolant :

— *Kif-kif* bourricot !

Antoine ne put s'empêcher de rire, ajoutant :

— Et ti conduit, *kif-kif*?

— *Akarabi*, je te jure !

Le soir venu, il dîna seul, tristement. Il avait été tenté de faire un petit saut chez Brahim, pour s'assurer que tout allait bien et faire un baiser à sa belle, mais il pensa que c'était imprudent et y renonça. Il eut du mal à s'endormir, partagé entre un sentiment persistant d'inquiétude et l'excitation de l'aventure à venir. Houria lui manquait, ces derniers jours les avaient beaucoup rapprochés.

*

Il arriva le jeudi 1er novembre au domicile de Brahim une demi-heure avant l'heure prévue pour trouver Aïcha déjà à pied d'œuvre, ayant commencé à charger les affaires d'Houria dans le taxi. Cette femme était vraiment remarquable ! Sa voiture était une Peugeot 308 ayant quelques années, mais apparemment en bon état. Elle était suffisamment ancienne pour ne pas attirer l'œil d'un garde-frontière ou d'un douanier suspicieux.

La porte de l'immeuble de Brahim était ouverte, Antoine y pénétra et découvrit Houria dans le hall qui finissait d'apporter ses bagages. Ils tombèrent dans les bras l'un de l'autre dans un baiser passionné. Dieu merci, ils étaient seuls et leur étreinte fut rapide – suffisamment forte pour exprimer à la fois leur amour mutuel et leur stress. À peine s'étaient-ils désenlacés que Brahim arriva, toujours souriant et gai. Tandis que ce dernier saluait Antoine, Houria s'empressa de remonter au premier se préparer pour le voyage : finir en fait ce maquillage qui devait la vieillir et accentuer la ressemblance avec la photo de sa mère sur son passeport.

Un quart d'heure plus tard, elle redescendit métamorphosée ! Brahim n'étant pas là, il la serra dans ses bras et l'embrassa. Il ne put s'empêcher de rire :

— Ma chérie, j'ai l'impression de me taper ta mère !

Elle lui colla une petite claque :

— Salaud ! En plus tu vas abîmer mon maquillage !

Ils restèrent enlacés un moment, mais le bruit des pas de Brahim dévalant les escaliers quatre à quatre les amena à se séparer bien vite. Houria s'examina dans la grande glace du hall de l'immeuble et ajusta sa tenue. Antoine la regardait, admiratif : elle avait vraiment pris vingt ans ! Puis elle s'enveloppa dans ses voiles bleus, telle une musulmane pudique craignant le regard impur des hommes. Brahim était sidéré et lâcha, prenant l'accent de la campagne à l'usage d'Antoine :

— La fatma, *kif-kif* le caméléon !

Mais Antoine n'avait plus le cœur à s'amuser des facéties du jeune Algérien : l'heure du départ avait sonné et il avait le cœur serré, pensant aux risques qu'encourait Houria. Si elle était démasquée et arrêtée à la frontière ou même lors d'un contrôle routier, elle serait condamnée à huit ou dix ans de prison et devrait exécuter sa peine dans des conditions inimaginables ! Dans quel état la retrouverait-il alors ? Leur amour, pour fort qu'il fût, pourrait-il résister à une telle épreuve ?

Aïcha, fine et intuitive, perçut leur désarroi :

— Allez, monsieur Waldbrunner, il faut y aller. Vous la retrouverez, votre Houria, je vais vous l'amener à bon port !

Brahim regarda le couple, étonné, découvrant sans doute la nature de leur relation. Houria cependant s'était engouffrée dans la voiture et, ayant baissé la vitre, faisait un petit signe de la main auquel Antoine répondit de même.

Puis la voiture démarra et tourna vite au coin de la rue. Antoine regarda Brahim et murmura :

— *Inch'Allah !*

— *Inch'Allah !* répéta le garçon, qui proposa à Antoine de venir prendre un café chez lui.

Mais celui-ci avait besoin d'être seul et déclina l'invitation, tout en le remerciant chaleureusement pour son aide. Il était huit heures trente.

Il regagna son domicile. Il avait les jambes coupées. Il se jeta sur son lit et, après quelques respirations, réussit à trouver le sommeil. C'était une de ses forces : sa capacité à s'endormir sur commande quels que soient l'heure ou le lieu.

Un peu plus tard, il partit au bureau donner les dernières instructions à sa secrétaire : il quitterait définitivement l'Algérie le lendemain et comptait bien ne pas y revenir. Elle avait tous les pouvoirs pour clore le bureau, rendre les clés de son appartement à l'agence immobilière, celle de sa voiture à Hertz, etc.

Il s'apprêtait à aller déjeuner d'un burger quand un SMS apparut sur son portable :

« Bonnes nouvelles. Mon mari va bien ! Aïcha »

Il poussa un soupir de soulagement : c'était le message codé dont il avait convenu avec Aïcha indiquant qu'elle et sa passagère étaient arrivées à Béjaïa. Elles avaient bien roulé, mettant trois heures et demie pour atteindre le chef-lieu de la Petite Kabylie et gagner le domicile des cousines d'Houria. La mère Aïcha a eu le pied lourd, se dit Antoine, détendu de savoir sa belle parvenue à bon port. Le plus dur restait à faire demain : franchir sans encombre la frontière !

Rassuré dans l'immédiat et son burger avalé, il rentra chez lui faire ses bagages et se détendre. Puis, en fin d'après-midi, pris d'une impulsion, il décida d'aller se recueillir un petit moment à la cathédrale du Sacré-Cœur à Sidi M'Hamed. Il avait été globalement croyant dans le passé, mais assez peu pratiquant : une certaine forme de pharisaïsme de son père l'avait éloigné de la religion. Ce dernier affichait haut et fort son catholicisme, se rendait tous les dimanches à la messe de onze heures – celle où venaient les notables du coin –, mais se montrait souvent inflexible voire inhumain avec ses collaborateurs forestiers. Il avait la dent dure dans ses jugements sur les autres – toutes attitudes très peu chrétiennes aux yeux de son fils.

Antoine, assez traditionnel dans ses goûts, n'avait pas une passion pour l'architecture de ce lieu de culte en béton. Mais en cette fin de journée, il régnait un calme et une sérénité à l'intérieur qui lui firent du bien. De ses lèvres montèrent à nouveau les prières de son enfance – un « Notre Père », un « Je vous salue Marie »… Puis il remercia Dieu d'avoir protégé Houria jusqu'à présent et le supplia de la protéger encore à Tunis. Peu à peu, son esprit dériva vers le problème que lui posait la religion de son amante. Il la revoyait faisant ses prières tournée vers La Mecque et se remémorait sa réaction spontanée de rejet. Il se demandait si c'était au fond justifié de trouver cette pratique religieuse un peu sous-développée. En y réfléchissant, il se souvenait de sa grand-mère du côté paternel, disant son chapelet à genoux et marmonnant des *Pater* et des *Ave*. Était-elle plus évoluée ? Quel était son critère de jugement pour condamner des pratiques religieuses différentes de celles de sa famille ou de lui-même ? Par ailleurs, son père et sa mère se rendant en pèlerinage à Lourdes l'avaient obligé, lui, à se baigner dans la piscine aux côtés de grands malades, ce qui avait profondément dégoûté l'adolescent de quinze ans qu'il était alors ! Il songeait aussi à la cérémonie des cendres de son enfance, où le curé lui avait mis de la cendre sur le front pour lui rappeler qu'il retournerait un jour à l'état de poussière. N'était-ce pas des pratiques surprenantes pour un non-croyant, davantage encore que de se prosterner en prière devant l'Être suprême ?

Il en vint à se demander une fois de plus si ce mépris qu'il éprouvait vis-à-vis des pratiques de l'islam ne cachait pas un relent de colonialisme… Le mépris de l'Occident dominateur à l'égard des coutumes des peuples asservis, des indigènes comme l'on disait alors… Sa réaction s'expliquait par l'éducation qu'il avait reçue – un non-dit de dédain pour les religions des habitants des colonies, l'Occident chrétien étant convaincu, dans le domaine religieux comme dans tous les autres, de sa supériorité : intellectuelle, technique et même spirituelle !

Dans une époque lointaine, la France républicaine et laïque n'avait pas hésité à transformer la mosquée d'Alger en cathédrale chrétienne… que les Algériens, après l'indépendance, avaient rendue à l'islam ! Tout un symbole… Mais la réciproque était vraie : les Turcs avaient, eux, transformé la vieille église byzantine de Sainte-Sophie en mosquée. Chacun tenait à imposer sa religion, son idéologie…

Il n'y avait pas de jugement de valeur à porter sur la foi et les pratiques religieuses des autres peuples. D'ailleurs, se disait-il, il n'était lui chrétien que parce qu'il était né en France. Aurait-il vu le jour en Algérie comme Houria qu'il aurait été musulman !

Au-delà de ces critères géographiques, c'était à chacun de se déterminer librement en fonction de sa foi. Lui-même, en dehors de sa réserve à l'égard du pharisaïsme familial et de l'attitude condamnable de certains prêtres ou pasteurs, croyait en la personne du Christ. Il en admirait la personnalité, incroyable pour son époque, et la révolution qu'il avait apportée dans les mentalités du monde romain ou du monde juif de son temps. Un modèle fascinant qu'il s'efforçait de suivre, sans y parvenir… Il pouvait comprendre qu'Houria éprouvât des sentiments semblables à l'égard du Prophète, c'était respectable. Et dans l'expression de sa foi, qu'elle pratiquât des gestes et des postures héritées de la tradition de son peuple l'était aussi. Oui, s'il l'aimait, il devait l'accepter avec sa religion et ses rites. Ce qu'il ferait à l'avenir, se disait-il.

Comme il se levait pour quitter la cathédrale, il aperçut devant une statue entourée de bougies allumées une petite vieille, une ancienne pied-noir sans doute, qui se signait à plusieurs reprises, se prosternait, et cela le fit sourire : à chacun son truc, se dit-il.

Pour ce dernier soir à Alger, il décida de se faire plaisir. Il alla dîner dans un restaurant de fruits de mer, bien décidé à ne pas se laisser envahir par l'angoisse tapie au fond de lui, ni par la nostalgie de quitter Alger – une ville, un pays qu'il avait au fond bien aimés. Il n'avait pas honte de ces agapes : il était sûr qu'Houria et Aïcha devaient faire, elles aussi, bombance chez les cousins de Kabylie. Il but plus que de raison – du Koutoubia blanc, et rentra un peu pompette, comme aurait dit sa mère, dans un appartement tristement désert. Houria lui manquait beaucoup. Si tout se passait bien, ils seraient bientôt réunis – définitivement réunis, se promit-il. Il alla se coucher. Demain serait un jour déterminant.

37

L'heure du destin

Début novembre 2019

Dès le début de la matinée de ce vendredi 2 novembre, les rues du centre d'Alger s'étaient une fois de plus remplies de monde, y compris dans le quartier d'Antoine. Les manifestants exprimaient toujours leur rejet de l'élection présidentielle prévue pour le 12 décembre. Ils réclamaient également la libération des détenus politiques et d'opinion arrêtés lors des précédentes manifestations.

Antoine, des fenêtres de son appartement, voyait la foule de manifestants grossir. Il entendait les slogans scandés et s'inquiétait. Son vol pour Tunis était prévu à l'heure du déjeuner, à treize heures pour être précis. Compte tenu des formalités de l'aéroport et du délai pour s'y rendre, il avait convoqué un taxi pour dix heures, prévoyant donc une bonne marge de sécurité. Mais ce dernier, recommandé par Aïcha, parviendrait-il à gagner son domicile puis à rejoindre à l'heure l'aéroport dans cette cohue imprévue, qui ne pouvait que croître ?

Une forme d'anxiété gagnait le garçon, d'autant que, taraudé par l'inquiétude pour Houria, il avait mal dormi. Il s'était réveillé à six heures du matin, fatigué et ressentant encore les effets du vin blanc dont il avait abusé la veille. Espérant se mettre en forme, il avait pris un solide petit déjeuner. Mais en vain ! La pensée de la femme de sa vie sur la route, des périls qu'elle allait affronter ce jour, le stressait ! Il l'avait aidée ainsi qu'Aïcha à préparer leur plan de route : départ de Bejaïa à huit heures du matin pour une arrivée au poste-frontière estimée à seize heures, incluant une brève pause-déjeuner. Tout se jouerait alors… comme à la roulette russe : le bonheur ou le malheur, la liberté ou la terrible prison ! Son impuissance devant les aléas du destin le révoltait. De ses lointaines humanités au lycée Hoche à Strasbourg, lui revenait en mémoire cette phrase de Racine dans *Andromaque* :

« Je me livre en aveugle au destin qui m'entraîne. »

Il se la répétait presque inconsciemment, comme un mantra. Il était sur le point de s'assoupir sur le canapé du living quand son portable sonna. Réveillé d'un coup, il l'ouvrit :

— Monsieur Waldbrunner, c'est Taïeb, le chauffeur de taxi !

Une forte appréhension saisit Antoine : le taxi allait renoncer, se décommander… Il se força au calme :

— Oui, Taïeb ?

— Monsieur Waldbrunner, la manifestation ci le bordel, ji peux pas venir…

Antoine resta sans voix. Mais le chauffeur reprit aussitôt :

— Je m'iscuse. C'est possible une autre solution !

Antoine avait du mal à le comprendre avec les clameurs grandissantes de la foule et son français approximatif, teinté d'un fort accent arabe.

— Quelle solution, Taïeb ?

L'homme sembla hésiter avant de lâcher :

— Ti marche un ou deux kilomètres jusqu'au taxi et après ci bon !

Antoine pensa aux deux grosses valises qui contenaient toutes ses affaires après ce long séjour en Algérie et qu'il allait lui falloir porter… mais c'était la seule solution !

— Très bonne idée, Taïeb. Mais j'ai deux grosses valises, je vais pas marcher vite.

Un silence avant que Taïeb ne reprenne :

— Écoute, ji viens à pied et je t'i prends la valise !

— C'est vrai, tu ferais ça ?

— T'es ami d'Aïcha. Aïcha, *kif-kif* ma sœur ! Ji viens à neuf heures, ci bon pour toi ?

— C'est bon neuf heures. Taïeb, t'es un chef !

— *Hamdoullah !*

— *Hamdoulilah !*

Il regarda sa montre : il avait cinquante minutes pour être prêt. Ayant retrouvé le moral, il se précipita pour boucler ses valises.

*

L'avion avait décollé à l'heure. Antoine, serré contre le hublot, regardait une dernière fois la baie d'Alger – si belle ! Et cette ville où il avait rencontré l'amour et le bonheur, même si l'aventure se terminait moins bien que prévu… Il éprouvait à la fois de la nostalgie et un immense espoir de retrouver le soir même Houria – son Houria !

Confortablement installé dans cet appareil d'Air France pour un court vol d'une heure vingt, il se détendait. Il prenait plaisir à se croire en France, dans l'ambiance de la cabine, appréciant l'amabilité des hôtesses. C'était un peu de sa patrie qui lui avait manqué et qu'il était heureux de regagner prochainement.

Tandis que l'Airbus prenait sa vitesse de croisière, il revoyait cette matinée si chargée qui s'était bien terminée.

Taïeb était arrivé pile à l'heure convenue – un Maghrébin costaud qui avait empoigné la plus grosse des deux valises :

— Faut faire *fissa*[1], monsieur Waldbrunner. *Bézef* monde dans les rues !

Il avait un grand sourire chaleureux et un physique de beau Méditerranéen, se dit Antoine.

Dès la sortie de son immeuble, Antoine comprit que la progression serait ardue : la foule était compacte, braillant des slogans. Elle marchait au nord, vers le centre-ville, tandis que Taïeb, suivi de son client, s'avançait à contresens, vers le sud-est. Le chauffeur de taxi précédait Antoine et s'efforçait de fendre ce mur humain, répétant :

— *Belek ! Belek*[2] *! Emchi*[3] *!*

Il jouait des coudes, poussait les gens, le faisant avec le sourire pour éviter une altercation avec un mauvais coucheur. Antoine le suivait, se collant presque à lui, mais il avait beaucoup de mal à le faire, gêné par cette grosse et lourde valise qui heurtait les jambes des manifestants, le freinant, le retardant, lui valant des regards mécontents voire hostiles, ce qui ne le rassurait pas. Cette marche était épuisante : il était obligé de porter à la main ce bagage, car la foule lui interdisait de le

1. *Fissa* : vite.
2. *Belek* : attention.
3. *Emchi* : pars, dégage.

faire rouler. Au bout d'une demi-heure, il tira Taïeb par l'épaule, n'en pouvant plus :

— Il faut que je fasse une petite pause. Je suis trop fatigué !

Taïeb sourit. Il était visiblement amusé par la faiblesse de ce *roumi*.

— Ci bon ! On arrive dans un quart d'heure. Ti te reposes.

Antoine réussit à se mettre légèrement sur le côté du flot des manifestants et put poser sa valise à terre. Il prit plusieurs longues inspirations et retrouva peu à peu son souffle. Sa main droite lui faisait mal, brûlée par la poignée de la valise. Au bout d'un moment, il fit signe à Taïeb et ils repartirent. La foule cependant commençait à s'éclaircir et ils arrivèrent effectivement au bout d'environ quinze minutes à une petite place où était garé le taxi de Taïeb – une vieille Mercedes.

Après, les choses s'enchaînèrent sans difficulté, la circulation en direction de Dar El Beïda étant fluide. Antoine arriva en temps voulu à l'aéroport Houari-Boumédiène où il fit des adieux émus à Taïeb. Frappé une fois de plus par la gentillesse des Algériens, il voulut lui témoigner sa reconnaissance et l'étreignit, puis ils se séparèrent.

Il passa sans problème les différents contrôles de police et de douane et put embarquer en temps et en heure pour Tunis.

Le ciel était dégagé et le vol ne traversa pas de turbulences. Antoine, les yeux fermés, se reposait, s'efforçant de ne pas penser aux risques encourus par Houria. Dans une demi-somnolence, encore fatigué par ce trajet éprouvant pour venir à l'aéroport, il songeait à l'Algérie. Il avait aimé son séjour et ce pays. Mais quel gâchis ! Les manifestations du *hirak* parviendraient-elles à mettre en place une vraie démocratie et des responsables politiques intègres, sérieux et compétents, capables de gérer son énorme potentiel économique ? Et même social ! Car tout au long de son séjour, il avait été frappé par la qualité du personnel des différentes sociétés avec lesquelles il avait été amené à travailler ou à échanger… et dans l'ensemble, leur gentillesse à l'égard du Français qu'il était !

Il se promit de revenir un jour en Algérie si la situation politique évoluait enfin vers la paix et la démocratie. C'était un pays attachant : il comprenait mieux maintenant la nostalgie de Philippe, son grand-père, et des pieds-noirs. L'Algérie deviendrait plus fréquentable, il en était sûr, et nombre de Français viendraient y vivre ! Il imaginait la tristesse d'Houria d'être bannie…

Le reste de son voyage se déroula sans problème et il arriva à l'hôtel El Mouradi, dans le centre de Tunis, peu avant seize heures – l'heure fatidique où Aïcha et Houria devaient passer la douane. Tout en faisant les formalités d'enregistrement, il regardait sans cesse sa montre et son portable. Il avait été convenu que les deux femmes, sitôt la frontière tunisienne heureusement franchie, lui enverraient le message codé suivant :

« Sommes bien arrivées. Ali va beaucoup mieux.
Sommes soulagés ! »

Il avait beau consulter l'appareil, aucun nouveau SMS n'apparaissait. Il suivit comme un zombie le garçon qui le conduisait à sa chambre puis lui expliquait comment se servir du téléphone, lui montrait la salle de bains. Excédé, il finit par le renvoyer gentiment. Resté seul, il se laissa tomber sur le lit. Il essayait de garder son sang-froid mais avait du mal à y parvenir.

Il regardait sans arrêt sa montre : seize heures vingt, seize heures trente, seize heures quarante-cinq… ! Les minutes s'égrenaient et toujours aucune nouvelle des deux femmes. Des images d'Houria se succédaient comme des flashs dans sa tête enfiévrée par la fatigue et l'inquiétude. Houria au bureau, belle et efficace, toujours soignée et habillée de façon classique – très grand cadre international. Houria au restaurant, intime et proche, le sidérant par sa connaissance de la culture française, passant de *La Princesse de Clèves* à Proust… dont lui-même n'avait jamais lu jusqu'au bout le moindre ouvrage ! Houria la barbare, enveloppée dans ses voiles bleus, ne laissant voir que ses yeux indigo.

Houria, la Kabyle rebelle rentrant de la manifestation, le visage encore en sueur, la voix éraillée d'avoir trop crié des slogans, l'œil farouche. Houria surtout, nue et impudique dans sa chambre, dans son lit ! Son corps superbe, ses seins hauts, son ventre plat le fascinaient. Sa connaissance instinctive de la sensualité, alors qu'il l'avait prise vierge et innocente, sa créativité à trouver les gestes, les postures qui le rendaient heureux, le faisaient jouir comme aucune femme ne l'avait fait auparavant… Et puis Houria après l'amour, lovée contre lui, murmurant à son oreille des mots tendres, entrecoupés de petits baisers !

Je l'ai dans la peau et pour toujours ! se disait-il, de plus en plus effondré, tandis que le temps s'écoulait. Dix-sept heures trente, dix-huit heures… Il se raccrochait désespérément à l'idée que les deux femmes avaient eu un empêchement, un cas de force majeure et n'avaient pu le prévenir. L'idée qu'elles aient pu être arrêtées le rendait fou d'impuissance. Houria emprisonnée, malmenée, peut-être violentée, voire abattue !

Et lui dans un palace tunisien, incapable de lui venir en aide ! Condamné à l'abandonner à son sort… comme Aïcha ! Il avait honte de ne penser qu'à Houria. Mais que faire ? Que pouvait-il faire ? Il finit par descendre à la réception annuler la chambre d'Aïcha, puis il remonta et se coucha sans dîner.

Il passa une nuit agitée, s'endormant par à-coups pour de courtes périodes de sommeil peuplées de cauchemars. Il se réveilla dans un état déplorable et prit une douche, ce qui lui remit un peu les idées en place. Il envisagea alors d'aller à l'ambassade de France demander de l'aide, mais il se dit que c'était une démarche inutile : quelle action pourrait entreprendre des diplomates français pour arracher des griffes de la sûreté algérienne des ressortissants de leur propre pays ?

Il se laissa tomber dans un fauteuil de sa chambre, épuisé. Il était à jeun depuis le déjeuner de la veille – un en-cas servi sur le vol Air France. Il commençait à ressentir la faim, mais était trop découragé pour commander un petit déjeuner. Il était huit heures quand soudain un SMS s'afficha sur son portable :

« Avons eu des problèmes techniques. Ali va mieux. Espérons pouvoir vous donner de ses nouvelles dans deux heures. »

Il poussa un cri de joie. Elles étaient toujours en vie et libres ! Même s'il leur restait à passer la frontière…

38

Amour rime-t-il avec toujours ?

Début novembre 2019

Antoine s'efforçait au calme : il marchait dans le lobby de ce grand hôtel tunisien, au milieu de nombreux touristes allemands bruyants, cherchant à maîtriser son impatience. Cette invasion de Teutons l'agaçait et lui gâchait un peu sa joie de retrouver Houria saine et sauve. Les deux femmes étaient censées arriver incessamment selon les indications qu'elles lui avaient données au téléphone deux heures auparavant.

Contre toute attente, le passage de la frontière entre l'Algérie et la Tunisie s'était déroulé sans complication. Les douaniers n'avaient pas prêté attention à ces deux personnes dont l'une, voilée, paraissait d'un certain âge. Elles leur avaient déclaré se rendre à Tunis rendre visite à des amis, ce qui n'avait pas entraîné de questions de la part de ces fonctionnaires. Et ensuite le passeport de la mère d'Houria n'avait suscité aucun doute au poste de police : le policier qui l'avait examiné avait regardé Houria sans remarque.

Quelques kilomètres après la frontière, Aïcha avait garé la voiture. Puis, avec délicatesse, en était descendue et avait laissé Houria seule, appeler Antoine qui avait instantanément décroché. Un moment de forte émotion : les deux amoureux avaient eu du mal à parler tant ils étaient émus. Ils s'étaient quittés trois jours auparavant, mais ce qu'ils avaient vécu, ces interminables heures d'angoisse, rendaient ces retrouvailles aussi intenses que s'ils avaient été séparés depuis longtemps.

Les premiers instants passés, Houria, calmée, put expliquer à Antoine le déroulement de ces dernières vingt-quatre heures. Le voyage s'était très bien passé jusqu'à une soixantaine de kilomètres de la frontière. La halte à Béjaïa, chez les cousines kabyles d'Houria, avait été gaie et chaleureuse, Aïcha ayant été accueillie comme si elle avait fait partie de la famille. Les deux femmes étaient reparties le lendemain, optimistes, et roulaient vers la Tunisie quand la voiture, après quelques soubresauts, était tombée en panne non loin d'un petit douar. En cette matinée de vendredi, jour chômé, peu de voitures circulaient : la route était quasi déserte. Dans ce coin perdu, le portable ne passait pas et les quelques indigènes venus voir ce véhicule arrêté étaient bien incapables de les dépanner ou même de les aider.

Elles vécurent un moment angoissant, ne sachant que faire. Les rares véhicules qui passaient roulaient vite et ne songeaient pas un instant à s'arrêter malgré leurs appels ! Elles commençaient à désespérer quand la chance leur sourit enfin. Un brave imam de la région, qui allait doucement, voyant ce petit attroupement, ralentit puis se gara. L'homme comprit la situation et leur proposa de prévenir un garagiste qu'il connaissait dans une petite ville à une vingtaine de kilomètres et de tenter de le convaincre de venir leur porter secours. Une heure plus tard, miraculeusement, une dépanneuse arrivait, conduite par un ouvrier efficace. Aïcha et Houria n'avaient ni l'une ni l'autre une quelconque compétence en mécanique et ne comprirent pas bien ce que l'homme leur expliquait… si ce n'est qu'il s'engageait à revenir le lendemain matin avec une pièce neuve pour en remplacer une défectueuse.

La chance leur sourit à nouveau quand l'imam en question, revenu les voir, s'aperçut que les deux femmes – surtout Houria – étaient croyantes et pratiquantes. Il leur proposa de venir dîner et dormir chez lui. Elles passèrent une soirée agréable avec un couple certes guère moderne, et à l'hospitalité généreuse.

Le lendemain, à la première heure, le garagiste était de retour et réussit à réparer rapidement la voiture en panne. Les deux femmes reprirent la route pour arriver à la frontière en fin de matinée. Le passage de la douane se fit sans problème, mais elles rencontrèrent une difficulté imprévue au poste de police. Aïcha, qui n'était pas jolie mais sans le vouloir assez provocante, avec une poitrine fournie moulée dans son tee-shirt, fut l'objet des assiduités de l'un des deux fonctionnaires. Elle ne savait pas comment s'en dépêtrer, tandis qu'Houria, les yeux modestement baissés, était terrorisée à l'idée que le policier lubrique put s'intéresser à elle aussi. Mais l'homme n'en avait que pour Aïcha et en aucun cas pour cette femme d'un certain âge, à la tenue traditionnelle. Aïcha finit par décourager cet admirateur inattendu avec beaucoup de tact, sans l'humilier, lui laissant entendre qu'elle n'était pas insensible à ses charmes, mais bonne musulmane et fidèle à son mari.

Et les deux femmes purent gagner la Tunisie où cette fois les formalités ne posèrent pas de problème. Elles roulèrent deux kilomètres puis Aïcha gara la voiture sur le bas-côté et elles tombèrent dans les bras l'une de l'autre. Houria se sentait tellement soulagée. Elle avait eu si peur, tandis que le fonctionnaire de police scrutait son passeport ! Elle éprouvait un grand sentiment de liberté, alors qu'elle avait vécu tous ces derniers jours dans l'angoisse d'être arrêtée. Cependant, malgré sa joie d'avoir échappé au pire, elle ne pouvait s'empêcher d'être triste d'avoir dû quitter l'Algérie sans aucun espoir d'y revenir dans un avenir proche et d'y avoir laissé son père dans les geôles du régime… Le reverrait-elle un jour ?

Aïcha, toujours réaliste, l'arracha à ses sombres pensées et elles reprirent la route en direction de Tunis.

*

La première personne que vit Antoine fut Aïcha, fendant le groupe compact de Teutons. Dans son sillage, venait une Arabe enrobée dans ses voiles, une forme massive où seuls les yeux amoureux du garçon pouvaient deviner, reconnaître la silhouette élancée d'Houria. Les deux femmes l'avaient aperçu au fond du lobby et le rejoignirent. Il serra vite la main d'Aïcha puis pris Houria dans ses bras. Les Allemands étonnés regardaient le spectacle de cet Européen aux cheveux blonds et aux yeux bleus, étreignant avec passion cette fatma voilée et informe ! Laquelle, oubliant toute pudeur, se laissait aller au bonheur de retrouver son amant, mais aussi de se sentir libre.

Aïcha s'était écartée discrètement, laissant les deux jeunes à leurs retrouvailles. Après ces quelques instants d'intense émotion où Antoine avait pu murmurer à l'oreille de sa belle quelques mots passionnés, il se dégagea et proposa à Aïcha de lui louer une chambre pour la nuit à venir. Mais elle refusa, ayant décidé de prendre immédiatement le chemin du retour, puis de s'arrêter en route avant la frontière dans un petit hôtel qu'elle avait repéré à l'aller et d'y dormir. Elle avait hâte de rentrer chez elle et d'être près de son mari.

Après avoir apporté les bagages d'Houria, elle vint dire au revoir aux deux jeunes qui l'embrassèrent chaleureusement, reconnaissants de sa gentillesse et de son efficacité. Comme toujours dans ces cas-là, ils promirent de s'écrire, sachant sans vraiment se l'avouer qu'il n'en serait rien. Antoine lui régla son dû et Aïcha disparut après un dernier signe de la main.

À peine rentrés dans la belle suite qu'Antoine avait réservée, ils tombèrent dans les bras l'un de l'autre. Puis le garçon dépouilla lentement Houria de son déguisement – l'enveloppe de sa chrysalide, lui dit-il : cette grosse robe asexuée qui masquait ses formes, ce voile qui cachait son visage. Et son amour apparut dans toute sa beauté, originelle et sauvage.

Houria à son tour le déshabilla doucement, avec tout le respect que doit avoir une femme maghrébine à l'égard de son homme. Un rituel qui excitait le garçon. Puis ils se donnèrent l'un à l'autre. Ils connurent un moment d'intense bonheur, comme s'ils se redécouvraient après une longue absence, alors qu'ils n'avaient été séparés que depuis trois jours… Mais la charge émotionnelle de cette séparation avait été extrême.

Ils restèrent enlacés indéfiniment, évoquant chacun comment ils avaient vécu toutes ces péripéties, se murmurant de temps à autre des mots tendres, s'assoupissant aussi pour de courtes périodes d'abandon confiant.

Antoine, pour célébrer à la fois leurs retrouvailles et la réussite de l'évasion d'Houria, avait tenu à retenir une table dans un restaurant plus romantique que celui de ce grand hôtel El Mouradi où il était descendu – un établissement moderne, impersonnel, sans charme – où il avait cependant été content de trouver de la place et un certain confort.

Il avait eu de la chance de pouvoir réserver deux couverts au restaurant Dar Zarrouk à Sidi Bou Saïd, un village dont on lui avait vanté l'exceptionnelle beauté, à trente minutes en voiture du centre de Tunis. Un taxi devait l'attendre à vingt heures devant la réception de l'hôtel.

Ils firent tout le trajet serrés l'un contre l'autre, se tenant la main, hésitant à s'embrasser, le chauffeur les épiant dans son rétroviseur. Déçu de ne rien voir d'excitant, l'homme accéléra et ils mirent peu de temps à rejoindre Sidi Bou Saïd. Ce village pittoresque attirait de nombreux touristes : la beauté des maisons aux murs blancs, aux volets bleus, les rues pavées à l'ancienne, les cafés aux terrasses bondées, les galeries d'art séduisirent d'emblée les deux amoureux. L'ambiance joyeuse, l'atmosphère de fête et de vacances correspondaient bien aux sentiments qu'ils éprouvaient à être réunis, hors de danger, libres !

Tandis qu'ils remontaient la rue principale en se dirigeant vers le restaurant, Antoine songeait que cette symphonie de bleu et de blanc lui faisait penser à cette Grèce où ils avaient été heureux en vacances. Mais une Grèce panachée d'Islam, de sa poésie, de son mystère. Et le tout, dans une atmosphère tropézienne. Mais, se dit-il, un Saint-Tropez moins friqué, plus populaire, bon enfant. Il fit part de ses réflexions à Houria et l'austère Algérienne, la sérieuse Kabyle, acquiesça, se sentant prise par la joie de vivre de cette Tunisie insouciante !

Le restaurant Dar Zarrouk leur plut dès l'arrivée, d'autant que le patron, frappé sans doute par la beauté de ce jeune couple et sa singularité, leur donna une des meilleures tables sur la terrasse. Il faisait beau et chaud en ce début novembre et ils furent ravis de se retrouver un peu à l'écart, mais avec une vue magnifique sur le port et la baie de Tunis. Un rêve!

Ils se détendirent vraiment en dînant, se tenant souvent la main, n'ayant guère besoin de parler. Ils évoquèrent rapidement la suite des événements : le visa à aller chercher à l'ambassade de France puis les billets d'avion à prendre pour Paris... Tout semblait maintenant simple.

À la fin du repas, Antoine réussit même à faire boire du vin à Houria – un excellent pinot noir des domaines de Carthage. Il en avait commandé une bouteille qu'il avait déjà bien entamée quand il avait proposé à sa belle de lever son verre au succès de leur fuite et à leur amour. Et à son grand étonnement, elle avait accepté! Il avait ri, déjà un peu gai, et l'avait taquinée :

— Tu bois, maintenant? Bonne nouvelle... Mais le Coran, ma chérie?

Elle avait haussé les épaules, mi-gaie, mi-badine :

— Le Coran n'interdit pas l'alcool!

— Ah bon?

— Il interdit l'ivresse, c'est différent. Je te l'ai déjà dit.

— Alors bois avec modération!

Elle dégusta lentement quelques gorgées :

— C'est vrai, il est très bon, mais je ne veux pas en prendre trop. Je ne suis pas habituée et j'ai vite la tête qui tourne!

Elle resta songeuse un instant avant de reprendre :

— Pour en revenir au Coran, je t'avouerais que les élites algériennes, et j'ai ouï dire que celles du Maroc aussi, sont souvent très hypocrites. Officiellement, tout le monde respecte le Livre. Mais tout le monde sait aussi que les dirigeants, les politiques sont nombreux à boire discrètement. C'est notoire ! Certains prétendent même faire le ramadan mais vont manger toute la journée chez eux et d'autres vont parfois à l'étranger pendant toute sa durée pour ne pas l'observer afin que cela ne se sache pas... Il y a beaucoup d'hypocrisie dans la pratique de l'islam ! Les gens affichent leur religion par peur du qu'en-dira-t-on ! Ce n'est pas mon cas. J'essaie d'être une bonne musulmane, loyale et honnête, mais moderne, sans tricher avec le Coran, en cherchant à l'adapter, à m'adapter au mieux à notre temps.

— Pourquoi me dis-tu tout cela maintenant ?

Elle parut hésiter avant de répondre :

— Parce que tu es chrétien, même si tu n'es pas très pratiquant. Je souhaite être honnête vis-à-vis de toi et je ne veux pas non plus que la religion soit un obstacle entre nous. *Habibi*, je ferai tout pour que ma pratique ne te gêne pas, je ferai le nécessaire pour m'adapter à toi.

Elle se tut à nouveau, puis lâcha :

— Tu sais, je t'aime pour la vie. Tu es le seul homme que j'ai connu et tu seras le seul homme quoi qu'il arrive. Je t'aime, *habibi*, pour toujours.

Il y eut un silence. Il lui fit une pression de la main et murmura :

— Moi aussi, je t'aime...

L'image de son père courroucé, de sa mère en larmes, de son milieu choqué, lui traversa l'esprit. Il hésita avant de lui redire je t'aime, et surtout d'ajouter :

— Je t'aime, moi aussi, pour toujours !

— Pour toujours ? C'est vrai de vrai, *habibi* ?

Elle se pencha au-dessus de la table et lui donna un baiser :

— *Habibi*, vraiment pour toujours ? Tu es prêt à m'aimer pour toujours, même si je suis musulmane, une Algérienne d'un milieu beaucoup plus simple que le tien ?

— Oui, ma belle chérie !

— Tu es prêt à toujours vivre avec moi ?

— Oui… Oui, ma chérie, je t'ai dans la peau, je t'aime comme tu dis pour toujours !

Ils restèrent silencieux, se tenant la main, puis Houria le regarda intensément :

— *Habibi*, il faut que je te confie un grand secret.

Il leva les sourcils, inquiet :

— Oui ?

— Mon chéri, je pense attendre un enfant de toi. Je n'ai pas eu mes règles en temps voulu. Je t'avoue que j'ai été complètement chamboulée depuis l'annonce de la fin de notre activité, la fin d'EBC. Il m'est arrivé d'oublier de prendre la pilule et je suis probablement enceinte.

Antoine resta sans voix, perdu. Il était à la fois heureux à l'idée que cette femme adorée puisse porter un enfant de lui, et affolé à l'idée de tout ce que cela impliquait.

Il demeura un instant silencieux puis finit par lâcher :

— Je ne m'attendais pas à cela ! Si cela se confirme, ce serait une grande nouvelle qui compterait beaucoup pour moi, mais dont je ne mesure pas toutes les conséquences aujourd'hui. Quand prévois-tu la naissance ?

— Juin ou juillet, l'année prochaine…

Il réfléchit, les sourcils froncés, cherchant ses mots :

— Où serons-nous à ce moment-là ? Serons-nous encore en France ou peut-être en mission au Maroc, comme Bradley me l'a laissé envisager… ?

Elle le regarda en silence, scrutant sa réaction, s'inquiétant qu'il ne parût pas s'engager vraiment. Il le sentit :

— Ne te fais pas de souci. Si nous devons avoir un enfant, je le reconnaîtrai, bien évidemment !

Puis il ajouta doucement, s'efforçant de sourire :

— Serons-nous alors des parents modernes, vivant une union libre, ou un couple classiquement marié ? Difficile aujourd'hui de le savoir...

Elle le regarda de nouveau intensément. Il lui prit la main et la baisa avec tendresse :

— L'avenir nous le dira !

Il n'était pas encore prêt à prendre de décision, ne sachant même pas comment pourrait se faire un mariage mixte entre une musulmane et un catholique. Une phrase lui revint en mémoire, mais il se garda de la dire à haute voix :

« L'avenir n'est écrit nulle part. »

Ils devraient tous deux écrire la suite...

TABLE

Troisième partie

ANTOINE ET HOURIA

Quatrième partie

COUP DE TONNERRE DANS UN CIEL BLEU

Cinquième partie

LA FUITE

Cet ouvrage a été composé
par Soft Office
à Eybens (Isère)

Impression réalisée par

NORMANDIE ROTO IMPRESSION S.A.S.
à Lonrai
(Orne)

en novembre 2024
pour le compte des éditions de l'Archipel,
département éditorial de la S.A.S. Écriture-Communication